索赔

不只为索回精神和物质上的损失

索赔

还要索回正义和尊严

索赔

亲历中国『慰安妇』及被强掳赴日劳工诉讼

康健　刘荣军　著

北京日报出版社

目录

上篇　原“慰安妇”受害者索赔诉讼

下篇　掳日劳工索赔诉讼

上篇

原“慰安妇”受害者索赔诉讼

壹

一个回应，走上索赔之路

1995年9月，联合国第四次世界妇女代表大会在北京召开，我作为中国女律师代表，参加了这次大会。中国方面的会议牵头单位之一是全国妇联。为了更好地参加大会，全国妇联在会前几次召集参会的代表做会前的准备。根据会议分工，参会的律师主要是在会上谈对妇女权益的保护。在会议开始前的一次准备会上，我们做了分工，我的发言主要是谈在离婚后对妇女财产权益的保护问题。参加这次会议的执业律师有我和黄丹涵两位，另外还有我们北京市律师协会会长周纳新以及重庆律师协会的一位女性会长。我们四位是律师界的正式代表，其他也有旁听的律师，但不发言。在全国妇联召开的准备会议上特别强调了一条纪律：会议期间可能有人要提出“慰安妇”问题（在当时，认为“慰安妇”是军妓），对此要求不做表态，不介入。在这个准备会上，我是第一次听说了“慰安妇”这个词，从此这个词也在我的记忆中烙下了深刻的印记。完全没有想到的是，在此之后的近二十年的时间里，我为中国大陆“慰安妇”和被强掳赴日中国劳工的对日索赔倾注了大量心血。

9月份，世妇会正式召开。我们作为NGO（非政府组织）代表参加了大会，当时 NGO 的主会场是在怀柔。世界各国的妇女代表都来了，在会场上发表各自的见解，气氛非常活跃。希拉里也参加了会议，她谈到了妇女权益的保护，但没有涉及“慰安妇”的问题。当然，会场中也贴出了韩国“慰安妇”问题的宣传资料，但由于事前不予介入的要求，我对这些也就没有更多的关注。

会议期间，中华全国律师协会组织了一个中日两国女律师代表座谈会，这个座谈会是在全国律协办公地点附近举行的。会议由全国律协秘书长吴明德、国际部的宋芮作为召集人。中方有包括我在内的四五位女律师，周纳新会长也参加了；记得日本女律师参会的大概也是有五六位，与我方参会人员数量基本对等。翻译由中国法学会派人担任。会议确定的议题是在婚姻家庭中对女性权益的保护，我们的发言都是围绕着这个议题进行的。会议开了一个多小时，在快结束的时候，参会的日本女律师大森典子突然提出了会议议题之外的话题，她说：日本有一些律师想帮着中国的“慰安妇”起诉日本政府，但是作为外国律师在中国做有关调查十分不便，希望中国律师给予支持。她的话题一提出，中方代表相互看了一下，接着就是几十秒的停顿，这短暂的几十秒却使人感觉时间很长，没有任何人发言。我们都在认真遵守事先提出的工作纪律，一时不知怎样来回应日本律师的期望。停顿中我也在思考，当时只是感觉到：对于一个法律问题，所有人都不回应是不合适的，最起码是不礼貌的。我就硬着头皮说：作为一个诉讼案件，我们中方律师给予协助不是不可以。我当时回应她主要考虑的是基本的道理和礼貌。日本律师听了后相互看了看，表情上都非常高兴。会后在送别日本律师时，大森典子律师特意到我面前，一边握手一边不断地说："非常感谢、非常感谢……"我以为她是客气，也就礼节性地做了回应。会后，我也向全国律协吴秘书长询问，刚才在会上这样表态有没有什么问题？他说没关系，说了也就说了。这次会议结束后没两天，世界妇女代表大会也结束了。我和大森典子律师也没有再见面，也没有联系。我以为这件事就这样过去了。

一个多月后，大森律师按照我们交换名片上的信息给我发了个传真，大概意思是想专程到北京来和我商谈关于"慰安妇"问题的调查。看了传真，我感觉日本律师对这件事是认真的。我向北京律师协会会长周纳新做了汇报。周会长表态说，先谈一谈吧，接触一下也可以。这样，我就给大森典子律师做了回复，约她在10月底左右到北京谈。

在这期间，我查找了一些关于"慰安妇"的资料，通过对这些资料的查看，我初步感觉到所谓的"慰安妇"不是像我们参加世妇会时认知的军妓那样简单，二战中日军占领国中的"慰安妇"都是被日军强迫的受害者。这也是我对"慰安妇"的最初认识。

大森律师来了后，就在我们的事务所商谈（当时，我们的事务所叫北京市中元律师事务所，2000年8月我们所分立为北京市方元律师事务所）。谈话中我也问了一下这个诉讼的起因以及起诉到了什么程度，大森律师介绍了一下有关情况，并告诉我，起诉只是处于起步阶段，调查还不全面。我也向她询问了我最关心的问题："作为日本律师，为什么你们要起诉日本政府？"大森律师说，主要是出于对人权保护的考虑，这样的问题应该予以解决。我接着提出要看看他们初步调查后的有关材料以及起诉书，她答应了。谈完后，大森律师提出要和我照张相。作为来访的律师留个纪念，这太平常了，我爽快答应，于是两人在书柜前留了张合影。

一年多之后，有了一段时间的合作经历，大森律师告诉了我这张合影的“秘密”。在中日女律师座谈会上，虽然我回应了她的希望，但是没有照相。在初次谈话后，她要把我的形象带回去，让其他为中国战争受害者诉讼的日本律师看看康健是个什么样的人，她说日本律师看完后都觉得康健律师很可信。我笑了，大森律师是把我带回去让日本律师相了个面，但我也真实地感到，一年多的合作经历使他们感到我是可信任的，不然她也不会把这样一个“秘密”坦诚地告诉我。

与大森律师谈完之后，我向律协的周会长做了汇报。周会长说行，就先这样吧。我们也没有意识到此事能真正进行。

又过了一段时间，约 12 月份，大森律师发来传真：作为诉讼的律师团团长和干事长，他们一行五六位律师准备到北京和我做进一步商谈。作为律师的职业敏感，我知道到了双方都下决心的时候了。考虑到当时参加世界妇女代表大会时有关方面要求我们对“慰安妇”问题不介入，我又找周会长谈了自己的想法：我们若拒绝日本律师的提议，好像没有任何道理，中国律师在这之前也与外国律师有一些协作。对这样一起诉讼案件的协助都拒绝，说不过去；这也是一个人权保护的问题，人家在帮我们中国人做，我们自己还不做，人权保护从何谈起？周纳新会长说：“行，你就先做吧。有什么事及时汇报。”过后想起来，周会长还是很有眼光、很有魄力的，她这样的表态在那个时候也是顶着风险的。

这样，我就答应了大森律师与他们再次会谈。大概到了 12 月中下旬的时候，他们来了三男三女六位律师。三位男律师分别是尾山宏、小野寺利孝、渡边春己。渡边律师当时参与细菌战、南京大屠杀及无区别轰炸案件；三位女律师是野上佳世子、伊藤美莎子、大森典子。大森律师是“慰安妇”案件律师团的团长。交谈中我了解到，日本律师为了中国战争中受害人员的索赔，组成了“中国人战争被害赔偿请求事件辩护团”，尾山宏律师是这个律师团的团长，小野寺律师是律师团的干事长，也就是我们中国人通常说的秘书长。后来尾山宏律师还作为唯一的外国人被评为我国中央电视台主办的“2003 年度十大最有影响的人物”之一。

会谈是在北京贵友饭店进行的。这六位律师集体来和我谈，也让我感觉到他们对我参加这件事的认真态度和关注的分量。既然他们这样重视，我也就直率地问：“作为日本律师，你们为什么要代理中国受害者起诉日本政府。你们有没有感到压力，这样做目的是什么？”谈话就以这样直率的问话开始了。当时小野寺律师是主谈，在这次谈话时，他的年纪也就五十多岁，应该是在二战后期出生的。他抬头看了看天花板，“我原来也不知道这些事情。”小野寺律师慢慢地从头道来。1994年的时候，他带领一个司法考察团访问南京和北京，那是他第一次来中国。在南京时，他参观了南京大屠杀纪念馆，令他十分震惊！怎么会有这么残忍的事？！在他小学、中学、大学的学习过程中，从来没有清楚地了解到这些事。

在北京，他又参观了位于卢沟桥畔的中国人民抗日战争纪念馆。由于这次到中国是司法制度考察，对南京和北京两个纪念馆的参观只是匆匆掠过。就是这匆匆一看也使他非常吃惊。当时也有中国的民间人士找到他谈到劳工问题，也听到了“慰安妇”问题。那时韩国“慰安妇”已经在日本起诉了，但没有听说中国“慰安妇”的事。这次到中国后接触到这么多中国人在二战中的受害问题，对他触动非常大。回到日本后，他又专程到中国，再次到了抗日战争纪念馆，详细地看了展览，跟一些受害者见了面，内心再次引起了震动。他觉得如果不解决这些事情，日本人不会在亚洲得到其他国家国民的信任。许多日本人对这段历史都不了解，甚至从未听说过，他想通过诉讼，把这段历史告诉日本国民。小野寺律师说：“作为律师，保护人权是应该的。”

小野寺律师的介绍，也深深触动了我。作为中国人，这些事情听来并不奇怪，日本鬼子到中国来烧杀抢掠无恶不作。在我的头脑中，日本鬼子就是强盗、野兽。小野寺律师所言我觉得是他的真实想法，但我也十分不理解，像他们这样年纪的人怎么连这些事都不清楚，而且还那么吃惊？那日本的年轻人呢？他们能知道多少呢？我隐隐约约地感到，日本国内对二战历史的态度，是造成日本在世人面前对历史问题有诸多奇怪表现的原因。

在谈到合作时，他们告诉我，代理中国受害者索赔这件事他们自己是免费做的，问我可不可以免费做这件事。我当时没有任何迟疑就说："当然了！我们中国律师经常有法律援助（不收费）案件，对生活比较困难的人提供法律援助也是正常的。"我当时也想：这件事我就是协助调查，在日本出庭也都是日本律师，外国律师不可能以律师的名义出庭，也就做一次调查就完了。不收费，没有什么奇怪。我就很痛快地答应了。他们几个律师相互看了看，眼神中似乎闪烁着不理解。也是在接触了一年多以后，小野寺律师、大森律师跟我说，在找我之前，他们也找过中国其他律师，那些律师提出要他们先付十万元代理费，他们觉得很难接受，这就给他们形成了一个看法——中国律师都是奔着钱去的，直到我爽快应允，他们才发现原来中国也有做法律援助的律师。我也就此明白了当时他们那不解的眼光，其实，我觉得他们对中国律师还是不了解，事情并非像他们想象的那样，中国律师也经常做法律援助，我分析之前要收代理费的律师也可能是对他们的动机不了解，先以十万元预付让他们知难而退。这也是极有可能的。

我们双方都是谨慎坦率地交换意见，他们也问我为什么愿意做这件事。我的回答是：既然要提起诉讼，又是中国的受害者，你们调查不方便，我作为中国律师帮助中国受害者，是责无旁贷的，没什么奇怪。他们一看我这样痛快地答应了，非常高兴。

渡边春己律师马上又向我提出了这个话题之外的问题，是关于细菌战的。那时他们已就 731 部队在中国开展细菌战代理中国被活体实验受害者遗属在东京地方法院起诉，渡边律师还问我有关溥仪《我的后半生》在日本出书版权问题的律师咨询收费标准。我答复他们按涉外对待每小时 200 美元。他又接着问："那我咨询你这个问题要多少钱？"我回答："按中国国内对待也不能低于每小时几百元人民币。"渡边律师便随即咨询了我国有关版权保护的规定，作为正常的律师业务，我向他做了说明，他支付了我们事务所几百元人民币的咨询费。当时我作为正常的咨询，公事公办，也就心安理得地收下了。

在后来与这些日本律师的接触中，他们为中国战争受害者所做的工作，所投入的精力，以及他们的良知深深打动了我，这几百元钱也像一块石头，一直压在我心里。我懊悔当时真不该收他们的钱，但要退回也已是不可能的了，我只有在后来的工作中加倍努力，在他们来中国时尽自己所能地接待与协助。

这次会谈主要是小野寺律师和渡边律师主谈，其他几位律师基本没有讲话，但都是认真地在做着笔记。会后在共进晚餐时，尾山宏律师谈起了《中日联合声明》。中国政府为什么放弃战争赔偿？他感到不可理解。他要我谈谈自己的看法。对于他谈的问题我没有一点思想准备，没有想到一个日本律师对《中日联合声明》这么关注。和大多数中国人一样，当时我还真没有认真研读过《中日联合声明》，具体的条款就更记不清楚了，但放弃了战争赔偿，还是有印象的。从律师的角度想，当时中国政府从中日两国的大局出发，放弃了赔偿。但我不认为是全面放弃，作为受害者个人还是有权主张的，个人权利和国家权利还是有一定区别的，这是一个基本的概念。我就把自己对《中日联合声明》的初步理解向尾山宏律师做了回答。他说他也是这样认为的。他还谈到日本政府对待历史问题的一些消极的做法，我当时感觉他像一位政治家。

回家后我认真研读了《中日联合声明》，该声明第五条明确写着："中华人民共和国政府宣布：为了中日两国人民的友好，放弃对日本国的战争赔偿要求。"我放心了，《中日联合声明》中没有提到放弃中国国民个人有关战争赔偿的权利。后来我也听说，在这一年（1995 年）3 月的全国人大会议上，时任国务院副总理、外交部长钱其琛在参加全国人大小组会议时，对一位代表的提问，表明了中国政府的严正立场："《中日联合声明》并没有放弃中国人民以个人名义行使向日本政府要求赔偿的权利。"我的理解是对的。这次交谈后，我们确定了合作关系，日本律师给我发来了委托协议。我也就正式走上了这漫长的索赔历程。

说实在的，我没有想到，一个回应，竟影响了我此后二十年的工作和生活，也影响了我身边许许多多的人们。

贰

山西“慰安妇”调查

既然要调查，就要面对调查对象，要想真正听到被调查者的心声，就要和她们沟通。作为律师，因办案的需要而进行调查，是习以为常的事，但这次我们所调查的对象都是身心受到极大伤害的人，怎样面对这样一个十分特殊的受害群体，怎样和她们沟通，我想只能从称呼开始。这些被调查的受害对象，就年龄上来说，都是我父母辈的人。我打听到山西对老年妇女一般都叫大娘，海南一般称呼阿婆（在劳工诉讼中，因为受害对象都是男性，我也就叫他们大爷了）。一开始这样称呼是为了工作、为了尊重，后来不断了解他们受害的事实后，每次再开口就伴随着隐隐的痛。在我心中，大娘、阿婆绝不是“慰安妇”的代名词，大爷也不是劳工的另称，对他们的称呼已经不是小辈人对长辈的尊称，更像是对家人发自内心的呼唤。直到现在每每向他人提起这些事，说出大娘、阿婆、大爷时，还是会眼眶湿润。这些对我来说已经有特殊意义的简单称呼，却给我一生带来了非常巨大的影响。

1995 年底，日本律师给我发来了刘 ××、李 ×× 等原“慰安妇”受害者作为原告的起诉书草稿。通过草稿，可以看出日本律师对于那段历史背景及本案法律适用方面做了深入的研究，但原告的受害事实比较简单，作为起诉的事实依据方面确实还应该做些补充。

这时也快到元旦了，其间我也找到有关部门，请求他们能参与或在调查中给予支持，但遭到了婉拒。我也再度向北京市律师协会、司法局领导做了汇报，有关领导同意我开始参与，并告诉我要谨慎地进行。当然，具体怎么谨慎，也是难以言表，我也只能理解为自己把握吧。毕竟那都是在二十年前啊。

就这样，我开始和山西盂县的受害者联系。那时受害者家中都没有电话，我只能通过在北京的民间关注战争受害者调查的一些人的帮助与受害者联系。北京的李定国是民间调查战争受害者的一位积极参与者，他告诉我山西的张双兵了解一些情况。张双兵是山西盂县的一位乡村小学老师，通过他我又联系到了一些受害人。当时就快过春节了，考虑到中国的习俗，过年期间去和人家谈当年受害的事，毕竟是不愉快的。我们就商定过了正月十五以后再去调查。

1996 年 3 月初，原“慰安妇”受害者调查正式开始了。

由于工作关系经常出差，家里人起初对我这次出差也没说什么。出发前收拾东西的时候，无意中说起去盂县，不知那里怎么样。我父亲听到后马上说：“你要到山西盂县去啊，那里很苦啊！”原来，在抗日战争期间我父亲所在的 120 师曾在那里驻扎过。他告诉我，当地净吃花椒树叶子，日本鬼子搞“三光”政策很厉害，把长在地里的粮食都烧了，老百姓没办法，只能在鬼子走后悄悄地回到庄稼地，把烧煳的粮食收集起来，作为口粮。父亲还谈了一些其他情况，他的那些话也就成了我对盂县的最初认识。日本律师要求我们对调查的情况进行录像，当时的条件有限，我们根本没有录像机。小野寺律师就给我们提供了一台小型录像机。为了去时方便，我还买了份地图。当年所能买到的地图，远不如现在售卖的和网上的地图详细，也就是个大概的位置。我通过在山西太原工作的表弟龙龙，在当地租了辆夏利汽车。临出发前，我又与李定国联系了一下，当说到租车的情况时，他连说不行、不行。因为他去过当地，他告诉我们那里都是山路，夏利车底盘低，根本进不去山。我一听，马上又与表弟联系。因为迫近出发时间，协调十分困难，最终辗转从一家面粉厂租了辆拉面粉的五十铃大卡车。因为没有电话，又与张双兵没有见过面，我们也就只能通过写信的方式商定调查时间以及拟定的被调查人等事情。由于寄往山区的信件投递很慢，信中提到的事能否兑现，我们心中也没底，但也只得按照信中提到的时间出发。

3月7日，我和庞秋贻律师从北京乘火车出发，开始了索赔案件的实际参与。次日抵达太原，与表弟在太原火车站会合后就坐上了拉面粉的卡车前往盂县。从太原经阳曲县到盂县大概走了两个半小时，路况还可以。我们要先与张双兵联系上，他所居住的村庄也是我们调查的其中一位受害者所在地——西潘乡羊泉村，而到那里的路实在太难走了，这也是我一生中走过的最难走的路，令人刻骨铭心。这时我才明白，为什么要坐大卡车。后来听当地老乡讲，部分路段还保持着日本鬼子在时的基本状况，石头和土混合的路。有好几公里是在河套中走，好在是初春，河套里没水，但尽是不规则的大石头，卡车行进的速度很慢。两边没有村庄，更看不到行人，我们只能借助地图沿着大概的方向走。幸运的是，行进了一段时间后，我们碰到了一个骑自行车的老乡，急忙向他打听羊泉村怎么走。他说："我就到李庄，距羊泉村很近，可以带你们去。"真是机缘巧合，我们几个人不由自主地笑了起来，看来老天都在帮助我们。我们请他坐在司机旁边引路，自行车则放在后车厢。

这位老乡说我们来的真是时候，要是发洪水就根本进不来了。从西烟镇到羊泉村也就是七八公里的样子，但我们走了两个多小时。到了李庄，老乡下车后给我们指了一条小路，说前面就是羊泉村了。看着这条三四米宽的小路，司机犹豫了，卡车能过得去吗？老乡说勉强可以，就几里路。我们也有些犹豫，想步行进去，又担心步行时间过长，影响调查。最后横下心，决定还是开车进去。司机又担心对面来车错不过去，老乡又说："根本就不会有车出来，你们放心走吧，那里就没车。"我们往前走了约两三里地，就看见前面有一个骑自行车的人，为了让我们的车，连车带人都站在路旁庄稼地里。我们停车向他打听羊泉村还有多远，他就大声问："你是康律师吗？"我很惊讶："是啊，你怎么认识我？"他说："我是张双兵。"我难抑心中的欢喜："太巧了！你怎么知道我们这时候来啊。"张双兵也笑着说："我估计你们要这时候到，我就出来迎迎。"交谈中他告诉我们，信是在一个星期前才收到的，他就按信中约定的时间来接我们了。用现在的眼光看，那是半个多月前发的信，但这种原始的联系方式还是管用的。

由张双兵带路，担心走错路的紧张感顿时消失了，在路上我和小庞还开玩笑地说，三八妇女节我们到山里过了，可真有意思。山里非常空旷，一路上人烟稀少，虽然有点提心吊胆，但也觉得很新奇，我们顺利抵达羊泉村后就先到了张双兵的家。

虽然我们到山西前有一定的思想准备，但进了村子，还是被眼前的情景惊呆了——到处都是旧窑洞。到了张双兵的家里，他的妻子热情地招呼我们，用一块布擦了擦炕席要我们上炕，还端出一盆热气腾腾的吃食，好像是土豆汤，汤里飘着几片肉，一旁的小篮子里放着黄米面做的团子。我们出来带着饼干和水，计划着早点调查完回县城再解决吃饭问题。我就对张双兵说："你们快吃吧，吃完好去办事。"他们两口子各盛了一碗，很快就吃完了。接着又拿起那块布把碗抹干净，实实在在地盛上两碗，非常真诚地送到我们面前："喝吧、喝吧，好吃！"刚才那一幕，使我实在不好接受，小庞也在坚决推却。张双兵两口子脸上露出了难色。我心想，都不吃，人家会不会认为我们看不起他们。我抑制着胃里的搅动，硬着头皮喝了一口。张双兵的妻子看我喝了，脸上有了笑意，从小盆子里拿出个面团子，咬了一口，放在我的碗里，连说："好吃、好吃，这是黄米面做的，这都是我们过年攒下的。"说真的当时我实在无法接受这种习俗，但我心里也很清楚，她是为了证明这个东西真的是好东西，还是过年吃的东西，是他们当时最好的吃食了。我把团子和汤搅和在一起，吃了下去。还好，可能是因为饿和累（早上七点下火车后我们在路边喝了一碗面疙瘩汤就往盂县赶，到羊泉村时已经下午一点多了），没喝出什么怪味，倒感觉还有点香。

我一个人代表两个人吃完了饭，他们两口子高兴了，陌生感消失了大半，距离一下子就拉近了。张双兵又向我们介绍了一些情况，我们做了录像。这时候，我突然发现录像机里的电池快没电了。我想用他们家的插销充电，张双兵告诉我，他们这里电很紧张，不是什么时候都有电的。我一听就傻眼了，我们就带了两块电池，后面对受害者的调查还没开始呢。我们只好录一段停一段，主要依靠笔录了。

“慰安妇”或者是劳工，他们所受到的伤害，不只是肉体上的，加之世俗的偏见，这种伤害已经浸入到他们的每一个细胞中，伴随他们一生。只要触动到这些神经，他们就会有非常激烈的反应。

我们调查的第一位对象是刘 ××。这位大娘给我的第一印象就是很爱干净，屋子里收拾得很利落，窑洞内壁都抹了白灰，显得很亮堂。大娘本人长得很白，可以看出她年轻时一定很漂亮，也一定是个很勤快的人。大娘告诉我们，她是家里唯一幸存的女儿。她现在住的窑洞就是当年她被抓走的地方。我心里忽然有一个感觉，大娘对住房的细心收拾，会不会是尽力要抹去伤心的记忆。调查时，大娘的孩子们都不在场，她对我们说，孩子们都不知道她过去的事。

在刘大娘家的炕上，我们和大娘相对而坐，在介绍了我们的身份和目的后，就开始攀谈。刚谈了几句，大娘就放声哭了起来，我吓了一跳，那真是撕心裂肺的哭声：“见不得人啊！我一辈子都不是个人啊！”她一面哭一面向我们述说受害的经过。这是我第一次亲耳倾听受害人的述说，随着她的讲述，眼泪在我的眼眶里打晃，我使劲儿地忍着。意识告诉我，我是来做调查的，录像机还在旁边录着呢，不能太感情用事。我一边忍着，一边提问。大娘动情讲述着。

日本人抓我的时候，我还不到十六岁。大约是农历三月的一天早晨，日本人到羊泉村，堵住了我们家的门，进来两个日本鬼子和三个汉奸，进门就往外撵我们，说是要去开会，将我们撵到场院里。到了场院，一看有二三十人，我父母也在。

日本人都带着枪，与我一同被抓的还有我们同村两个女的，一个叫刘 ××，一个叫冯 ××，她们俩都结过婚了，我还是个闺女。日本鬼子要把我们抓到进圭村去，我哭着不肯去，鬼子就用枪托子打我，一下就把我的左胳膊给打断了，一直到现在都无法端碗。

日本人用绳子绑着我们三个，牵着走。用刺刀顶着我们，不走就用刺刀刺。进圭村是当时日本人比较大的据点。到了那里后，日本人就把我关进了一个里外两间的小窑洞，把门锁上，门口有人看着。当天下午，两个日本兵就把我祸害了。我反抗，他们就用毛巾堵我的嘴，我胳膊那儿也疼，一点办法都没有。到了晚上他们又把我押到炮楼，那里的日军队长继续对我祸害。以后的四十多天里，每天都有几个日本兵来祸害我，我反抗就打我的脸。后来我病了，脸和身子都肿了，肚子也痛，动都动不了了。

进圭村有我的亲戚，告诉我父亲说我病得不行了，让快想法子接回去。我父亲到处借钱送了礼后才将我接走。接的时候日本人还讲，养好病后还得回去。我病得坐都坐不住，是父亲用毛驴驮回来的，我只能趴在驴背上。在家养了一段后，身体有了好转，我就躲起来了。后来听乡亲讲，日本人又来抓我，但他们没有找到。

大娘还告诉我们：因为有了那事（被日本鬼子强奸），难以出嫁。后来我的丈夫也是二婚的，丈夫死后就没了经济来源。大娘的胳膊由于被打伤，干不了重活，一直靠大儿子照顾着，大儿子为了照顾大娘也没有成家。

调查进行了一个来小时。我告诉大娘，我们这次调查就是为了向日本政府起诉，让他们给你们赔偿、谢罪。大娘睁大双眼看着我：“日本政府能吗？我也不认识当年害我的那些人了。”我告诉她：“不是要找当年强奸你的那些人，责任人是日本政府，要他们来承担这个责任。”大娘说：“那行。你们是北京来的，我相信你。”

当我再问大娘还有什么想法时，大娘说：“如果能让我去日本，我想亲自对他们讲讲这事儿，讲讲日本人的罪行，让日本人都知道我受的苦。”大娘在和我们谈的时候双手一直都紧紧攥着，我可以感觉到她攥着的是羞辱、气愤……说不清楚的各种感觉。

在调查交谈中，小庞一直背对着我们，趴在窑洞的窗台上记录，我感觉到她也很难受。小庞后来告诉我，她听得已经是两手冰凉了。我摸了一下她的手，果真是冰凉的。我理解她，同样都是女性，亲耳听到这样对女性同胞惨无人道的迫害，我不知道怎样来谈当时的感受，也不知道怎样安慰小庞，谁这时候能安慰一下我啊……

刘 ×× 向律师讲述受害经过。从左至右：刘 ××、庞秋贻、康健。

1996 年 3 月 8 日摄于盂县

接着我们又到了李村，见了周 ××。周大娘当年是妇救会干部。由于当年遭受日军的残害，丧失了生育能力，后来收留了一个养女。在我们到周大娘家时，她的养女也跟来了。周大娘的住房由砖和土坯混建，位于李庄村边。由于当年日本人对她的祸害，她的身体一直不好，在我们的谈话中，她的手一直在抖。周 ×× 的老伴，在我们谈话时没有在场，养女一直陪着她。和我们交谈时，她的表情一直很麻木。

大娘告诉我们：日本人来的时候，她刚十八岁，那时候她已经是村里的妇女干部了。汉奸告密，带着日本鬼子把她和几个村干部抓到了进圭村。到了进圭村，就把她关在一个小窑洞里，锁上门，门口有人把守着。到了晚上，日本兵就把她强奸了。从那时候起，每天都遭受日本兵的祸害。她反抗，他们就打她，就是那时候落下的毛病，到现在手还是老发抖。半个多月后，日本人听说八路军打过来了，就押着她和那些村干部去西烟镇的日军据点。走到半路上和八路军遭遇了，日本兵都跑了，他们就被八路军救了。回到家，家里人都哭了，说她捡了一条命。后来日本人又来了几次，她藏了起来，没被他们抓到。

谈话中大娘还问我们："我是妇女会干部，这个事我一直没有向日本人讲过。我想问问你们，这个身份能告诉日本律师吗？"我告诉她：可以。她十分担心地说："那我算不算暴露身份了？日本鬼子抓了我，我都没有供出来我是妇女会干部，我要一直保守这个秘密。你是北京来的，我相信你，可以跟你们说。要是让日本人知道了，这样，不行！"听了她的这些话，我心想，她的组织观念还真是强啊。我安慰她："那是战争年代的事。现在是要起诉日本政府，不是说你说了自己当年的身份就对党不忠诚。现在到法院起诉，追究加害者的责任，需要您实事求是地说明当年受害的事实和身份，还原当时历史的真相。"大娘说："那好吧。"但我看出她还是心中不安。

通过对两位大娘的调查，我们真切感觉到她们家里都是很困难的，真想能直接帮助她们点什么，由于没有一点精神准备，只带了点自己路上吃的饼干和水，还有一袋糖块。当时考虑路上饿了，就拿这些垫垫饥，能顶到下一个调查点就行了，不用耽误时间在外面吃饭，回到县城再说。当看到他们家里都那样困难，心中十分过意不去，一袋饼干和糖块分别留给了两位大娘，几块糖留给了张双兵的孩子。

在周大娘家做完调查，已是下午四点多了。我们原计划还要到日本鬼子当年在进圭村的据点，也就是慰安所的所在地，以及高庄的另一位受害人——侯 ×× 大娘家做调查。时间紧迫，我怕完成不了，被困在山里，于是和小庞商量，先送她坐车去高庄找侯 ×× 调查，我由张双兵带着去进圭村。

进圭村离李庄约七八里路，在城里来说就是六站路，我们坐车到那里已是傍晚五点多了。我在当年日本鬼子的慰安所窑洞前，还有其他一些有关场所拍了照。那时天已经暗了，当时用的是胶片的照相机，我的照相技术也不好，拍出的照片也是暗的。接着我们又返回去了高庄，与小庞他们会合。

进圭村离高庄约八里路，但是路很难走，有一小段河套路，都是在石头上走。高庄位于河床边的半山坡，村口还保留着年代久远的门楼，当地老人们说小时候就有，谁也说不清建于何时。侯大娘的家位于高庄中部一座小山坡上。进入高庄时天色已经暗下来，张双兵带我找到侯大娘家，我看到坡上有一位大娘坐在那里。后来我知道了，这位大娘就是侯 ××。她为什么坐在那儿，小庞她们呢？见到小庞，她告诉我，大娘谈完就出去了。我明白了，她坐在那里，是要暂时躲开她叙说仇恨、耻辱的窑洞，让自己再次受伤的心得到平复。虽然和这些大娘们只是短时间地接触，但听到她们受害经历的述说，已经能很直接地感受到她们的心情了。

在侯大娘家里，虽然灯光很暗，但还是看得出大娘家里收拾得也很干净。小庞告诉我，她们的调查也做完了。但是小庞没带录像机，作为证据还是要录一下好，我又准备再问一次并同时录像。在我们和大娘谈话时，她的老伴一直蹲在窑洞门口。

“还要说啊？我真说不出口啊！”侯大娘为难地说。每一次对受害者的调查，都是挖出她们心中几十年的痛。每一次听着她们的哭诉，我们都于心不忍，没有办法，这也是为了帮助大娘讨还公道所必须过的一道坎啊。我告诉大娘，如果您想起诉日本政府，那么就需要把被日军残害的事实告诉我们，这是打官司的证据。大娘用困惑的眼光看着我，这些大娘都没有打过官司，不知道什么是起诉，律师是干什么的……大娘说做梦都想出这口恶气，但不知有什么办法。我就从记忆中找出所有老百姓能够听明白的话，详细地做了解释，讲明了我们的来意。大娘听后看了看我：“闺女，看你挺善的，我跟你说。但是我这些话真是说不出口。”

大娘告诉我们：日本鬼子抓她的时候，她才十三岁。是和她的父亲一起被抓的。她的父亲当时是八路军委派的村长。那时候为了对付日本人，有些村子里就有两面村长，一面应对鬼子，另一面为八路军办事。后来被汉奸告了密。那天晚上，鬼子把村子包围了，把全村的人都赶到邻居家院子里开会，把她父亲捆了起来，还抓了村里的六个女的，三个妇女（已婚），三个女孩（包括她）。鬼子把她们带到进圭村。到了村里，就把她们关到一间房子里。不一会儿，又把侯 ×× 带到另一间房子，这间屋里有一张炕，没有其他家具。日本兵当着她的面拷打她父亲，之后将她父亲捆绑起来塞进炕洞里。这几个日本兵又把她摁在炕上。

侯大娘说："当时我太小，害怕得要命就大声地叫唤，鬼子不让叫，就打我，用毛巾堵我的嘴，用脚踢我的腿，两个日本兵把我抬到炕上就给祸害了。当时我就哭啊、喊啊，一点办法都没有。我父亲在下面的炕洞里，嘴巴被塞着，也喊不出来。我想死都死不了啊！父亲在炕洞里也无法救我，只能听任日本兵欺负我。"说到这些的时候，大娘是趴在我耳边小声哭诉的，当时我和大娘两人同坐在一张条凳上，我能感觉到她的眼泪浸湿了我的脸，我忍不住眼泪就要往下掉。说着说着大娘突然就瘫软下去了，差点从条凳上摔下来，把我吓了一跳，急忙扶起她。听着她痛苦地哭诉，我心里只想着一句话：日本鬼子太不是人了！

大娘缓了一口气，强忍着内心的悲痛继续讲述。

从那天开始，日本鬼子天天都对我那样，在那里关了四十多天。到后来都动不了了，吃不下饭，每天都哭叫，精神失常了，都要死了。

日本鬼子看我身体不行了，也没什么办法，就让汉奸通知我家里。家里知道后，卖了牲口、口粮，还有所有能卖的东西，还向亲戚、朋友借了钱，把我赎回来了。回家时是我姨夫赶着毛驴接的，我不能坐，只能趴在毛驴身上。回到家后，全身肿得不像样，脱了一层皮。村里的乡亲见到我都讲，这孩子活不成了。家里借钱给我治病，每天我什么都不知道，连吃喝都要妈妈来照顾。因为我年纪小，被鬼子吓神经了，每天呆子一样。我妈说我魂丢了，每天都到屋外给我叫魂，要把我的魂叫回家。

回家里后，妈妈给我请医生，一年多之后，才缓过来点，明白点事了。我身体稍恢复后才听说，父亲已被日本人杀了。日本鬼子太坏了，我恨死了！现在我还常梦见被日本人抓走，吓死了。一直到现在，只要一听到"开会"两个字，就害怕，就到处躲。特别是五十年代，开会特别多，只要是通知开会我就躲。

当年日本鬼子就是通知开会，把村里人赶到场院里后把他们父女俩抓走的。当我第二年再次去盂县调查时，大娘的女儿小声告诉我，五六十年代，她妈妈听说开会曾经钻到水缸里面躲起来。这种惊魂的经历伴随了她一生，新中国成立以后还这样。

新中国成立后，侯大娘先后结了三次婚，由于有被鬼子糟蹋的经历，前两次都离婚了，第三个老伴对她还不错，两人相依为命，住在半山坡上。

与侯大娘的谈话结束后，大娘端出一碗红糖水煮的鸡蛋汤，让我们吃。我是不爱吃鸡蛋的，小庞一天没吃东西了，就赶快喝了那碗红糖水鸡蛋。我只喝了红糖水。当时我也没当回事，后来我知道，这是当地最尊贵的礼节，最好的东西了，农村坐月子妇女才能吃到的东西。老人把自家鸡下的蛋和家里仅有的一点红糖让我们吃了。我知道后心里特别过意不去，我们当时带的也没剩什么东西了，只能给他们留了五十元钱。这次调查，我们身上只带了路费，出差也没带更多的钱。

告别侯大娘，已是晚上八点左右了，我们抓紧往县城赶。张双兵告诉我们，翻过山大概有二十里路。我算了算，最多也就是一个来小时的路程，索性赶到县城再吃饭吧。

山里的晚上，和城里大不一样，我这才知道什么叫伸手不见五指。山路上就我们一辆车，远光灯打开就像过年小孩玩的小灯笼，照到路上根本就没什么亮。虽然那天星星月亮都可以看见，但是周边还是像被一口大锅扣着。好在基本按计划办完了一天的事，又有到县城后吃口热饭的期盼，心里多少还是有点轻松。

虽说已到 3 月份，但晚上山里的温度还是很低，白天山路上的雪水化了，天一黑，马上就冻成了冰溜子。车子摇摇晃晃地爬行，遇到上坡的冰面，约五六十米的一段路全是冰，车根本就开不上去，直往下溜。司机让我们全下车，拔点草，找点石头垫车轮子。我穿着棉靴子踢了踢路边的石头，根本就踢不动，石头全和土冻在一起了。秃山坡上也只能拔出几根毛草，草也和土冻一起了，几根毛草垫在车轮下毫无作用。司机很有经验，他怕大灯开的时间长了电会用光，只能开小灯，这样我们就更不可能到远处找石头和草了。

看着眼前的情况，司机说：“算了吧，大家把外衣脱下来，垫着车轮子，我开车，你们在后面推！”我和小庞没经历过这个场面，还有点新奇。也就按司机的说法做了。我当时穿的是带棉夹层的风衣，小庞脱下了棉外套，我表弟也脱下了外衣，连司机也把外衣脱了。几件衣服垫到车轮下，司机坐在驾驶室里缓慢地开车，我们几个在车后推。车子一米一米地往前挪。前行中车轮不停地打滑，不时还倒退，每退一下，我们心里都是一惊，起初尚存的新奇感早就没了。司机在驾驶室里大声地指挥着：“推！停！……”前进一点，我们就根据司机的指挥把衣服从车轮后撤出垫到车轮前面，经过几个来回，我们也有经验了，再撤出衣服在车轮前面铺开时，我们就尽量将衣服展开，争取一次能多前进一点。那段冰路也就五六十米，我们走了将近一个小时。幸亏是山西当地的司机，要是北京的司机，估计就悬了。车开出冰路，我一看司机，哇，只穿了件跨栏背心，头上还都是汗。我虽然脱掉棉风衣，但是还穿着毛衣和外套呢。那天估计也是零下十几度呢，我说：“小伙子你火力够壮的啊！”他只是说：“没事。我们走吧。”语气中还带着对我们的安慰。到后来我学会了开车才知道，那是紧张啊，再熟练的司机也不会常碰见这种情况。

离开冰路没走多远，车子咣当咣当有节奏地响起来。我急忙问怎么回事，司机说，可能轮胎被冰磨爆了。稀奇事都让我们赶上了，冰能把轮胎磨爆？司机向我们解释，冰的棱角不断磨轮胎，可能还有上冻的石头，轮胎受不了啊。可见当时天是多么冷。下山的路颠簸得非常厉害，车上备用的卸轮胎的拐把也不知颠到哪去了。司机无奈地说，下山再想办法吧。我们只好慢慢地开。直到夜里十二点多钟，在山脚下路过一个工厂，正好赶上工厂员工下夜班，工人们从厂子里出来。司机看见就说，有工厂就会有车，找他们借一个拐把把备用轮胎换上。司机就和张双兵两人到工厂去了。很快他们就回来了，两手空空。我们很奇怪，司机说人家不理他们。我怕车子继续开不安全，就和小庞到工厂传达室，向传达室老师傅说明了情况，一听说我们是北京的，老人家很客气地说：“刚才来了人要借拐把，这么晚我以为是两个赖小子（山西人对不太好的人的称谓），我没敢理他们。”我们听后笑了，心里说，北京来的还是管用啊。一边急忙告诉老师傅，那两个人是我们请来帮着开车办事的。“那行！”老师傅很痛快地答应了。进去就把他们的司机找来帮我们换好了轮胎，我们又继续往县城走。进到城里，大概已是凌晨两点了。从晚上八点离开高庄村到凌晨两点到达县城，二十里路走了六个小时。路途崎岖难走，这种感受终生难忘。

到了县城，终于看见了灯光，暗暗地闪着，虽然无法和北京的街灯相比，但还是感到异常亲切啊。

张双兵带我们来到他们这里最好的招待所——县委招待所。两人标间，十五元一个床位，屋里弥漫着一股怪怪的味儿。凌晨，饭馆早就关门了，招待所的小卖部也关了。我们敲开了小卖部的门，买了几袋方便面，几个人把面一分，就找水泡面，回房间一看，没有电。问服务台，他们答复，停电，还说没有开水。房间的壶里连凉水都没有，我和小庞只好用自带的半瓶矿泉水就着方便面干吃。吃了几口，累劲儿、困劲儿都上来了。也不管屋子里的什么味道了，和衣倒头就睡。

第二天起来一看，一晚上睡在灰床单上。起来后饥渴感一下就涌上来了，赶忙跑到街上小摊吃了一大碗热热的面条，也顾不上干净不干净了。热乎乎的面条下肚，别提有多满足了。在盂县的第一晚就这样过去了。没有精神上的准备，更谈不上物质上的准备了，没吃没喝，加上二十里路六个小时的折腾，这就是我们最初的调查经历，也为我们后期调查积累了经验。虽然劳累辛苦，但有所收获对我们来说就是最大的弥补和安慰了。

早饭后，司机抽空补好了车胎，我们踏上了继续调查的路，前往县城旁边秋子峪陈 ×× 大娘家。那段路是在山坳里，比昨天的路要好些，虽然是土路，但没有什么石头，即便坑坑洼洼仍然十分颠簸，至少不再担心轮胎磨破了。

早上七点来钟，我们到了秋子峪，那里也都是窑洞。陈大娘家住在一个很破的窑洞里，就是这样一口破窑洞还是乡亲看她可怜，借给她们家住的。大娘的丈夫对她很好，她丈夫当年是盂县抗日二中队的，这是我接触的唯一的受害者在接受调查时她的丈夫在她身边陪伴。他在大娘身边默默听着，也不时插上几句。

陈大娘告诉我们：

日本人抓我的时候是阴历七月间，当时我住在羊泉村。那天我正在河里洗被子，四五十个日本兵和汉奸来了，把我们赶到李庄开会，到了李庄汉奸指着我对日本人讲：就是她。日本人就让我和侯冬娥骑在一条驴上（侯冬娥就是大家传说的“盖山西”，人长得很漂亮），把我们押到了进圭村汉奸维持会。

到了维持会，汉奸就说如果把我男人找回来，就放了我。我咬定男人死了。他们就把我和侯冬娥关在一埝窑洞里，在窑洞里我和侯冬娥拜了干姐妹。到了晚上，冬娥被日本人带走了，有几个日本兵进来就把我强奸了。后来，每天都有日本兵来奸淫我，我不依，他们就用枪托子打我。平时就把门锁着，大小便都有人领着。我们也想到逃跑，有一次我和冬娥上厕所时准备逃跑，准备跳崖逃跑，我们想死了拉倒，不死就跑。但日本兵看得太严了，没能逃掉，被抓回来了。

后来被折磨得没有人样了，家里凑了些大洋还有羊把我“买”回来了（受了欺辱，还要自己花钱买回自己。这就是日本鬼子的强盗逻辑）。我的右腿被日本人用枪托子打断了。为了给我治病，我娘家、婆家到处借钱，在家养了一年多才能下地。现在想起来我还气得不行，打死他们我也不解气。这口气什么时候才能出呀？这个仇什么时候也忘不了。

大娘说到这儿已经是上气不接下气了。我问起了侯冬娥，大娘说她回到家后，侯冬娥也回来了。“有侯冬娥的相片吗？”女人的好奇使我又追问了一句。“没有，冬娥已经死了，她也很可怜。”大娘的声音很小，眼泪又下来了。提到和她一起受难的干姐妹，能不伤心吗？在一旁，大娘的丈夫说：“她是被鬼子祸害的，不是她自己走歪路。”听了他的话，我的鼻子一酸，多暖心的话啊，多么通情达理的男人。鬼子对大娘的祸害，致使她身体很差，常年哮喘。大娘

陈 ×× 向律师讲述受害经过时，其丈夫一直陪伴。从左至右：陈的丈夫、陈 ××、庞秋贻、康健。

1996 年 3 月 9 日摄于盂县

陈 ×× 与其丈夫走出家门。

1996 年 3 月 9 日摄于盂县

的丈夫对她十分理解，一直很同情她，照顾她，两人相依为命。大娘不识字，我们把笔录完整地给大娘念了一遍，大娘确认了。大娘的丈夫代大娘在笔录上签了字，按上了手印，这是我们在所有调查中唯一的一份丈夫代妻子签字的证词。陈大娘在丈夫的手印旁也按下了自己的手印。

结束对陈大娘的调查后，我们又赶往西烟镇，找郭 ×× 大娘调查。这时候，作为律师的职业敏感，我意识到，几位大娘都是在进圭村慰安所受到的迫害，最有力的证据还是应该请几位大娘到进圭村当地指认。从证据上来说，受害人的指认更直接、更有力。我就向张双兵提出来，到了西烟镇后，不管是哪位受害者，请她和我们一起到进圭村当年的慰安所做实地的辨认。

从秋子峪经县城前往西烟镇，又是一路颠簸，颠得五脏六腑都快出来了，我一路紧紧抓着车上的扶手，到了西烟镇感觉到手疼，伸手一看，手掌心已被磨出血泡了。这是我一生中唯一一次坐车手被磨出血泡的经历。

郭大娘住在她大女儿家，我们到了那里，村里人见有车来了，很多人都围上来看热闹。大娘没在家。大女儿说她母亲到下午才回来。我们只好告诉她，你母亲回来，不管到多晚，都要等我们。她女儿答应了，但向我们提了个要求："你们再来时，要是有人问，就说是西安来的亲戚。"为了能和大娘见上面，我们也就答应了。但心里还是留了个疑问，为什么要这样说呢？后来我才知道，她母亲当年的遭遇，不想让旁人知道。虽然村里也有人知道，但她还是不想让更多的外人知道。说是亲戚来了，可以减少别人的注意。

我们只好先到李 ×× 大娘家。李大娘对我们说：

当年我被日本人从李庄抓走的时候，才十五岁。那是七、八月间，天黑了，我正在家做鞋。几个日本兵带着枪闯进了我的家。进门后就往外拉我，我吓得往妈身后躲。日本人往外拽我，我妈往里拉，日本兵人多，还用枪托子打我们，硬把我抓走了。日本人把我被带到街上，看到侯冬娥和另一个女孩也被日本人抓住骑在一头毛驴上，日本人也让我骑上毛驴，把我们带到了进圭村。

到那里后，就把我关在一个小窑洞里，窑洞的窗户用纸糊着，不让往外看，门口有人看守着。到了晚上，几个日本兵就把我祸害了。我不依他们，他们就用皮带打我，我的眼睛就是被他们打坏的，头上也被打了两个洞，胳膊、腿都被打坏了。被关了五个月，每天都有日本兵来祸害我。当时就跟快死了一样。

后来日本人看我被祸害得不行了，就让家里人来接我。哥哥赶着毛驴来接我，我没法坐在毛驴身上，只能用筐把我抬回家。回到家我才知道，我被抓走后家里花了很多钱，人也回不来，母亲被逼得没法子，上吊自杀了，父亲也被气得呆（傻）了。

我们接着向李大娘谈到对日本的诉讼，大娘说："日本人在我们这犯了大罪。提起这些事，我气得不行，我要去日本，对他们讲讲我的不幸，他们害我害得太深了。"

在李大娘家调查后，为了赶时间，我们想再次返回进圭村取证，想请李大娘一起去。我说："大娘和我们一起到进圭村日军据点那里，认一认那个地方，好吗？我们还会把您送回来。"大娘听了犹豫了一下，说："五十多年了，从离开那里，我再也没有去过那个地方，不知道能不能认出来。要是那个村子里的人，认出我来怎么办？"为了打消她的顾虑，我说："五十多年你都没去过，村里的人早就不认识你了。我们带你去，直接看看当年关你的地方，你也不用和村里人说话。"她想了想后就提出："那让我闺女陪着我一块儿去。"我们答应了。

路上我们又返到羊泉村准备接上刘 × × 大娘。有两个受害者去现场辨认，可靠性大一些，如果有一个受害者记错了，另一个还可以挽回。刘大娘也和李大娘有同样的顾虑，也怕到那里被人认出来。从那里放出来以后，她也再没有去过，那是苦难之地，想想就伤心啊。我尽力地说服她："这样去辨认一下对咱们起诉非常重要，有很大帮助啊。"大娘迟疑了一下，点点头答应了。

再次进山，好在走过一趟了，不用问路，加上有张双兵引路，速度就快多了。到了进圭村外，我们停下了车。李 × × 和刘 × × 两位大娘相互看了一眼，两人的手拉在了一起，像是在互相打气。我有意让大娘们走在前面，以便她们不受旁人影响来自主辨认。两位大娘一边往前走，口中一边念叨着：“那个石洞洞、那个石洞洞。”就要找石洞洞。因为我头一天去过了，知道她们要找什么，那是进圭村口矗立的用大石头堆起的石拱门。往前走，两位大娘看见了石拱门，脸色都变了，两人想进，又不愿进，向前迈一步，又回头看看我。那个动作，至今在我脑海中深深铭刻。虽说我第一天去过了，当地人告诉我进了石拱门往右拐上坡就是一处民宅，也就是当年日军慰安所的所在地。前一天我去进圭村时已对这处原慰安所进行了拍照。但我们请受害者本人辨认时，我不能做任何提示。再往前走了几步，两位大娘指着石拱门几乎同时大声说：“就是这个洞洞！就是这个洞洞！！”

五十多年了，只有经历过当年那些对精神有过极大刺激事情的场景，才能在半个世纪后做出这样清晰的辨认。她们用手指着石拱门，脚步已经在门口停止了，好像不敢进去了。我知道，她们这时候脑子里一定浮现着当年受害的情景。这个石拱门是她们的鬼门关啊！我只能跟上去了。我对两位大娘说：“我跟着你们一起走，你们带着我。”这是一条让两位大娘伤了一辈子心的路，我和她们一起走，心里也真是不好受。

进了石拱门后，两位大娘马上就找到了往上走的坡。也就是昨天老乡告诉我通往慰安所的路，一段石头铺起来的坡，在村子的东半侧。再走不远，就看到一个窑洞，李大娘一下就认出来了。她走过去嘴里一个劲儿地嘀咕：“那个小房子，那个小房子……”当年这处院子的主人叫张昧海，现在仍住在这里，是个放羊的孤老头。张昧海告诉我们，日本鬼子来了后他们就跑了，鬼子把村里没跑掉的人都赶到村西，挖了条壕沟，日本鬼子则把东面占了，还在这里关了一些女人。当年这院里的几间小房子因为年久失修前几年已经倒塌了。李大娘还是毫不犹豫地认出了当年关押她的小房子所在的位置。同时她赶快把散开的围巾围起来，捂住了半边脸，张昧海在场，李大娘不想让他和其他人认出她来。为了取证，我提出在门口给她照张相，她同意了，但还是没有拿下围巾。至今，这张证人捂着嘴的照片依旧保留着，见证着当年的史实。

刘大娘说她不是被关在这里，就独自继续往里走，我们跟上了她。前一天我去调查时，村里的老乡已经告诉我里面确实还有一个慰安所，我也拍照了。这次想通过刘大娘来做最后的确认。一路走，刘大娘一面找，很快她就看到了那个院子。进了院子，她嘴里叨叨着："茅厕，茅厕……"快走几步就看见了门口边的那个茅厕。

年代久远，茅厕的墙已经塌了。刘大娘站在茅厕前，眼泪汪汪。我能理解她，在给我们讲述日本鬼子欺负她的时候，她说到过这个茅厕。那时候，鬼子天天欺负她，平时也不让她出来，使她身体非常虚弱，后来都不能走路了，以至于到后来上茅厕只能爬着去。不管地上多么脏，只能爬到茅厕，扶着墙才能上厕所。茅厕对她来说是蒙耻的见证，也是她唯一能够透透风的地方，她能忘记这里吗？就是这样，鬼子还是不放过她。

刘大娘接着走到过去关她的窑洞前，她发现窑洞的窗户和原来不一样了。她认出一旁塌了的窑洞窗户是原来的样子。窑洞现在的主人张吉明的亲属在此居住，她告诉我们，窑洞的窗户在十几年前就换了，塌了的那个窑洞他们就没有换。换了窗户的窑洞他们也就用来放放东西。我请窑洞的主人帮着把窑洞门打开，他们很热情，打开门，请我们进去。在窑洞里，刘大娘向我们讲述了她在这个窑洞里什么位置鬼子是怎样欺辱她的。

她还说，到了晚上，日本兵押着她从窑洞顶上面搭个梯子爬出去，到后山上中炮台（即日军建立的炮楼）里被鬼子的队长欺负。大娘带我们到窑洞外，详细地向我们指认到炮台据点的路线。当年鬼子队长住的中炮台已经拆除了，还剩下一点断壁残垣，在山坡下依稀可见。

从进圭村回来的路上，大家心情都很沉重。去的时候我还担心两位大娘五十多年都没再去过当年的受难地，也有可能认不出来。没想到，到那里后，她们全都认出来了，没有丝毫犹豫。在那里关押的几个月，天天的欺辱，仇恨的积累，已经成了她们刻骨的记忆，根本就不可能遗忘。

将大娘送回村子的时候，大约已是晚上六点多钟，天已经黑了。我们赶到了郭大娘女儿家。郭大娘在等着我们。大娘的女儿说："平日天一黑，我妈就睡觉了。今天听说你们来，专门等着你们。"郭大娘身体非常不好，当时有点半身不遂了，人很瘦。大娘盘腿坐在炕上，我坐在炕沿边，小庞坐在一边的条凳上，趴在炕边的柜子上作记录。大娘向我们讲述了当年的情况。

大娘记得日本鬼子抓她的时候是七八月间的一天半夜，那时她才十五岁。大娘正在姐姐婆家帮助照看小孩。日本鬼子和汉奸包围了村子，几个日本兵闯进家门，抓走了她和姐姐，还有姐夫（姐夫是八路军的村长，后来被日本人杀害了）。在天亮前把他们带到了进圭村。到了那里，鬼子把她关在窑洞里，当天晚上就被几个鬼子轮奸了。

大娘说："那时我还没有结婚，不懂这事，把我吓坏了。之后每天都有鬼子来祸害，这样的日子持续了一个多月。我的身体给弄坏了，起不来床，动不了了，上厕所都要靠同屋关押的乡亲架着。"我问大娘："有机会逃走吗？""没有，我也不敢逃。旁边住的都是日本人。我太小了。"大娘无奈地回答。我的心一紧，马上想到了前面调查过的几位受害者，侯大娘被抓的时候十三岁，刘大娘被抓的时候十六岁，李大娘和这位郭大娘被抓时都是十五岁。是啊，太小了，那都是小姑娘啊，在我们现在看来，那正是撒娇、任性、充满幻想的年纪，正值花季啊。而这几位大娘（以及我们后来调查的许多大娘、阿婆）在那个年纪却是在遭受着非人的摧残。

大娘继续着她的讲述：

> 我被日本人祸害得快死了，没有人样了，精神失常、糊涂了。家里花了钱，把我接回家。日本人让汉奸告诉我家里人，在家里也不准放我走，如果放了就杀光全家。回到家里没有多长时间，在农历十月天凉时，又是在一天夜里，日本人来了，又把我又抓走了。还是带到进圭村，还是关在那个窑洞。和上次一样，还是每天有日本兵来强奸我。很快我又精神失常，病糊涂了。
>
> 家里又凑了钱把我接回家，走的时候，有个汉奸悄悄对我家人说："快点偷偷逃吧，再进来就活不成了。"回到家后我就躲到另一个村子我奶奶家。后来听人说日本人找过我，没有找到。回家后治了好几

年病，到现在精神上还不太好。这件事我一辈子都不会忘。现在提起来我气得不行，这口气不知道什么时候能出来呀。我痛苦一生，就希望谁能帮着我出了这口气！

大娘还告诉我们：在她被抓前，按农村的习俗，她定过娃娃亲。在她被抓后，与她定娃娃亲的那个小丈夫一怒之下就参加了八路军。新中国成立后回来，没有嫌弃她，还与她结了婚。她丈夫转业后到西安工作，她也跟了去。当年受欺辱的经历，在她的心里一直觉得是个事，她丈夫心中也是有个结。这个结一直就没有彻底解开。后来郭大娘自己带着两个孩子回到山西，另两个孩子留在了西安。

大娘跟我们讲："好几年了，我那个老汉也不回来看我，可能他瞧不起我，我也没办法让人瞧得起，谁让我自己不干净呢？"大娘说到这儿，她的女儿在一旁对我们不住地眨眼睛，我理解为她不想让大娘说这个话题，我就用话岔开了。后来大娘的女儿悄悄告诉我，她的父亲已经去世了，就埋在村子里。因为怕她妈受刺激，一直没有告诉她。我们听后很伤感，日本鬼子的那些兽行，不只是伤害了受害者本人，还祸及了她们的家庭、子女。我多想向大娘说：大娘，不要怨你的老汉吧，他心里的那个结是日本鬼子造成的。你的老汉已经回来了，他回到了家乡，在你的身旁陪伴着你。

在回北京的路上，我和小庞交流了两天来的看法。我们共同的感受就是，这笔账一定要跟日本政府算，否则我们中国人真是太窝囊了，还会被人随意凌辱的。过去没有亲耳听这些事，没有这个感受。这次调查我们最大的感受就是，中国人受了这么大的屈辱、这么大的伤害，一笔勾销不赔偿，哪有这样的道理？受害者要求赔偿天经地义，加害者应当谢罪并承担赔偿责任，这是加害者改正错误不可或缺的程序。这种感觉始终伴随着我，伴随着我为在日本侵华战争中遭受严重侵害的中国受害者索赔的全程。

这次我们共向六位受害者做了调查。按时间顺序就是：刘 ××、周 ××、侯 ××、陈 ××、李 ××、郭 ××。回到北京，按照日本律师的要求，除了调查笔录外，还要写个调查报告。报告完成后，我就将调查笔录、录像、报告一起交给了日本律师。材料交付后，我认为任务也就完成了。没想到这只是序幕，接着一步一步做下来，居然持续了近二十年。

1996 年 7 月，在日本首次开庭后，我认为有关“慰安妇”受害事实的调查工作也就结束了。后来日本律师找到我，希望我将有的“慰安妇”的情况再进一步调查。面对日本律师的敬业精神，特别是要为中国受害者讨回正义和尊严的执着，我作为一名中国律师，没有理由拒绝。

当年秋天，我又去了山西。这次还是小庞和我同行，还是在山西的表弟龙龙帮着租的车。上次去山西路上的经历想起来有些后怕。等我们到了太原，见到租的还是上次那辆卡车，还是那位在寒冷夜晚只穿着一件背心头冒热汗的司机，心里不由多了些踏实的感觉，毕竟是和我们同患难一次了。熟人、熟车、熟路，走起来也快了。但是从进圭村返回必经李庄村边的那个河套时，与上次又大不一样了。

上次干枯的河套，在雨季山洪的冲刷下积满了水，河套这一段又是进山唯一的路。看不见水下面的情况，我们的车就在水中慢慢地前行。车开到李庄附近时，突然就陷进去了，车体倾向一边。司机说：“坏了，如果山洪要泻下来，我们就完了。”我想那怎么办？只能推吧！司机急忙说：“不行，不知道河里还有多深，水又凉，你们要掉进去怎么办？你们听我的。”他让我和小庞两人站在卡车后车厢外侧，脚踩在后轮护板上，用手抓住一侧的车帮，利用我们两人身体不到两百斤的重量压住一侧高起的车身。龙龙站在河里推车，司机慢慢加大油门，车子不停地晃动，我们明显感觉到护板下的车轮转动，两人死死抓住车上的栏杆，不敢松手。随着一声巨大的轰鸣，车子在剧烈的晃动中冲出了陷坑。龙龙被溅了一身水，爬上了车，我和小庞从车厢外侧迈进了车门。当时感觉腿都有些发软了。坐在后车厢里，三人相互看了看，不由得笑起来，这笑声既是相互安慰，也是自我解嘲，因为当时每个人的样子都是紧张又狼狈。回头想想，很是后怕，然而当时什么想法都没有了。不管怎么样，出来了，就可以继续向前走了，高兴得还唱了几句“人说山西好风光”。

那次调查结束后，我们往太原的方向返回。天已经黑了，仍然要经过那几公里河套。白天在河套里走只是感到颠簸，其他还没什么异样。晚上可大不一样了。虽然这段约三四公里的河套没有多少水，但晚上我们怎么也找不到从河套通往大路的豁口了，上不了大路也就回不到太原，我们迷路了。两边都是山，感觉天空离我们很遥远，月亮和星星发出的光很微弱，能感觉到远处有村子，但村子里没有灯，一片漆黑，偶尔有几声狗吠。司机凭着经验，感觉应该到大路口了，我们几个人瞪大双眼寻找，即使打开远光车灯，在旷野里，车灯照射的距离也非常有限。除了司机，我们其他人都下车在前面摸索，车在我们身后慢慢地挪动。手电筒在我们手里基本上没用，只能照着脚下，距离稍远一点就完全看不到了。河套约二三十米宽，白天途经时可以看到有的地段河套边地势较低，人很容易掉下去，因此我们也不敢太靠边寻路口，而在河套中间走又看不清边沿的豁口。就这样我们三人沿着河套中间稍靠河边的位置小心翼翼地向前摸索，司机在河套中间稍微平整一些的河床上慢慢地开。走了一个来小时，终于找到了豁口，大家同时欢呼起来，但那欢呼声在黑夜的山中，显得那样短暂，那样无力，车子在我们的欢呼声中缓慢地拐上了大路。

在那之后，我又到山西去过五六次，每次去都有不同的险情出现。

记得一次我们是租了辆吉普车去的，正赶上下雨，路上非常泥泞，车一刹，轮子就打滑。一个急刹，车子就在原地掉头，差点翻到沟里。司机赶忙松开刹车，任由车往前滑，吓得我们一身汗。司机嘴里不停念叨：“你们是去做善事，不会有事、不会有事……”他在安慰我们，也在镇定着自己。

到了 2000 年左右，已经允许外国人到那里去了。我陪大森律师和日本支援团体几位人士一起前往山西调查，也经历过一次小风险。那次租的是辆面包车，车行半路也是陷进路旁，好在是在平地，我们几人一起用绳子拉车，绳子被拉断了，便到附近的村子找来老乡，借来绳子。在老乡的帮助下，车很快就被拉出来了。这与我们此前经历过的风险不可相比，但大森律师他们已经颇多感慨了。

这些进山调查路上的艰辛经历好像在告诉我，到山里来，我们不只是要与受害者一起经历心灵上的痛苦，还要经受皮肉上的磨难，这些经历可算是铭心刻骨。一次次去调查，感觉大路的路况是越来越好了，但是去往山里的路还是没怎么变样。

在山西我们又调查了几位受害者，她们的索赔案，在 1998 年起诉了，我没有参与。山西的原“慰安妇”受害者在东京地方法院一共提起了三件诉讼，我参与了其中的两件。

叁

海南"慰安妇"调查

1997 年，我应日本律师的邀请，到日本东京参加了联合国人权委员会召开的会议，会议的主题为"战争对女性的侵害"。我在会上就"慰安妇"问题做了一个发言，主要讲述中国女性在战争中受到的侵害。在会议期间，听其他的中国同胞说到了在海南也有"慰安妇"。我当时就感觉，既然参与了"慰安妇"的起诉工作，就应该对这些情况有更多的了解。

1997 年底，我决定到海南做些调查。海南省政协的文史资料委员会工作做得真好，他们在抗战胜利五十周年前夕，编辑出版了日军在海南的罪行资料集，在资料集中，介绍了海南"慰安妇"的一些情况，为我们的调查提供了很重要的线索。

到了海口，我就去找到了这本资料集的主编——符和积先生。海南省政协也给予很大支持，我从他们那里租了辆车，他们还派了一位工会的同志陪着我，按照书上介绍的路线去保亭、陵水等地寻找受害者进行调查。这不是我第一次去海南，1992 年我曾去海口出差，对海南并不陌生。但去海南的黎寨、苗寨调查，这可是第一次。之前没有接触过黎族人、苗族人，更听不懂他们的话。我事先在海南省政协的帮助下联系到了保亭黎族苗族自治县的文史资料委员会，请了委员会的张应勇先生帮着我做翻译。他本人就是黎族人，原来是小学的语文老师，因为喜欢写作，就被调到文史资料委员会了。他对保亭的那些受害者曾做过初步的调查，我们在他调查的线索上，从法律专业的角度，再进行深入的调查。

去往村子的路上，风景很美，非常诱人，和山西大不一样。到海南的村寨一般都要过一条小河，有的小河上没有桥，只能蹚水过去。我天生就怕动物，心里就忌讳着河里的蛇啊、蚂蟥啊……看见他们海南人很自如地脱鞋、卷裤腿就蹚进了水里，没有一点害怕的意思，我也只能硬着头皮跟着下河。去海南之前，我还真做了些准备，虽然已经是 11 月份，海南的天气还是很热，但为了防止蚊虫的叮咬，我还是穿着牛仔裤、运动鞋。

到了保亭南林乡附近的一个村子，我见到了在海南做调查的第一个受害者——林 ××，她是位黎族人。阿婆没有在村子里住，她和另一家人住在海军农场废弃的几间房子里。张应勇一见她就大声地打招呼："阿婆，北京来的人，中央来的人找你。"我赶紧制止张应勇这样说，但他已经说出口了。后来听张应勇介绍，那时候，北京人到那里办事，他们都愿意这样称呼。我也就是一名普通的律师，很不适应这样的介绍。阿婆正坐在门口的小板凳上，看到我们，特别惊喜，马上就开始梳头、整理，一看就知道阿婆是位很注重礼仪的人，我急忙拿出相机给她照了张相片，阿婆当时的动作我至今记忆犹新。

我进到阿婆家里，屋里就只有一个光板床，床上铺了张席子，基本没有家具。我通过张应勇告诉她，我们想向她了解当年日本鬼子欺辱她的事情。阿婆一听，刚才的兴奋劲儿顿时没了，脸上的表情非常复杂。她看了一眼旁边屋子里的另一家人，带着我们离开了她的住房，走到了屋子外面五六十米外土坡下的小河边。坐在河边的地上，我和阿婆交谈起来，张应勇担当黎语翻译。阿婆一直低着头，我问一句，她答一句，一直是很压抑的状态，眼睛都不直视我，头始终没有抬起来。阿婆的双手一个劲儿地摁着赤着的双脚，好像在控制情绪，那样的麻木、僵硬，呈现出一种无法形容的状态。那种表情，那种动作，蜷缩在那儿，就这样和我们谈话，我心里真是不忍，一种沉重感强烈地压在我的心头。从我们到了河边，就有一头牛始终在我们身边转悠、吃草，我有点怕，就

林 ×× 在屋前。

1997 年 12 月 21 日摄于海南保亭

想轰它走，牛就是不走，牛脖子上的铃铛还叮当叮当地响。随着阿婆的述说，我渐渐进入到阿婆讲述的情境，也顾不上牛了。

林阿婆告诉我们：

1943年10月份，日本人把我抓走的时候我才十六七岁。那天我和另外三个姑娘在田里割稻子，日本兵就把我们抓走了。鬼子把我们带到什漏村，分别关到四间茅草屋里。几个日本人要我说出抗日游击队在什么地方，逼着我带路去找。我说不知道，害怕地哭起来。他们就把我锁在屋里了。

第二天，来了三个日本鬼子，把我轮奸了。我哭啊，他们不让哭，打我的嘴巴。从那天以后，每天晚上都有几个日本兵轮奸我。一个人奸污我，其他几个就在旁边笑着看。就这样过了十几天，我又被带到日军南林据点，关在一个用铁皮盖的房子里，还是每天被鬼子轮奸。我伤心透了，想到了死，可是又想到我的父母年老多病，不忍心丢下他们，没办法死啊。十几天后，他们把我又押回了什漏村据点，每天还是被日本鬼子摧残。一个多月后，我生病了，皮肤发黄，浑身浮肿，我的身体逐渐不行了，日本兵见我这样，失去了对我的兴趣，我提出回家，他们才同意放我走。这时我已经被日军关了两个来月了。

回到家，我的父亲已经病得很重，不久就去世了。我母亲就让我到姐夫家治病，治了两个多月，身体才好一点，那时已经是1944年初了。听乡亲说，和我一起被抓去的那三个姑娘直到日本投降后才回的家，和我一样，也是皮肤变黄，浑身浮肿，到1946年春夏之间先后都死了。

阿婆和我们说，1950年左右，她结了婚，丈夫对她很好，人很老实，话不多，知道她过去的事但从没有主动提起过。丈夫在新中国成立前，从农民那儿收集大米，转交给抗日游击队。她和丈夫在一起生活只有一年左右。在夜里阿婆被过去的噩梦惊醒时，她丈夫就会对她说“已经过去了”，安慰她，给她按摩手、脚和背。

突然有一天阿婆的丈夫被带走了。阿婆从田里干完活回来的时候，拿到丈夫被带走时留下的信。不久后，阿婆被告知她丈夫死了，但连遗体都没能看到。据说她的丈夫是在镇压反革命的时候被当成反革命杀了，当时她丈夫有点文化，可能说了点什么话，虽然后来承认是错杀，但也没有其他补偿。由于日本鬼子的摧残，阿婆丧失了生育能力，她就收养了一个儿子，但那个儿子对她没有什么感情，可能养子听说一些林阿婆曾被日军欺辱的遭遇，感觉在村子里抬不起头。林阿婆也不想多解释，她就从村里搬出来自己过了。

我告诉阿婆，要帮她起诉，她不明白起诉是怎么回事。用书面语言她听不懂，我就跟她解释，要找派兵来祸害你的日本政府，到法院告他们，要他给你道歉、赔偿。阿婆抬起了头，这是她第一次用眼睛看着我，那眼神里有疑惑也有希望。“那可能吗？”这是她和我谈话中声音最大的一句话。“能不能实现是一回事，咱们一定要去做。您愿意吗？”我问。“我愿意！他们不是人，我恨透他们了！”阿婆很坚定地答应了。

在与阿婆的谈话后，张应勇告诉我，一直在旁边吃草的那头牛是林 × × 饲养的，一直与阿婆为伴，阿婆走到哪儿，牛也跟到哪儿。我就知道了，这是有规矩的牛。我们在那里谈话它不会过来的，我也就放心了。我在那里拿着录像机，边录边谈，在我们采录林 × × 阿婆的音像材料里，那头牛脖子上叮当叮当的铃声，也应该被记录下来了。

第二次再见到林阿婆是隔了一年。这次去不单是为了做进一步的调查，而是真的想去看看她。我特意给阿婆带了条绿围巾，上次见到阿婆时，我见她围着条绿围巾，已经很旧了，我觉得阿婆是喜欢绿色的。这次见到阿婆时，她正在田里干活，也就是别人家收割完后，她在后面捡遗漏的稻穗，用捡到的稻穗贴补生活。阿婆手里的袋子已经装了有半袋子稻穗。张应勇在田边大声喊：“阿婆，北京的律师又来看你了。”阿婆看到了我们，马上就笑了起来！我也跟着大声说：“阿婆，您先捡吧，我们等您。”叫出“阿婆”两字，我的眼睛不禁湿润了。阿婆见到我们不像上次那样了，冲我们招了一下手，把袋子一甩扛到

林 ×× 在律师调查笔录上按手印。从左至右：林 ××、张应勇、康健。

1997 年 12 月 21 日摄于海南保亭

肩上，真利落啊，我赶忙在稻田边上用相机给阿婆照了张相。田里都是稻茬，阿婆仍然是打着一双赤脚，在长满稻茬的田里毫无顾忌地行走着。到了田埂上，阿婆冲我们笑笑，没有说话，她手往前一指，我知道了阿婆要我跟她一起往家走。还是那双没穿鞋的脚，在长满杂草和土石的路上飞快地走着，沿途都是坑坑洼洼的，还有很多牛粪，但阿婆健步如飞。途中还过了一条河，有六七米宽，河水很浅，几根木棍摆在上面就算是桥了。阿婆几步就过了桥，可以看出她浑身上下透着一股兴奋劲儿。七十多岁的人啊，走得飞快，我们在后面几乎一路小跑地紧跟着。这时我似乎感觉到阿婆的身边缺了点什么。

张应勇在路上告诉我，阿婆是要带我到她的新家。阿婆有新家了？我们第一次见到阿婆时，她在海军农场废弃的房子里住着。现在她搬回到村子里来了，当地政府正在帮她盖房子，已经盖起了一半。阿婆有自己的房子了，我太愿意和她分享这个喜悦了。阿婆把我们带到一座将要封顶的新房子前，笑着说："我有新房子了。"这时我明白了，阿婆赤着双脚飞快地带着我们走，不是她的双脚经历岁月的磨砺不再害怕路面上的羁绊，是她迫切地希望我们和她一起分享她有新房的欣喜。新房子建在村边坡上，还没有封顶，阿婆已经把这间半拉的房子当成家，在房中架灶起火做饭了。就这样一个还没有屋顶的房子，已经给阿婆带来了莫大的满足。我真替阿婆高兴，对阿婆许下了愿："希望下次再来时，看到您住进新房子。"张应勇把我的愿望转告给阿婆，阿婆笑了。

我们上次来调查后，在离开时，和当地政府有关人员交流，希望他们能对阿婆们尽可能地给予照顾。当地政府也感觉到外界对阿婆们的关注，也可能我的希望和政府的关心不谋而合，当地政府对阿婆按五保户对待给盖了新房。我把带来的围巾给阿婆围上，阿婆摸摸我的手，开心地笑了，我的心多少有些欣慰。一低头又看到了阿婆的那双脚，心里有点酸，那双经历人生七十多年历程的踩遍无尽风霜的脚，一直深深印在我的脑海。

我还给阿婆带了条小毛巾，让她擦手用。海南太热了，吃的东西放不住，就给她带了点糖。其实，小毛巾已经是我做"慰安妇"调查过程中必备的"礼物"了。在我们做调查中，没有一位大娘、阿婆在讲述她们的过去时不是泪流满面的。她们往往是用手，或是随手抓起什么就擦拭眼泪，看到这些，我很不忍心，给她们太好的东西她们又不舍得用，一条小毛巾正好可以在她们最难受的时候帮她们擦拭一下。

耳边又响起了叮当叮当的铃声，我回头一看，那头与阿婆为伴的牛在这儿呢。牛没有随阿婆下田，而是在这里看护着新房。

在保亭县见到的第二位受害者叫邓 ××，她是苗族人。到她家同样要蹚过一条河，有了前面的经历，过河也就习惯了，过河后双脚在裤腿上蹭蹭，穿上袜子和鞋，就接着往前走。

邓 ×× 的家境比林 ×× 好多了，她有女儿，女儿对她过去的经历很理解，和她生活在一起，苗族还有点母系社会的遗存习惯，女性在家里的地位还高一点。她家的院子里晒着橡胶片，我们就在橡胶片边上坐着谈起来。

邓 ×× 向律师讲述受害事实。从左至右：康健、邓 ××、张应勇。

1998 年 10 月 24 日摄于海南保亭

邓阿婆是 1943 年被强迫带到日军军营做工的，那时她只有十五岁。到军营的第二天，翻译把她叫到日本军官的住处，那个军官把她强奸了。自此每天都有日本兵强奸她。她反抗，他们就威胁她，如果不去，就杀死你，还杀你全家。邓阿婆也想到逃跑，但因为有日军拿着枪站岗，根本就跑不了，一跑就会被打死。长期受到欺辱，后来身体越来越差，一直到 1945 年 8 月，日本人忙着搬东西，才知道日本投降了，没有人管了，她才回到家里。讲到在她反抗日军对她的强暴时，她掀起衣服让我们看鬼子用刀砍在她背上留下的一道长长的疤。

调查完后，邓阿婆非要留我们吃饭，我坚决推却，张应勇说："一定要吃，她已经准备好了。"张应勇告诉我们，阿婆让她的小儿子到山上给我们打了一只山老鼠，这是他们招待尊贵客人的礼节。知道了这个情况，我心中一惊，这才想起在我们进屋时，我看到墙角有一个白乎乎的动物，以为是兔子呢？当一听张应勇说是老鼠，心里还是很不舒服。张应勇这时又说："黎族和苗族请你喝酒吃饭，你要不答应，是不尊重的。"再看看阿婆那真诚的眼神，我还能说什么呢？在阿婆的注目下，我也按照他们的习俗，用手抓起了一块肉，屏住气吃了一小口，嗯？还行，肉很嫩，有点像牛蛙。阿婆端给我米酒，我也喝了一小口。阿婆笑了，我们像一家人一样围坐在一起。

第二年再和邓阿婆见面时，阿婆专门给我绣了个头巾，蓝色的布，粉色的花。我说什么也没有要，可以看出阿婆很失落，我也不知怎么办了，那就戴着头巾照个相吧。阿婆脱下身上苗族的衣服，一定要我穿上。相片是让苗语翻译拍的。第三次再去海南时见到了照片，有点傻，但是很真。现在想想真是后悔，真应该留下那块头巾，那是阿婆对我的一片情义啊。我当时想的是阿婆那么大年纪还手工绣一款头巾太不容易了，实在不好意思接受。阿婆走后，这一直是我心中的遗憾。

接着我们又返回了保亭县南林乡，在乡政府一间空房子里对受害者谭××进行调查。

谭阿婆是黎族人。在阿婆十六七岁的时候，日本人占领了村子，日本人抓了阿婆和其他一些人到军营干活。在山上干活的时候，她被鬼子强奸了。

阿婆继续讲着：

我当时又哭又喊，那日本人就打我耳光，又拿枪吓唬我。我被吓坏了，就不敢反抗了。晚上就跑回了家。第二天，日本兵又把我抓走，单独关在房间里。他们白天把我放出来，在据点里给他们洗衣服，晒盐，干一些杂活。到了晚上就有几个日本兵强奸我。就这样过了五个月。五个月后，我被日本人转到大村的日军据点。那时天已经凉了，我们一个叫阿细（音）的姐妹被他们处死了。日本兵知道阿细被日军强奸后怀孕快要生产了，日本兵便以她是游击队的人为借口，要将她处死。当时日军把我们这些被关押的女人都赶到处死阿细的现场，看到阿细被绑在一棵大树上，日本兵用战刀将她砍死，又把她肚子剖开，肚子里的婴儿掉了出来，还在动，很惨啊！我们闭上眼不敢看，日本兵看到后，立刻凶狠地要求我们抬起头睁开眼看，我们都吓坏了。后来日本人投降了，一夜之间他们都走光了，我才回的家。回来一年后我结的婚，丈夫开始不知道我的那些事，后来知道了，他也能理解我，对我还是不错的。

从南林乡政府出来，在老乡带领下，我们到附近残存的当年日军军工厂的废墟做了取证，当年军工厂旁边作为慰安所的铁皮房早已拆除了，这也是林 ×× 阿婆曾被关押的地方。军工厂靠近山，快到那里时天已经暗了。日军在撤退前炸毁了军工厂，现在已是一片稻田。稻田中还矗立着一些大的水泥墩子，墩子上裸露着钢筋，那就是日军军工厂当年建筑时的一些基础。

老乡告诉我们，山里有几个山洞，据说当年是日本人堆放东西的地方，因为日军看守很严，不许老百姓靠近工厂，所以不知道那里面是什么情况，日本人撤退时炸了山洞。新中国成立后，曾有解放军部队去探查过，除了发现有少量的金属外，没有其他东西，也就没有全部挖开。

回到县里，第二天见了另一位阿婆黄 ××，她也是黎族人。在她家的院子里，阿婆讲了日军对她的暴行，一边谈，一边痛哭。阿婆是在十五虚岁的时候被强迫给日本人做劳工的。在 1943 年下半年，日军的曹长在她做工期间强奸了她。这之后，阿婆除了每天干活，还要受到日本兵的欺辱、轮奸。一直持续到 1945 年。由于备受摧残，阿婆丧失了生育能力。

和这些少数民族阿婆交谈都是通过翻译来转达，我们不可能苛求翻译完全准确地表达她们诉说的每一个字，但我已从她们痛苦的表情和难以抑制的哭诉中，理解了她们心中的痛和恨。

而后，在海南的陵水黎族自治县，我们见到了 ×× 良阿婆和陈 ×× 阿婆。

良阿婆是黎族人。那天担任翻译的是胡月玲。她带着我们找到阿婆所住的村子。良阿婆的事不想让她丈夫知道，就带我们到村外的庄稼地里，开始了第一次调查的谈话。良阿婆是在十四岁那年被日本鬼子祸害的。

黄 × × 向律师讲述受害事实。

1998 年 10 月 25 日摄于海南保亭

阿婆说：

那天早晨，我正准备到村外的田里挑稻谷。正往村外走的时候，突然有人大喊一声，我一看是日本兵，吓得转身就跑，十多个日本兵追过来把我抓住了。几个人过来就搂抱我，我抓起一个日本兵的手狠狠地咬了一口。那个被咬的日本兵就要用刺刀砍我，被另一个日本兵喊住了。看样子他是个当官的（后来知道他叫“冈村”）。他把其他日本兵都轰走，对我又要搂抱，我用力逃脱往家里跑。没想到他追到家里把我强奸了。第二天他又带着人到我家，我躲了起来。他们就打我的父母，我听说父母被打得不成样子，只好回家，就这样被日本兵抓到他们的军营了。白天给他们干活，舂米、洗衣、扫地，晚上被他们轮奸。我和五六个姐妹住在一起，在我们的房子里，我们几个同时被强奸。一年以后，我们五个人又被日本兵用卡车带到藤桥，被关在一座两层的砖瓦房里，当天晚上就被五六个鬼子强奸了。之后天天都是这样的日子。我也想跑，但是跑不了，有日军看着。有一个比我小的汉族女孩趁天黑逃走，被日军抓回来打得死去活来，看见她那个样子，我也不敢再逃跑了。在藤桥待了一年多，有一天我们村里的乡亲来找我，告诉我："你爸爸去世了，快回家看看吧。"我听了大哭起来，找到日本军官要求回家给我父亲送葬。起初日本军官不同意，我和那位乡亲跪在地上苦苦哀求，他就同意了。回到家，一看父亲还在，才明白是他们为了帮着我逃出来，才这样做的。当天夜里，我父亲和乡亲拿着锄头和粪箕，悄悄地在村边荒地上为我堆了个假坟，然后我们全家一起都逃走了。后来乡亲们告诉我，那个冈村带着日本兵又到村子里找我，村里人告诉他，我因为父亲死了伤心过度自杀了。冈村看了那个假坟，也就信了。

到了新中国成立后的1953年阿婆才结了婚。

"我非常恨日本人。"良阿婆愤愤地对我们说。

做完调查后，良阿婆还带着我们到藤桥镇，指认了当年的慰安所和日军的军营。

对良阿婆的调查结束后，我们到了家住陵水祖关的陈××阿婆家。陈阿婆所在的村子距公路约两公里，路面比较窄，汽车只能停在公路旁，我们步行进村。这段路两旁长满了野生的椰子树和槟榔树，树下生长着矮小的灌木，阳光透过树叶照在这条羊肠小路上，走在路上感觉有点神秘浪漫的味道。虽然中午气温较高，但由于有高大宽阔又密集的树叶遮挡，还是感到阴凉舒适，大家行进速度都比较快。快进村时，一条近二十米宽的河道挡在面前。少见的是，这条河道低于路面近十米，当地人称之为河，我看可以称为"深沟"。河道里的水不深，看样子也就几十厘米深，但长满青苔。河道上搭了一个水泥构造的水渠，水渠高约五十厘米，宽约四十厘米，中间有槽，可能是下大雨时用于排水。槽两侧面宽约十厘米，这就成为人们通行河道的桥了。

当地带路的黎语翻译很自如地走了过去，我跟在后面本想这也没什么，就像体育课走平衡木似的。但当踩到水渠窄窄的边沿时，不禁腿有些发软，在约两层楼高近二十米宽的水渠上通过，并不那么轻松，掉下去虽然可能没有生命危险，但也会很狼狈的。如果坐在水渠上挪过去，速度太慢，也有些丢人。横下一条心，眼看前方，余光关注脚下，小心翼翼安全到了对岸，顿时如释重负。

进村后，很快就到了陈 ×× 阿婆家。

陈阿婆是黎族人，穿着筒裙，头上裹着土红色的头巾，坐在小板凳上，我在她对面一个小土堆上坐下，听着阿婆的讲述。阿婆一边讲，一边哭。

她对我们说：

> 在十四岁时，那年天已经凉了，日军翻译带着两三个日军拿着枪到我家，进门就抓我到日军据点做工。我不去他们就抓我父母，没有办法，我只好去了。到了据点那里，他们就把我看管起来，每天干活，不让我回家。过了一个月，他们硬让我上了一辆卡车，把我拉到了三亚藤桥。到了藤桥就把我关在一座砖房的二楼，屋里是木地板、木楼梯（后证明是日军设置的慰安所）。当天晚上我就被两个日本兵强奸了。我反抗，日本兵就打我的耳光。这之后我每天被日本兵不断强奸，我要是使劲反抗就会被打得失去意识。从那时以后，我就落下了头疼的毛病。在藤桥被关押的房子里，平日反锁着门不让出去，和其他同被关押的人也不许说话。过了一段时间，又被押回原来的日军据点。

阿婆在讲述中不停地用小手巾擦着涌出泪水的眼睛。我们谈到了阿婆的家庭，好在她的丈夫对她很好，由于受到鬼子的长期伤害，结婚后阿婆怀孕总是流产，只留下了一个女儿。阿婆说：“丈夫知道我的经历，但是他能理解我，对我很好。他知道我不是自愿的，我是被日本人强迫的，我是个受害者。”

虽然阿婆的丈夫去世多年了，但阿婆把她丈夫的照片一直带在身边。阿婆

陈 × × 向律师讲述受害事实。

1998 年 10 月 26 日摄于海南陵水

从腰间拿出了个小布包，一层一层地打开，里面是她丈夫的工作证，内页有张旧照片。阿婆把照片拿给我看，照片上是一个解放军战士，那是一身五十年代的军装，胸前还有中国人民解放军的标记。阿婆指着照片说："他是红军。"语气中透着自豪。红军在当地黎族人心中是很神圣的，解放军是红军的后代，阿婆说的没有错。能和他结婚，又得到他关爱，这是阿婆一生最大的安慰。

离开阿婆的村子，再度提心吊胆地通过水渠。几年之后，从村子的另一头修了条路，不用过那条河了。我们再去时，汽车已经可以开到村里了。

在保亭调查时，我们还去看了一个韩国原"慰安妇"受害者的墓地。墓主的名字叫朴来顺。这位韩国阿婆，和我国的大娘、阿婆们一样，都是战争中的受害者。据说朴来顺是为了找寻她在中国的恋人，被骗参加了日本人的"战地后勤服务队”到的中国。她的恋人是朝鲜籍日本兵，后来死在了中国，两人没有见上面。到中国后，她很快就沦为日本人的“慰安妇”。

1942 年的时候，朴来顺在海口照过一张相。海南政协出的日本兵在海南的罪行集，把这张照片也作为史料刊用了。我见过张应勇翻拍的那张照片，朴阿婆很漂亮。我既然已来到保亭调查中国原“慰安妇”受害者的受害事实，对于这位已故的韩国原“慰安妇”受害者也应该拜祭一下，便提出想去她的墓地。

听张应勇介绍，新中国成立后，朴来顺也不想回到韩国去了。虽然韩国是她的祖国，但也是她被骗来做“慰安妇”的伤心地，她不想见到当初被骗时没有对她施以援手的人，决意留在保亭做了养路工。之后有韩国研究“慰安妇”的人士来看过她，也没有勾起她回国的想法。在我去的前两年，她因病去世了。还在做养路工的时候，朴阿婆就给自己选好了墓地，按照当地的风俗，她身前的遗物放在一个铁箱子里，摆在坟旁。我特别想看看她在 1942 年那张在海口的原照。张应勇说，相片肯定在箱子里，但是不能打开，这是当地的风俗。不过，可以带我看看她的墓，能去看我也很满足了。

几天接触下来，张应勇也知道了我怕动物。他特别告诉我，去可以，但山上有山蚂蟥，如果咬住了，你千万别揪，要使劲拍打，它就会出来，你越揪它就越往里面钻。我的心又紧了，既然已经开口说了要去，不去就不合适了，何况我确实真想去看看。决心战胜了紧张。

朴阿婆的墓地在一处丘陵顶端，进入丘陵后尽是灌木丛，没有路，只能见缝插针地选择树丛空隙落脚前行。我把裤腿塞进袜子里，防止山蚂蟥的攻击。张应勇在前面领着，我在后面一边录像，一边走。走着走着突然有什么东西拽住我的裤腿和裤兜，我失声大叫起来，脑子中反应的都是被蛇、蚂蟥咬了。跟在我后面的司机急忙说：“没事，没事。”低头一看，是山上的灌木丛把我的裤子剐住了，让我一下迈不开步，真是把我吓死了，根本顾不上什么北京来的，“中央来的”形象了，真是失态！

到了朴来顺的坟前，我看出阿婆在生前选址时真是用心了。坟墓在一个小山坡上。墓碑上刻着：生于一九一二年卒于一九九五年，祖妣韩国侨工来顺朴氏墓，落款是：保亭县公路分局立。

已故韩国原“慰安妇”受害者朴来顺之墓。
1997 年 12 月 21 日摄于海南保亭

从碑文上可以看出，朴阿婆的大半生都是在中国海南度过的。立碑者是保亭公路分局，在中国作为单位给逝者立碑也是很少的，由此可见对阿婆的重视和尊重。墓碑的正文称朴阿婆为祖妣，工友们把她作为自己的长辈了，也可见阿婆和她共事的工友们是很亲近的。张应勇介绍说，在阿婆病重时，单位专门派了人护理她。按照当地的风俗，还给阿婆备好了棺木。一般客死他乡的人，在给自己选择墓地时，都是面对故乡，她没有这样，虽然渡过大海就可以到她的故乡了，但她的墓却没有对着海，而是对着她平日养护的公路，也对着她生前住着的房子，那是她一生中度过最后几年平静生活的地方。她生命中最痛苦的时光和最后的平静生活都是在海南度过的，她把这里真正当成家了。装她生前遗物的箱子和她日常用过的铁桶也在坟前，我很想知道箱子里面放着些什么，那里面一定有她对生活的留恋，也一定有日本鬼子留给她的伤痛。我拍了几张照片，留下了朴阿婆墓前遗物的影像，也留下了我的猜想。

1997年底，我把在海南调查的一些情况和日本律师说了，希望帮助海南原“慰安妇”受害者提起诉讼。日本律师说要考虑一下，目前精力还不够。

第二年，我又和小庞律师一起，再次到海南做进一步的调查。前一年我是沿海南东部去了一些县城，向受害者做了初步的调查。这次是去西部及中部的县市。日本右翼不断地否认“慰安妇”制度的存在，日军在中国设置的慰安所，是日军在战时设立“慰安妇”制度的铁证。为了做好在日本的诉讼，我们这次到了临高、澄迈、东方、儋州、昌江等几个地方，主要进行对慰安所具体地点的调查，以印证“慰安妇”制度的存在。

在当地有关人员的陪同下，我们调查了临高县新盈港慰安所的情况。被日军强占作为慰安所的民宅尚在；日本驻军当年所在地现在已经是临高

海南临高县新盈原被强占为日军慰安所的民居。
1998年1月17日摄于海南临高

海南崖城原被强占为日军慰安所的民居。

1997 年 12 月 20 日摄于海南崖城

新盈中学。学校正门旁日军汽车队驻地地面上当年铺的水泥还在，学校操场旁的日军军鸽房的断墙还在，日军使用过的水塔还在，离这些遗址不到一百米就是当年的慰安所。日军在新盈港还强占了永发栈、陈姓民宅等地作为慰安所。我们都在现场取了证。到如今写这些回忆的时候，已经过去十多年了，当地的学校、街道一定变化很大，真希望这些历史见证物能够保留下来啊。

在三亚红勘，我们到了当年慰安所的所在地，慰安所已经被拆了，原址上建起了福利院，被拆除的屋顶瓦片还被当地居民捡拾起来，铺在自家放杂物的棚顶上，多余的瓦片则堆在地上，瓦片上清楚地刻印着“改良理想瓦”字样，这是当年日军使用过的见证。三亚的粤海医院的院内，当年也有所慰安所，现在也已经拆除，建起了一个小花园。

崖州崖城镇的老街上，陆友松老先生带着我们察看了当年日军在镇上设置的慰安所。日军为了干那些伤天害理的事，把慰安所甚至设置在崖城西关的文武庙。我们在海南的调查中发现，日军霸占寺庙作为慰安所不止这一处，儋州市中和镇的冼泰夫人庙当年也是被日军强占为慰安所。

1998 年再次去海南，见到良阿婆时，黎语翻译告诉我说，上次调查后，她的丈夫知道了很生气，抱怨她把“丑事”跟外面的人说，给他丢脸，会让魔鬼缠上的，还把她打了一顿。我一听内心很不安，由于自己考虑不周，没有先与良阿婆的丈夫沟通。这次在见良阿婆之前，我决定先找她丈夫谈谈。

良阿婆家住在典型的黎族房子里，门口挂着个大牛头，弯弯的牛角透着几分威严。阿婆正在家门前织筒裙，见到我们来，脸上露出了笑容，刚想打招呼，又止住了，笑容也从脸上消失了。我就知道她丈夫在家了。良阿婆过去的经历，使一般人对她有偏见，不愿意娶她；她丈夫原来患有很严重的疾病，虽然治好了，但也不容易找到老婆。就这样，两个人走到了一起。因为是黎族，沟通交流要通过翻译，解释起来颇有些费劲，我主要是跟良阿婆的丈夫讲清楚，那都是日本鬼子干的坏事，不是你老婆干的坏事！记不清当时还说了什么，反正费了好大劲才使他的对立情绪有所缓解。这也是我一生中最直接地干涉人家的家事，当然，这也是国事。和他交流中，他老是看我手中的相机，我就说：“那我给你照张相吧。”他高兴了。我给他自己先照了一张，之后给他们夫妇也照了个合影。这是他一生中头一次照相，最后他总算同意我们再对良阿婆做调查。之后几次对良阿婆的继续调查，也都得以顺利进行了。

第二次去陵水县调查时，我们又到了陈 ×× 阿婆家。阿婆真客气呀，让她的外孙子爬到椰子树上给我们摘椰子，那是当地的红椰，据说很养胃。头一回喝到刚从树上砍下的椰子，汁水甘甜，我们不断地向阿婆说：“甜，好喝……”阿婆点着头，不停用手做出让我们喝的样子，满脸都是欣喜。那是我一生中喝到的最甜的椰子水。在陈阿婆的指引下，我们到了当年阿婆受难的日军驻地，那里离公路不过两百多米，当年阿婆和其他一些妇女就被关押在那里，每天过着非人的日子。我们在那里照了相，取了证。

在陵水县委大院，我们和当地政府的工作人员交流，希望他们能关照这些阿婆。县委的办公地，就是当年日军在陵水驻军的所在地，后面那排房子就是当年按日军要求建造的“高脚屋”，完全不是海南当地建筑风格，是按照日本的建筑风格结合当地的情况建造的。在县政府附近的山上有一块大石头，上面刻着：陵水占领　井上部队　昭和　××××年。我们对这块大石头照了相。不知道这块石头还在不在，“文革”时都没有毁掉，留下警示后人吧！

第三次去海南调查我带着助手孙桂玲，住在保亭一个招待所。次日，张应勇带着我们到住在保亭县附近的杨××阿婆家调查。由于离县城不远，我们就走着去了。在路上，张应勇指着对面的山对我们说：“那就是七指岭，海南有五指山，还有七指岭。”果然，远处的山，真像七个手指组成，太形象了。过去我们只知道海南有个五指山，没想到这七指岭也是这么好看。张应勇对当地的人文环境很熟，也特别喜欢收集民俗故事。他告诉我们：“七指岭里面还有个蝴蝶谷，要是将来开发旅游一定行。”

虽已是十一二月份，到了中午天气还是很热。路上张应勇滔滔不绝地介绍着当地民俗，再加上有一路美丽风光的伴随，也就不觉得热了。走着走着，张应勇指着土路上一条长长的印子问我们：“你们看那是什么？”土路上的印子像自行车轮胎轧过留下的痕迹。我说：“自行车轧的啊。”他说：“这是条蛇刚刚爬过。”我的脑子嗡地一下，那得是一条多大的蛇啊。我本能地跑到路边，想找个竹竿或棍子作为防身用。张应勇叫住了我们：“不要到路边去，路边都是草、竹子，最容易有蛇了。”我们又吓了回来。再往前走，张应勇讲的什么都听不进去了。我和小孙一言不发，四只眼睛也顾不上看风景，只是扫视着路面。刚走不远，和我们同行的方向，又见到两条蛇交织到一起爬行的痕迹，我们本能地放慢了脚步。快到村口时，蛇爬行的痕迹向左消失到草丛中。到了这时候，我们两人才开始说话，一路惊魂啊。

杨××阿婆是黎族人。到了阿婆家，看到她正在烧牡蛎。海南人有个习惯，喜欢嚼槟榔，说亲送礼都要有槟榔。嚼槟榔时讲究的还要就着石粉，实际就是牡蛎壳在火里烧了后弄成的粉。他们还用一种植物叶子把石粉包起来卖。嚼槟榔是年龄大的人已经养成的习惯，咀嚼时满嘴血红。在这之前，我也体会了一把嚼槟榔的感觉。在保亭县城招待所门口，我买了一点槟榔就着植物叶包的一小包牡蛎粉，学着当地人的样子嚼槟榔，没想到几分钟后就感到天旋地转，腿发软站不稳，我赶紧扶住招待所大门，大声喊服务员帮忙。一位年轻的女孩跑过来，看到我脸色苍白出虚汗，很有经验地从门口附近的水管中接了一杯凉水让我喝下去，我顾不得是否卫生赶紧按着她的要求喝完那杯水，又过了几分钟，可以挪动脚步了，在服务员搀扶下走到大厅坐下来，大约半小时那种眩晕感才减轻。服务员说，这是晕槟榔，外地人吃不惯时就会这样。没想到小小槟榔这么厉害，当地人还那么喜好，不管怎样我再也不敢嚼槟榔了。

作为槟榔的配料，当地制作牡蛎粉也是件很郑重的事。张应勇对我们说："等阿婆烧完牡蛎壳我们再谈。"阿婆在烧牡蛎壳时，我给她照了张相，阿婆很专注，没有发现。等阿婆烧完牡蛎壳后，端起碗要喝水，我请张应勇告诉阿婆，我们想给她再照张相，她可能没有听清楚，等闪光灯一闪，阿婆"啊"的一声，手中的碗掉到了地上。阿婆大声地说了一连串的话，张应勇翻译给我们："这是什么光啊，魔鬼的光，要把我的魂吸走了，吸走了！"见到阿婆那么紧张，又说出那样的话，我们心里很内疚，一个闪光灯就给阿婆带来那么大的恐惧。我赶紧拿着相机对着自己又闪了一下："没事，没事。阿婆您看，没有吸走，我们都在这里呢。"又做了好一番解释，阿婆才慢慢安静下来。

我们和阿婆的交谈不怎么顺利，我们问了很多，但阿婆的回答很不情愿。张应勇用黎语对她做了很多工作，但她还是很害怕，只是简单地对我们说了些情况。通过阿婆简单的述说，我们知道了，阿婆是在十七岁的时候，被日本兵抓到据点做工。到了据点，不但要做工，还要受到日本兵的轮奸、摧残。当我们对她谈起要和日本律师见面，要到日本打官司时，她坚决不同意。她总是在念叨："我说了那么多那些事情，让很多人知道，魔鬼就会知道了，我死了后就不会安生的。"我们说到"日本"两个字，她听得懂；她说到"日本"两个字，我们也听得懂。不管是谁说起"日本"两个字，阿婆的面部都是抽搐。恨和怕一直交织在她的心里。"我不见日本，我不见日本"，这是我们直接听清楚的话了。日本鬼子对她的伤害，天地难容啊。我真找不出哪个词来形容当时阿婆的表情了。我们是带着失望离开阿婆的，我们也深知，这失望完全是日本鬼子对阿婆做出伤天害理的摧残，在阿婆心里留下了深深的惧怕而造成的。鉴于阿婆这样的状况，我们就无法把她作为到日本打官司的证人了。杨 ×× 阿婆在几年前已经离开了人世，她是带着对日本鬼子的仇恨走的，也是带着对日本鬼子的惧怕走的。但我一直觉得，在我们向日本政府追索正义和尊严的队伍里，杨阿婆还是我们中的一员。

在海南东方市取证时，我们见到了一位当年对慰安所有直接了解的证人——戴泽运。戴泽运是东方市政协文史资料委员会的委员。这位证人 1939 年参加了海南琼崖纵队，1940 年组织派他到新街做地下工作，负责收集日本人在墩头、港门、北黎方面的情报。为了便于工作，他在新街开了个茶楼。茶楼于 1940 年 6 月 15 日开张，最初起名叫“新华茶楼”。有个给日本当翻译的台湾人说不许用这个名，用这个名有通共嫌疑，让把茶楼名改为“日华茶楼”，他只好改了。开张后，每天都有日本军人和在日本军队服务的台湾人、朝鲜人来喝茶。茶馆生意还不错，日本人开的公司也在茶楼，他通过这个渠道也获得了不少情报。

他的茶楼离慰安所很近，他清楚记得在慰安所的门口挂着一个二十厘米宽、一米长的牌子，白底黄字，上面写的就是“慰安所”。老戴告诉我们，他经常看见有日本军人进出慰安所，但老戴一直不明白，慰安所到底是什么机构？作为侦查员，他意识到自己有责任了解清楚。在一次和日本翻译的聊天中，翻译告诉他，那里关着好多女人，是日本人玩女人的地方。他把这个情况向上级做了汇报，但还是不明白到底是干什么的。有一天，突然有个慰安所的女孩跑到他这里，恳求他救她。他就把这个女孩留下了。女孩给他讲了慰安所里面的情况，她告诉老戴，慰安所里分上中下三等，上等“慰安妇”是日本娘（日本女人），专门接待日本高级军官，其他人不得进入；中等“慰安妇”是台湾、朝鲜、香港妇女，专门接待日本下级军官和士兵；下等是海南本省加积、临高、文昌、陵水的“慰安妇”，专门接待日军士兵和日办公司的职员。日本的“慰安妇”是用钱雇来的，其他的妇女都是或骗或抓来的。这些慰安所由日本人管理，慰安所的四周都有日本军人站岗。中国的“慰安妇”最惨，稍有不慎就会被拳打脚踢，罚跪……有的“慰安妇”不堪忍受折磨就自杀了。

戴泽运听后才恍然大悟，也非常气愤。他不敢把女孩长时间留在茶楼，就把她送到琼崖纵队参军，后来这个女孩战死了。一位在矿上当医生的台湾人在

海南东方市位于新街的原被强占为日军慰安所的民居。

1998 年 10 月 22 日摄于海南东方

与戴泽运的交谈中也谈到了慰安所中类似的情况。这是我们在慰安所的现场近距离地听一个经历者谈到慰安所的事实。调查完后，戴泽运带我们到了当年慰安所的现场。日华茶楼还在，但已经没有人住，楼下的门窗都被拆掉了；慰安所的房子都还在，同样没有人住，已经破败了，只剩下山墙。茶楼和慰安所中间就隔了两间房。在新街上，我们还看到了当时被日军强占的两户林姓人家的房子，这两家的房子先后都被日军设置为慰安所。对这几处遗址，我们都拍了照。

在昌江县也有证人谈到慰安所的情况。昌江石碌铁矿是个稀有金属矿，有军事方面的用途，开始有四万多劳工，到日本投降时就剩一万多了，死了不少人。劳工中有广东、香港、台湾等其他地方的，还有就是本地人。

我们见到的两位证人，一位是从广州抓去的，名字叫李帮。他是 1941 年上半年从广东江门市新会县到的昌江，那时他二十岁。他的家原来在农村，听说招工，他们县里就有四百多人去了。从新会到了香港日本人开的香港“和记公司”，又从香港乘船到了海南。到了海南后发现受骗了，不是什么招工，而是让他们做苦役。和他们一起做苦役的还有上海人、广州人、香港人……在李帮先生的家里，他向我们述说了在石碌铁矿当苦役时有关慰安所的见证。

在我的工友中，有一位是从香港来的，姓王，是个大学生。我和他的床铺紧挨着，两人关系不错，我认他作小弟。小王在来海南前，他们家是香港的资本家。日军占领香港后，他们家的财产被日军控制，很快就破产了，生活很困难。后来听说海南招工，就到了海南。他没有想到是做苦役，资本家的公子哪干过这样的活，也不会干，他就经常挨打。刚开始我们是给矿区的轨道换枕木，后来又转到叉河干活。

当时日军的慰安所就在市场公路的边上。有一天干完活回来的路上，慰安所附近的一个女子向我走过来，问我常跟我一起干活的那个男的是不是姓王？我说是。她又问我那人是不是从香港来的大学生？我又说是。她听后就哭了。当时我很奇怪，没有再追问。过了几天她见到我让我给小王带些吃的东西，我拿回去给小王，他不愿意要，说不能拿不明不白的东西。后来每隔一段时间那个女的就给小王捎些东西。给我印象最深的是几个月后，她拿来两套衣服给我和小王，我拿回去，小王不要，非要我给她退回去。我把衣服还给那个女的，她说你还是把衣服给他吧，你就告诉他我姓钟，是他表妹。

我回去和小王一讲，他明白了，当场就晕过去了。后来我们把他救醒了。小王告诉我，那个女人是他的未婚妻。小王非要见她，我说不行，那样会出事的。小王执意要见，我也只好帮忙。我和那个女子约好天黑后在铁路附近的水塔旁见面，我告诉小王早点回来。见面时间是晚上七点，到了十点小王才回来。回来后小王心情很不好。他告诉我，他到了海南后，他的未婚妻想来海南看他，听说日本人在香港招工来海南工作，她就报名当护士。心想到海南后就可以找到她的未婚夫了。结果被日本人骗到海南后，就强迫她当了“慰安妇”，天天被日军蹂躏。看管她们的是日本民间的人，不是军人，但看管得非常严，不许她们出房屋。时间长了，看管也就松了点，她们就可以到门口站站，没想到无意中两个人见到面了。

小王说见面时两人抱头痛哭，想跑也跑不了，只能熬着。我听了后很同情他，可又没有办法，只能安慰他几句。这之后他们又偷偷见过几次面，没有让日本人发现。就这样熬到了1945年，日本人投降了，那个女的准备回香港，小王不想回去，他觉得没脸见人。到了1946年上半年，女的自己回香港了。到香港后，她还写信让小王回去，小王没有走，我们都留在矿山继续干活。1946年的夏天，小王不小心手触到电网给电死了，真是很惨啊。

李帮的老伴也在一旁听着他的讲述。李帮讲完后，她告诉我们，在她十二三岁的时候曾被汉奸维持会派到慰安所干活，那时因为年纪小，就干些挑水、洗衣服、打扫卫生等杂活。那个慰安所共有三排红砖房子，每排房子中间是过道，两边房门对开，有二三十间屋子。在打扫卫生的时候看到房间里是木地板，地上铺着两块草席似的垫子，有一个二三十厘米高的桌子。她看到那里的女人有的穿日本衣服，有的穿其他衣服。这些人相互之间不许说话，看起来都很害怕。她每天在倒屋里脏水的时候，经常能看到桶里漂着塑料泡似的东西，现在知道了就是避孕套。那些水气味难闻、很脏。李帮老伴的讲述也见证了慰安所的存在和当时慰安所中的情况。这是在慰安所里做杂工的人的亲历，也是我们意外的收获。

我们还见到了一位当年的台湾籍劳工，名叫白川，日本投降后他也留在了昌江，和当地的人结了婚。白川是从台湾台中县到海南的，当时台湾已经被日本人占领，日本兵在台湾招工人，他就和哥哥及堂兄到了海南，一起来的有一百多人，后来有好多人得了疟疾，没药治死去了。

白川先生告诉我们：距石碌铁矿日军驻地不远就有一处慰安所，那是一排很长的房子，木质的结构，一间一间隔开，房子的质量很好。新中国成立后，铁矿开会时，他在里面住过。大概在八十年代末到九十年代初，那些房子被拆掉了，新盖了住宅楼。离那里不远还有一处慰安所，现在也只剩下一间当年"慰安妇"的洗身房。

在我们谈完后，白川先生领着我们到了那处慰安所的遗址。"慰安妇"洗身房旁边已经拆掉了，刚好留下了洗身房的主体，我们照了下来。在洗身房的旁边就是当年的慰安所的所在，现在已经是个购物中心了。白川先生指着一栋住宅楼告诉我们，这里就是当年慰安所设立的地方。这都是日军设置慰安所的见证，我们在那里拍的照片，也可能是当地留下的最珍贵的历史照片了。

在昌江县的叉河镇我们还见了一位当年才是十来岁孩子的人，名叫林亚正。我们见到他时，他已经是七十岁的老人了。当年他脑子很灵，和日本人接触后，也会了些日本话，日本人就让他做随从，帮日本人牵马，这样他就有机会进慰安所。他讲到在慰安所里，有很多女人，有海南人，也有其他地方的人，说不清楚都是什么地方的。日本兵可以进去，他帮日本军官牵马也进去过，但是不能靠近那些房子。

他们所讲的事实，证明了日军慰安所在海南的存在，也证明了慰安所是日军专属。

这次调查之后，我们又去过三次。日本律师了解了我们调查的情况后，决

海南昌江石碌铁矿区日军碉堡及位于附近的慰安所残存的洗身房。

1998 年 10 月 21 日摄于海南昌江

定帮助这些受害者起诉。这次起诉，是由小野寺律师做团长，坂口祯彦律师做事务局长。

为了慎重起见，在起诉前，小野寺律师、坂口律师、山田律师等五位日本律师又和我一起到海南做进一步的调查。在做调查之前，我根据已有的经验，向他们介绍了海南的特点和要注意的一些事情，特别说到黎寨、苗寨都是没有厕所的，去调查的当天最好少喝水，到了那里要解决上厕所的问题只有到地里，可是地里很可能有蛇和其他动物，即使村委会和派出所的厕所也很不方便。我们去调查早上基本不吃饭，不喝水，调查完了再想办法。有时就吃个椰子，椰肉和椰汁就算顶一顿饭了。中午回到县城再上厕所。我把这些都跟他们说了，就连我害怕的，也都作为注意事项介绍了。日本律师听后没有多问，但可以看出他们很好奇。

到保亭的前几天正好下过大雨，在去南林见林 ×× 阿婆的路上，我们租的车已经开不进去了，就换了当地的三轮摩托，我们北方叫小蹦蹦，他们那里叫“三脚猫”。一个车上只能坐一个人，坂口祯彦律师年轻，就和另一位律师很勇敢地承担了前往的任务。几个小时后，他们回来了，面如土色，一路颠簸得太厉害，日本律师庄严的仪表也不存在了，十分辛苦。我们中午在外面没吃什么东西，光喝椰子水也不是个事，我就给大家买了点煮玉米。海南的煮玉米还放了点盐，日本律师吃得很有滋味。在路旁的小商店里，日本律师发现了小油灯，他们觉得很新奇，大家都买了几个作纪念。当天回到了宾馆，坂口律师就上吐下泻，可能是水土不服吧。随后，小野寺律师也开始吐了。我问他怎么回事，他说上厕所时，见到了关起来的动物，他想到吃的东西里是不是有这些动物啊。小野寺律师怕的是吃到他不愿意吃的东西了。日本律师也领教了在中国做受害者调查的不易。

为了节省时间，我们把有的阿婆请到了县城，集中在一起，分头谈。调查进行了一会儿后，我就和县里的同志在另外的屋里交流照顾阿婆的事。过了一会儿，一位日本律师急匆匆地来找我，告诉我陈 ×× 阿婆不接受调查了，我急忙跑过去。推门一看，屋子里，陈 ×× 阿婆正在哭，日本律师尴尬地待在一边。见我进来，阿婆指着日本律师边哭边说：“你们还是鬼子，你们还是鬼子！”张应勇作为翻译也在场，他的情绪也有些激动，双眼不理解地看着日本律师。

阿婆用黎语加着海南话向我哭诉，张应勇断断续续地翻译着。我听明白了，原来阿婆在讲到日本兵欺辱她时，要她做出很侮辱人的姿势（那是日本人称为“四脚牛”的体罚动作），而这个姿势对阿婆一生都造成了巨大的身心伤害。日本律师出于取证的需要，要阿婆再做出那个动作，录下来作为证据。阿婆十分不情愿地勉强比划了一下，日本律师认为做得不到位，要阿婆再做一次。阿婆爆发了：“你还是日本鬼子，还让我做那样的动作！”我太理解阿婆了，这怎么可能啊！那是她人生中最大的羞辱。在向日本律师讲述时已经触到了她的痛处，还要让她再做出来，这怎么可能做到呢？！阿婆在我身边呜呜呜地哭着，我心里好难受啊。张应勇也火了：“你侮辱我们，还让我们做这个动作！”他们两人拒绝日本律师接下去的调查了！我真真切切地体会到阿婆的痛苦，也知道日本律师是实实在在地做着调查取证。日本律师却不明白，是什么动作如此强烈地刺激了阿婆。

陈 ×× 阿婆那年十四岁，一家人正在吃饭的时候（这是家庭中最普通的团聚，也是家庭中最温馨的时候），三个日本兵闯进来，就在父母的面前，三个日本兵强奸了她。父母无法阻止，被日本兵赶出了屋子。她被强奸之后，因为害怕而逃进了山里，在山里躲了三个月。

她躲藏起来以后，日本兵将村里人集合在一起，对村里人施加暴力，逼迫她父母要她下山。陈阿婆没有办法，为了保护父母她下了山，下山后被带到了日军驻地，就在日军兵舍的空地上又被日本兵强奸了。

日本兵为了惩罚她，还强迫她做出牛的模样，伸直手指和脚趾趴着，腹部下面放着尖物，身体向上躬着（这是日本鬼子在海南常用的折磨人的体罚，号称“四脚牛”），强迫她很长时间保持这个姿势，稍稍放松就会受到棍棒的殴打。后来她想逃走，但再次被日军抓住了。

在这之后她就被强制在日军兵舍附近的仓库做一些杂事。就是这样，还是会经常被日本兵喊出去，遭受强暴。这样非人的日子持续了三年，一直到身体动不了了，也无法干活了，才被放回了家。

她所受到的“四脚牛”的“惩罚”，致使她常年腰背疼痛，在她的精神上留下了恐惧的烙印。

我给日本律师做了解释，按照阿婆的讲述画了一张简单的图，说明了情况。我也对日本律师提出不要再让阿婆做那个动作了，她受不了，会十分伤害她的。日本律师明白了，就一个劲儿地向阿婆鞠躬、道歉。我也把日本律师的用意向阿婆和张应勇做了说明。半天，阿婆才缓过劲儿来。再往下的调查，阿婆不让我离开，中间有事我出去了一下，阿婆就不说话了，等我回来，阿婆才接着说。我就一直陪在她的身边。

2001 年 7 月 16 日，海南岛八位幸存的“慰安妇”阿婆在日本东京地方法院以日本政府为被告提起了索赔的诉讼。

在整个“慰安妇”诉讼过程中，除了应对已有诉讼进行相应的调查，我们感到应当进一步广泛调查侵华日军设立“慰安妇”制度，有组织摧残妇女这一重大人权侵害事实，这样才可以让这段惨烈的历史更加清晰，避免历史悲剧重演。为此，中华全国律师协会与中国法律援助基金会共同成立了中国原“慰安妇”受害事实调查委员会，由执业律师组成调查组。我担任该委员会执行主任，负责组织实施具体的调查事务。

我们调查的方向主要是查找历史档案，寻访受害者及证人。调查工作得到相关历史学者、社会工作者及档案管理者的大力支持，他们为此做了许多工作。受调查委员会的委托，我把调查情况做了汇总整理，先后向社会发布了三份调查结果。三份调查结果中查证了十余位“慰安妇”幸存者；查证了日军当年在山西、海南、云南、上海、北京、天津等地设置慰安所的部分情况；查证了五十八名日军战犯关于“慰安妇”和慰安所的口供等（三份调查报告，附于篇末）。

从这三次调查情况可以看出：

当年日本战犯的笔供中，重点是对屠杀等罪行进行交代，有的战犯在供述中涉及了“慰安妇”问题，但交代得比较简单。部分战犯还供述了在慰安所内强奸、蹂躏被关押的中、朝两国妇女的具体情节，其变态性的残忍手段令人发指。被关押的中国、朝鲜“慰安妇”受尽了折磨，身心遭受到严重创伤。从这些供述中也可看出，设立“慰安妇”制度，强征“慰安妇”，是日本军方有组织的行为，其目的是为维系侵略战争。

各慰安所的设置均在日军控制之下。日军战败后，残留在中国的日军仍延续了“慰安妇”制度，至少保留至 1947 年。可见，“慰安妇”制度在侵华日军中至少持续了十六年。我们调查的幸存者均表示从未收到过日军的任何费用，她们得到的就是摧残。

这些调查报告是要告诉世人，调查报告列举的事实和我们以及其他各方面的调查，充分证明了日军在第二次世界大战期间，在中国犯下了滔天罪行，其中在中国建立“慰安妇”制度，设置慰安所，强迫中国和其他国家的妇女做性奴的事实俱在，铁证如山。

肆

中国“慰安妇”诉讼概况

中国“慰安妇”索赔案，一共分四批在日本进行了诉讼，我参与了其中的三批。

第一批，刘××、李××等四位原告。

1. 1995年8月7日，在东京地方法院就战时被日军强掳作性奴隶而起诉日本政府，要求日本政府赔礼道歉并赔偿。

2. 2001年5月30日，东京地方法院一审判决，未认定事实，仅以主体、时效及国家无答责为由驳回原告起诉。刘××等原告遂上诉至东京高等法院。

3. 2004年12月15日，东京高等法院二审判决，认定了刘××等人被日军监禁并持续强奸的事实，但仍以时效、国家无答责为由驳回刘××等人的上诉。刘××等遂上诉至日本最高法院。

4. 2007年4月27日下午，日本最高法院第一小法庭未事先通知当事人，仅口头通知日本律师，之后发一纸通知以“不受理”为由了结此案。

第二批，郭××、侯××两位原告。

1. 1996 年 2 月 23 日，在东京地方法院诉日本政府，要求被告公开谢罪，赔偿每位原告 2300 万日元。

2. 2002 年 3 月 29 日，一审判决，首次确认了日本侵略军对中国妇女实施性暴力的侵害行为，并确认了由此对中国妇女造成的侵害后果至今仍在持续。这点明显有别于 2001 年东京地方法院做出的完全无视事实的“5·30”判决（对刘 ××、李 ××、周 ××、陈 ×× 案的判决）。但以个人不具有向国家直接主张损害赔偿的请求权及超过时效为由，驳回原告的诉讼请求。

3. 2005 年 3 月 18 日，东京高等法院二审判决，维持一审判决。

4. 2007 年 4 月 27 日，日本最高法院在当日上午对中国劳工诉西松建设公司损害赔偿案做出终审判决，支持了日本公司推卸责任的主张；下午两点对郭 ××、侯 ×× 诉日本政府损害赔偿案做出终审判决，驳回郭 ×× 等人的上诉，以中国政府在《中日联合声明》中已放弃包括个人要求赔偿的请求权为由，免除了日本政府的法律责任。

第三批，万 ×× 等十位原告（我没有参加）。

1. 1998 年 10 月 30 日，在东京地方法院起诉。

2. 2003 年 4 月 24 日，一审判决，之后原告上诉至东京高等法院。

3. 2005 年 3 月 31 日，二审判决，之后上诉至最高法院。

4. 2005 年 11 月 18 日，最高法院驳回上诉。

第四批，海南岛林 ×× 等八位原告。

1. 2001 年 7 月 16 日，在东京地方法院诉日本政府，要求被告公开谢罪，赔偿每位原告 800 万日元，之后变更为 2300 万日元。

2. 2006 年 8 月 30 日，一审判决，判决认定：战争中，日本军在海南岛设置了慰安所。对原告每一个人被日本军人绑架，被监禁到慰安所后连日被反复强奸这一极为恶劣的加害与被害事实给予具体和明确的认定。

该判决在战前被告日本政府的法律责任上，一方面承认不法行为性，另一方面又以战前天皇制下的国家无答责理论来免其罪责，不追究日本政府搁置不解决的责任，认定因长时间不行使权利使权利消亡（超过时效）。

3. 2007 年 4 月 27 日，日本最高法院有关对中国战争受害者诉讼的几个判决，“请求权放弃”成为日本政府推卸责任的挡箭牌。此时正是海南“慰安妇”案二审期间，受害者代理人提出对受害者进行精神损害鉴定，日本政府代理人反对。理由是，最高法院已做出中国人请求权已放弃的判决，法院不必再审理。但法官认为仍有必要鉴定，同意了我方的请求。

4. 2009 年 3 月 26 日，东京高等法院二审判决，明确认定了侵华日军对原告犯下的罪行，同时对原告精神鉴定的结论也予以认定。但还是以“本案受害女性等人对被上诉人以本案加害行为为由的损害赔偿请求权，已由于日中共同声明第五项而被放弃、丧失了审判上诉求的权利”为由驳回。原告随即上诉。

5. 2010 年 3 月 2 日，日本最高法院驳回了海南岛林 ×× 等受害者的上诉。

伍

与受害者第一次到日本出庭

1996 年 3 月，对山西原“慰安妇”受害者的有关调查做完后，我如期将调查材料交给了日本律师。到了 4 月份，日本律师又与我联系，说 7 月份要在日本开庭，希望我和张双兵带着刘 ×× 和李 ×× 两位大娘到日本出庭。作为律师，出庭不是什么新鲜事，即使是外国法庭，我也觉得没有什么异样，属于惯常的工作，于是就答应了日本律师。接着就开始办理护照。

1996 年，办护照还是件比较难的事，尤其是办因私护照就更不容易了。在北京，我作为律师办理护照都是费了不少周折，山西那边呢？刘 ××、李 ××、张双兵都在偏远的农村，要办护照出国，真是太困难了。从 4 月份开始申请，到 6 月份还没有办成。太着急了，我急忙又去了趟山西太原，直接找到了山西省有关部门，问问他们到底是怎样的情况。部门负责人说，要把起诉书、调查的情况、出庭的手续等材料给他们看，不但看还要复印后留一份，复印后还要向我收取复印费，同时还要传真给上级主管机构，传真费也要我付。我真有些不解了，作为一级政府机构，本应帮着来做这件事。你们打报告，你们留复印件，你们传真给上级部门，这些费用还要我来付？又一想，只要能办下他们三人的护照，这不算什么，不和他们计较了。我就给他们交了费。当时感觉收的费不少，有些气愤，但还是忍下了。我当时的想法是无论他们再提什么要求，我都会满足，只要能办成三人的护照。

又过了半个月，还是没有消息。我又和他们联系，他们只是让我等。时间太紧了，我就去找太原市公安局。太原市公安局答复：等着。7 月 19 日日本法院就要开庭了，最晚 16 日就要启程啊，7 月初了还见不到护照的影儿，我马上将这边的情况同日本律师沟通，他们让我先办理自己的签证，这样就能保证开庭时有中国参与人员在场。我就把护照送到了日本驻北京大使馆，我的签证很快就办好了。而刘 ××、李 ××、张双兵的护照还没有动静，我又急忙和山西省公安厅的人联系，他们告诉我已经同意了，正在给他们办护照，让我再等等。到了我们临出发的前两天，山西省公安厅告诉我护照办好了。我马上请北京的志愿者吉沈、梁海燕专门到太原去取护照。吉沈和梁海燕还在上班，她们二话不说，安排好工作马上就去了山西，及时把两位大娘和张双兵都接到太原，办理了有关手续，拿到护照后又立即带着两位大娘和张双兵乘晚上的火车往北京赶。多亏了两位志愿者的鼎力相助。第二天早上一行人到京后，我赶快拿着他们的护照去日本大使馆办签证。日本律师事前已给大使馆发了传真，说明了出庭的情况，附上了法院出庭的通知，使馆按加急进行了办理，上午送去的护照，下午就拿到了签证。我们中国办护照办了几个月，没想到在日本大使馆办签证是半天，没有耽误我们第二天前往日本的飞机，实在太令人感慨了。飞往日本的机票，是在还没有办好护照的情况下，就事先出票了，多悬啊。

拿到签证，我长长地舒了一口气，再看刘 ×× 和李 ×× 两位大娘，她们反而紧张了。这次她们来北京后住在东直门附近的一个小旅馆里，我拿着签证到旅馆向二位大娘和张双兵交代出去后要注意的一些事情，两位大娘听着听着就紧张了。是啊，大娘们不要说没到过北京，更没有出过国，何况还要到日本，面对日本人去说她们受害的事情，能不紧张吗？吉沈和梁海燕两位志愿者主动到商店买来几身衣服，让大娘们穿得整齐一点，也平复一下她们紧张的心情。穿上新衣服，两位大娘脸上的表情稍好一点，但紧张的心理还是没有太多缓解。

两位大娘问我："到了日本告他们政府，说那些事，日本人会不会杀了我们？”我跟她们说：“不会的，现在不是战争年代了，不会出现日本人杀你们的情况了。”我明白，日本鬼子对这些大娘、阿婆的伤害，深深地植入了她们的心里，这种伤害带来的惧怕伴随着她们的一生。她们对日本的印象就是日本鬼子做的那些丧尽天良的事。此时，惧怕又在她们的意识里出现了。两位大娘向我提出来——不想去了。我一听就急了，又不能表现出来，我压制了一下着急的心理，向大娘们解释：“这次咱们是原告，你们是被害者，没有做错事，有错的是害你们的日本鬼子，他们对你们的加害责任将由日本政府承担。原告不去，怎么陈述，那就算撤诉了，和日本政府的官司就不能打了。如果您不想打官司，我们尊重您的选择。”她们听后就说：“那，我们硬着头皮去吧，不行就死在那儿。”大娘们又恨又怕，真是抱着一死的决心赴日本，讨公道。

第二天我们在首都机场登上了去日本的飞机。虽然大娘们是第一次坐飞机，但在飞机上她们没有一点新奇、兴奋，连窗外都不看，一直默默地坐在那里。从她们脸上可以看出，昨天她们的担心还在心里堆积。一路上我尽可能多地帮助她们、照顾她们，一方面两位大娘年纪大了，身体不好，另一方面要努力缓解她们的压力。

飞行了约三个小时，飞机在东京成田机场落地。我们和其他乘客依次往舱门口走。当我们到了机舱口时，突然，连续的闪光灯在我们面前闪成一片，十几个记者堵住廊桥的过道，照相机、摄像机、话筒都对着机舱口。我清楚地听到站在舱门口送乘客的飞机乘务员相互问：“我们机上有什么重要的客人吗？”我们一时也不知道是怎么回事。

当看到记者对前面的人都没拍，只是对着我们一通狂拍时，我明白了，这些记者是冲着我们来的。大娘没明白是怎么回事，还问我：“这是干什么呢？”我说：“是记者。”两位大娘马上就紧张了，记不清是哪位大娘问我：“是不是杀我们来了！”两位大娘马上紧紧地拽着我，我把她们的手分别抓到我的两只手里。那是7月份啊，正是热天，两位大娘都穿的长袖衣服，但她们两人的手却是冰凉冰凉的，那是发自内心的恐惧啊！在国内我也见过记者采访，但这么多记者冲着我们来，还是第一次，同时也很担心大娘由于过度紧张而出意外。我努力平复一下自己，安慰着两位大娘：“这是记者，是来采访我们的。不是杀我们的。”大娘还是紧张。“真的不是，不是！放心好了，我在这里，他们不敢杀你们。”我也只能这样安慰她们了。两位大娘死死地抓着我的手不敢前行，我一手拉着一位往前走，这个镜头让记者抓到了。第二天，在《朝日新闻》登出了照片，照片上两位大娘非常紧张，脸色也非常严肃。这份报纸我还留着。有一位懂中文的记者问我们：“路上怎么样？”想采访我们。我说：“还好，挺顺利。”但大娘们不愿回答记者的提问，眼睛都不看记者。我就对记者说：“她们坐飞机可能比较累，就不采访了吧。”记者就对着我提问，我说：“大娘是第一次到日本来，我也是第一次，等出了廊桥再说吧。”借此婉拒了采访。这些记者从廊桥一直跟随我们到了办理入境手续的大厅，这里记者不能进入，他们从另外一个通道走出去了。待我们办完入境手续出来后，那些记者又跟过来了。我当时想，这些记者真是够敬业的。后来我才知道，这是中国的原“慰安妇”受害者第一次踏上日本的国土去告他们政府，在日本是个很重要的新闻，这才引来记者们这样的举动。

出了海关，我们见到了大森典子律师，大森律师很热情地与我们握手，两位大娘事前也见过大森律师，脸上的表情似乎也放松了点。大森律师把我们带到休息室，向我们提出在这里开个记者会，与记者们谈谈，并希望我们配合。两位大娘坚决不同意，不停地说：“头疼，头疼……”我理解大娘的心情，她们还是害怕日本人要杀她们。我就向大森律师说：“她们实在紧张、头疼，就别勉强了。”我又低声向她说了两位大娘心中最主要的顾虑。大森律师看她们这样，也确实无法进行采访，就取消了在机场的记者会。

我们出了机场，坐新干线到了神奈川，住进了一个小旅馆。我自己一个房间，两位大娘住一起。安排好行李，我马上又和日本律师商洽这几天的工作安排。陪同我们的翻译是位在日本工作的中国人，叫窦运生，也是山西人，可以听懂大娘浓重的地方话。他到大娘住的房间帮着她们熟悉环境。由于大娘是从山西农村出来，对于日本城市的环境一点都不清楚，抽水马桶怎么用，灯怎么开……小窦就一样一样地教她们。我在另一个房间与大森律师刚谈了十几分钟，小窦急匆匆地过来：“康律师，你快过去，两位大娘很生气，就要走！”刚才还好好的，这是怎么了？

我赶快跑到大娘们的房间，看到一位年长的日本男人很尴尬地站在那里，通过翻译我知道了他是一位医生，叫汤浅谦。战时他曾经也是日本兵，并且是被中国免予起诉的战犯，曾经在中国关押过。五十年代被释放，回到日本后参加了中国归还者联络会（简称中归联，成员全部是新中国成立后由原抚顺战犯管理所和原太原战犯管理所释放的日本侵华老兵组成，中归联数十年如一日地从事反战和中日友好的工作），现在是一位反战人士，也是支持大娘起诉日本政府的志愿人员。作为医生，他听说大娘头疼，出于对大娘的关心，想给大娘做一个简单的体检。大娘不理解，到了日本要被杀的念头一直困扰着她们。大娘对我说："他要杀我们！"并用手指着血压计。原来汤浅谦医生要给她们量血压，可能大娘们没有量过血压，也可能汤浅谦医生要她们伸出胳膊，她们误解了。医生看我来了就要继续给她们量血压，她们就往后缩，并大声地叱问："你要干吗？日本鬼子要杀我，要拿这个东西杀我。"当时的情景使我心里一阵紧缩，这真是渗透进骨髓和神经的恨与痛啊。我伸出手臂，比划着让汤浅谦医生给我量血压，并对两位大娘说："这是量血压，是检查身体，看病，关心你们的，我在这里陪着你们，没事的。"大娘看我没事，也就犹犹豫豫地同意了。汤浅谦医生给两位大娘量了血压，听了心脏，检查完后，对两位大娘说："你们的血压比较平稳，没什么大问题。"医生看两位大娘平日就有头疼的毛病，就给每人留了几片镇痛的药片。这期间两位大娘一直横眉冷对汤浅谦，紧张、怀疑、警惕、痛恨都从眼神里透出来了，也不跟他说话。医生做完这些就走了。

我感觉汤浅谦医生来给两位大娘检查，一方面是出于人道的关怀，更多的是想用自己的行动来弥补在侵华战争期间犯下的过错。我又接着去和日本律师商谈。谈完后返回大娘住的房间，没想到两位大娘说："那日本人给的都是毒药，我们已经给扔了。"刘 ×× 大娘犹犹豫豫地说："我还留了两片。"在那种情况下再多的解释也是无力的，我也只能说："不愿吃，扔了就扔了吧，要是觉得行，你们头疼时就试着吃。"那时候，我成了她们唯一可以相信的人，看我这样说，两人说头正疼呢，就一人一片分着吃了。

有位日本的教授来到旅馆，想和大娘谈谈。两位大娘说什么也不见他。紧张、惧怕一直伴随着她们，任何一个陌生的日本人出现，都会被认为是要杀她们的，大娘们到日本的第一天就在这种情绪中过去了。

第二天，我陪着大娘和日本律师一起做开庭前的准备。好在大娘们和这些日本律师见过面，也都是女律师，大娘的情绪还比较平稳，整个准备工作进行得比较顺利。

做开庭准备时，我向日本律师提出要到日辩联去（也就是日本律师联合会）。日本律师不理解我为什么一定要到日辩联去，我坚持要去，她们就带我去了。我需要弄清作为中国律师在日本协助中国受害者起诉日本政府，并将参加一些集会，这些举动是否违反日本的法律。伊藤美莎子律师陪我去了日辩联，我向日辩联提出两个问题：

1. 作为中国律师到日本参与对中国战争受害者的索赔诉讼活动，是不是违反日本的法律。

2. 作为日本律师帮着中国的受害者起诉日本政府，在日本的法律上是否可行，日本的同行会对这些帮助诉讼的律师有什么看法。

记得接待我的好像是日辩联的秘书长，他说："没问题，这个行为是合法的。日本是三权分立，作为人权律师，做这些事情也是受到尊敬的。"听到这些话，我就放心了。这之后的活动，大会发言，我也就心里有数，可以敞开讲自己的观点了。

这天，我们还见到了日本支援会的人员，她们在我们全天的活动中，一直引领、安排、照顾我们。晚上我们回到旅馆门口时，我向她们表示感谢，并请她们回去休息。等我们到了房间，打开灯整理窗帘时，看见了一位支援会的人还站在街边，抬头注视着我们房间的窗户，我向她招招手，见我们屋的灯亮了，她向我们的窗口一鞠躬，转身离去。我的心头一热，除了我所接触到的日本律师和一些友人，就连日本支援会、普通的民众也在关心、支持着我们。在后来的交往中，我越发感觉到她是一位非常有正义感、非常值得尊敬的日本市民。她告诉我，她是一位高中历史老师，她的父亲曾经是侵华日军，还参加过攻打长沙的战役。这么多年，这位女士一直都在默默地为我们做着到日本后那些不可或缺的联络、食宿安排、交通等等工作，细致入微的照顾，非常令人感动。她的名字叫——安达洋子。

7月19日，法院正式开庭了。两位大娘分别在上下午进行陈述。我事前担心大娘到庭上不敢说，在众人面前诉说那难于启齿的事已经很不容易了，更何况是在日本的法庭，面对日本人控诉鬼子的罪行。由于头一天做好了充分的准备，大娘们又是亲身经历，这些经历是压抑在心里的火山，开了口，大娘们就没有顾虑了。整个陈述还是比较顺利的，但是在说到遭受迫害的经历时，大娘失声痛哭，实在讲不下去了。法庭里安静极了，法官这时特别准许大娘喝点水，休息一下，这是罕见的。不论是中国还是外国的法庭，通常都是不允许喝水或吃东西的。事后日本律师对我说，这是破例了。我也认为是破例了，这位日本法官还是很有人性的。

日本政府的代理人在法庭上一言不发。按常理，代理人可以对证人进行询问，就对方的主张进行答辩，但日本政府的代理人什么也不说。在此后的庭审中，日本政府方面通常的做法都是不当庭发言，将答辩或辩论的意见都写成书面材料。他们的主要理由是：超过了时效；个人不具有国际法意义上的主体资格，说白了就是你个人无权告我日本政府；还有一条就是“国家无答责”。日本政府的态度非常傲慢。

“国家无答责”是最荒唐的一条理由，这是在日本明治时期的一个法理，并不是一个法律条文。主要的意思就是：国家公务人员在从事公务活动中对国民造成的损害，国家不承担责任。这个法理的核心支柱是“皇权至上”。在明治时期提出的时候，就遭到了当时日本法学界的一些抵制，因为它不符合法律公平正义的原则。因此，在日本司法实践中，也很少适用这个法理。日本政府现在拿出明治时期的法理来抗辩，是很无理的。退一步讲，即使这个法理能够适用，也只能是对日本国民适用，日本国民和日本政府才可能在一些事务中存在行政上的隶属关系，中国国民和日本政府哪来的行政隶属关系？况且当年日本侵略中国，日本侵略军的侵略行为本身已构成战争犯罪，这样的犯罪行为给中国人造成了严重损害，怎么能将对别国的侵略、对别国国民侵害的违法行为，当作履行惯常公务对待？！还要按照对日本国民的管辖关系来免除日本国的对别国国民造成侵害的法律责任？更何况，在日本侵华战争期间，侵华日军有组织地设立“慰安妇”制度，摧残中国妇女，对中国妇女强奸、轮奸，犯下滔天罪行，至今日本政府对待受害者时竟还把这些战争犯罪的行为拉到国家公务人员从事公务的范畴。全世界哪个国家敢把侵略别国、强奸别国妇女的行为心安理得地当作履行公务？唯有日本！

下午开庭后，我们又到东京的青年会馆，举行了一个集会。在快到集会地点时，就看到有几个日本人头上系着白布条，没看清布条上写的什么。这几个人在路边大声叫喊，其中一人还敲着小鼓，恶狠狠的眼神，一看就知道是反对我们的。喊什么听不懂，旁边的人小声告诉我说，他们喊的是让我们滚回去，说我们是在撒谎。我们没管这些人，继续往前走。两位大娘就紧张了，问他们是干什么的。为了化解大娘的紧张心理，我就调侃地说：“是欢迎我们的。”但是看见他们恶狠狠的眼神，大娘心中还是多少有些不安。

进入会场，上百人的会场坐得满满的，旁边过道都站着人。日本律师告诉我，很少有这么多人参加集会。两位大娘、张双兵还有我逐一在会上发了言，大森律师也介绍了开庭的情况。在集会进行中，突然有一个日本人站起来大声嚷嚷了几句，冲着我们挥了挥拳头，接着就冲出了会场。大家都很惊奇。我问身旁的日本律师他嚷的是什么，她告诉我没听清楚。会后大家谈起这件事，有意思的是，与会的日本人以为他喊的是中国话，中国人以为他喊的是日本话，谁都不知道他喊的是什么，这个人白喊了。从他当时的表情看，凶狠狠的，像鬼子兵，估计是反对我们的，否则干吗喊完就急着退出会场。会场门口还有几个人吹着喇叭在对我们抗议，会场上又上演了这一幕，这成为我们集会的插曲。集会后，有不少日本市民捐款，会后大森律师告诉我，捐了四十多万日元，折合当时的人民币应该是三四万元。大森律师很高兴，这么多日本市民能支持，还捐了那么多钱，对日本律师们也是很大的鼓舞。

第二天，我们到日本朝日电视台参观并接受他们的邀请做了节目。日本律师介绍，节目主持人在日本是很有名的，好像叫筑紫哲也，他的知名度在日本是很高的，相当于当时中国中央电视台的赵忠祥。他对两位大娘做了专访，我陪着大娘进的录制棚。

这个节目播出时长大约有半个多小时，已经是比较长的了。作为节目的尾声，当时的国会议员鸠山由纪夫（后来当过日本首相）在节目中发了言，日本律师给我们翻译了他讲话的大意：做了这个坏事，你要回避是回避不了的，你要遮挡也是挡不住的，你只有面对。我看完这个节目，认为鸠山由纪夫的讲话还是很积极的。

打这以后，两位大娘的情绪好一点了。在日本法庭上、在市民集会上、在电视台上她们倾泻出了心中的积恨；在日本的法庭上、电视台上把日本政府数落了半天，出气了！她们对我说："现在就是被日本人杀了，我也值了！这次来得值了！"大娘们也愿意和别人谈话了，还对我说，吃了那个医生的药感觉还不错，还想让他给看看。看来她们是理解那个医生了。汤浅谦医生在我们离开东京前，真的又来看了两位大娘，给她们做了检查，还留了一小瓶镇痛药。当然，大娘们和他也有说有笑了。

记得开庭的时候，我坐在旁听席上，汤浅谦医生和我坐在一起，他用很生硬的中国话小声告诉我，参战前他是一名学医的学生，参战到中国后，作为军医曾在山西驻扎，他也解剖过中国人，但马上又解释说不是他主动的。我听了这个话很吃惊，原来我是跟一个曾解剖过中国人的人坐一起啊。庭审结束时也就不想跟他握手，好在日本人也不大讲究握手。现在想想，汤浅谦医生对我说出这番话，是要鼓起多么大的勇气，他的心灵也承受着多么大的煎熬啊。汤浅谦医生是一位非常值得尊重的人。

之后，大森律师陪同我们去了大阪，按照之前日本律师的安排，在大阪又进行了市民集会。

在东京地方法院开庭结束后，日本律师还安排我们坐船游了一下东京湾。大娘很有感触地说："现在看这些日本人，不像过去的日本鬼子啊？"日本律师在一旁听了真是哭笑不得。我感觉日本人在他们本国的举止与他们在战争时期对中国人的那些惨无人道的举动，真是有天壤之别。在日本看到的到处都是很有礼貌的举止，可是当年在中国，那些日本军人却做出了那么多丧失人性的事，这真是难以解释。

大阪的行程结束后，我们就准备离开日本了。在日本期间，朝日新闻的记者一直跟着我们，对我们每天的行程都是连续报道，那位记者好像叫大久保真纪子。在我们回到北京后，那位记者给我寄了份《朝日新闻》，报纸上有她撰写的我们一行四人离开大阪的消息，还同时登了照片，照片上大娘脸上也露出了笑容，还向大家招手告别，与抵达东京时那张我紧紧攥着两位大娘手的照片形成了鲜明的对比。

陆

数件“慰安妇”诉讼

2001 年 5 月 30 日，日本东京地方裁判所对刘 ××、李 ××、周 ××、陈 ×× 作为原告的山西原“慰安妇”受害者第一批讼案做出一审判决，判决中对事实根本就不认定，法官在判决书中没有确认事实，完全接受了日本政府的抗辩理由，以个人不具备国际法意义的主体资格，超过了时效为由，不涉及事实直接驳回了原告的诉求。受中华全国律师协会、中华全国妇女联合会、中国人权发展基金会的委托，我起草了对该判决的抗议声明，经修改后发布。对日本东京地方法院的不当判决表达了我们的立场。

声　明

2001 年 5 月 30 日下午，日本东京地方裁判所对在日本侵华战争中的中国受害妇女的索赔诉讼，做出驳回起诉的判决。对于日本司法当局这一公然践踏法律、藐视受害者、无视人权的做法，我们感到十分震惊。

众所周知，上个世纪三十年代，日本军国主义者悍然发动的侵略战争，给亚洲和中国人民带来深重的灾难。在那场罪恶的战争中，几十万妇女被劫掳为

“慰安妇”。日本军国主义的这一严重罪行，极大地摧残了广大妇女的人格尊严和身心健康，并给她们留下了难以愈合的心灵创伤。

面对中国受害妇女的索赔诉讼要求，以及她们的血泪控诉和如山铁证，东京司法当局将公平、正义、公理等司法准则抛诸脑后，置国际舆论、正义呼声于不顾，置深受战争之害的中国人民的感情于不顾，公然做出上述错误判决，这一做法，无视事实、无视法律、无视人权，再次严重伤害了中国受害者，同时也伤害了中国人民的感情。对此，我们表示强烈愤慨。

对于东京司法当局的这一错误判决，中国受害妇女理所当然地提起上诉。我们对她们的上诉主张表示支持，同时对秉承正义、和平和维护人权的理念，支持和帮助中国受害妇女进行诉讼的日本友好人士和律师表示钦佩和感谢。对中国律师和有关人士所做的大量工作表示支持和赞赏。

“慰安妇”问题是中日之间的重大历史遗留问题之一，我们要求日本有关方面正视历史，真心诚意地进行反省和道歉，并负责任地予以妥善处理。一个敢于正视自己不光彩历史的民族才是有希望的民族，而政府对之责无旁贷。

我们将密切关注此案的审理。我们将为维护中国受害妇女的合法权益而继续努力。

中华全国律师协会

中华全国妇女联合会

中国人权发展基金会

2001 年 6 月 19 日

第二天，《人民日报》刊发了全国律师协会等团体发表声明的消息，介绍了诉讼的有关情况。

山西“慰安妇”的第一批诉讼判决后，原告、日本律师、日本民间支援团体还有我们中国参加诉讼的人员，都没有因为法院的不当判决而退缩。

针对法院的判决，日本律师提出：法院不谈事实，我们就要把事实进一步细化。日本律师决定聘请专家对受害者做精神损害鉴定。旨在通过专家鉴定，证明受害者精神方面受到的伤害到了怎样的程度，这对法庭的审判有十分重要的作用。后续庭审的事实也证明了这一点。

对山西受害者的鉴定聘请了名叫桑山纪彦的日本精神科专家。我和他们一起到了山西，在太原，对几位受害者做了鉴定。考虑到从传统观念角度讲一些问题可能大娘不愿意回答，甚至有可能误解鉴定人而产生抵触，桑山医生和大森律师事先与我进行了交流，商量对于必须询问的敏感问题应怎样谈，怎样避免误会。之后桑山医生分别对每位受害者进行了详细的询问，主要是询问当时的一些感受和现在的一些情况，进行对比，做了分析。经过非常认真的工作，最后认定这些受害者都受到了严重的精神创伤，存在外伤后精神紧张而引起的精神障碍（即创伤后应激障碍，PTSD：post-traumatic stress disorder）。后来东京高等法院在这个案件的二审判决中，对刘 ××、李 ×× 等上诉人的受害事实都予以了认定。认定了受害者曾遭受了日本兵持续的强暴，并存在精神方面的损害，这种精神损害呈持续状态，一直到现在她们都有这种症状。

2001 年 7 月 16 日，海南岛原“慰安妇”林 ××、谭 ××、邓 ××、黄 ××、陈 ××、×× 良、陈 ××、谭 ×× 等八位受害者，以日本政府为被告，在东京地方法院提起损害赔偿的诉讼。

2006 年 8 月 30 日，东京地方法院对海南岛受害者的讼案做出一审判决，该判决做出了以下认定：战争中，日本军在海南岛设置了慰安所，在军队的管理下监禁被强虏的女性让她们为日本军官兵和军属作性服务。此外，对原告每一个人被日本军人绑架，被监禁到慰安所后连日被反复强奸这一极为恶劣的加害与被害事实给予具体的认定。

尽管如此，该判决在对于被告日本政府的法律责任上，一方面承认该行为有不法性，一方面仍以战前天皇制下的“国家无答责”理论来免其罪责，并且以超过时效为由，驳回了林 ×× 等八位原告的诉求。

该判决做出的当日，尾山宏律师、小野寺利孝律师，分别代表中国人战争被害赔偿请求事件辩护团和海南岛战时性暴力被害赔偿请求事件辩护团发表了律师团声明。

律师团声明

今天，东京地方法院民事第24部（矢尾涉法官）就“海南岛战时性暴力被害赔偿请求案件”下达了驳回原告们的请求的不当判决。

本案件的诉讼，是针对自日中战争1941年至1945年8月为止的期间，于海南岛8名原告作为“性奴隶”蒙受了肉体与精神上的难以想象的痛苦，并且作为被强迫慰藉日本士兵的女性名誉一直在受侵害，战后也持续着失意的人生，战争创伤综合征至今仍然使得她们处于痛苦之中。由此，于2001年7月16日针对日本政府向东京地方法院起诉要求恢复名誉，赔偿损害。

该判决做出了以下认定：战争中，日本军在海南岛设置了慰安所，在军队的管理下监禁被强掳的女性让她们为日本军官兵和军属作性服务。此外，对原告每一个人被日本军人绑架，被监禁到慰安所后连日被反复强奸这一极为恶劣的加害与被害事实给予具体和明确的认定。

尽管如此，该判决在战前被告国的法律责任上，一面承认不法行为性，一面以战前天皇制下的国家无答责理论来免其罪，不追究政府搁置不解决的责任，认定因长时间不行使权利使权利消亡。另外，在有关战后被告国的法律责任上，无视具体的事实否定政府有名誉恢复义务，将被告们的请求都予以驳回。

这种否定原告们的恢复名誉和赔偿请求的判决践踏了司法的正义，我们坚信它将逃脱不了日中两国人民的严厉批判并在此提出强烈抗议。

但是由于该判决认定了日本军的“战时性奴隶”的加害与被害的事实以及它的不法行为性，因此使得日本政府对原告等被害女性的政治以及道义的责任不容置疑。日本政府自身已经无法逃脱这一政治以及道义的责任。

我们强烈要求：日本政府真挚地承担上述责任，如（当时的）河野官房长官谈话中所示，要立刻对包括原告们在内的中国原“慰安妇”被害者们承认具体事实，做有诚意的谢罪，同时，作为谢罪的证明给予适合的补偿以谋求政治解决。

我们律师团在此表明：将对本案立即提出上诉，同时以今天的判决为契机，更加加强日中两国人民的联合，为早日实现中国人战时性暴力被害赔偿问题的全面解决战斗到最后一刻。

2006年8月30日

中国人战争被害赔偿请求事件辩护团

海南岛战时性暴力被害赔偿请求事件辩护团

团　　长　尾山　宏

团长代行　小野　寺利孝

声明发表后，海南岛战时性暴力被害赔偿请求事件辩护团代理林××、陈××等八位原告提起了上诉。

为了做好海南“慰安妇”案件二审的诉讼，日本律师团决定聘请医学专家对几位海南岛的受害者做精神损害方面的鉴定。这次鉴定本想聘请中国精神科专家来做。我在北京联系了几家医院的专家，他们最初表示可以鉴定，但当知悉完成鉴定后还有可能去东京高等法院出庭作证，就犹豫了，由于不了解日本法院开庭的情况，专家最后还是婉拒了。之后，我们决定还是从日本找专家，最终找到了一位叫野田正彰的日本精神鉴定专家。这位专家曾对日本有名的东京地铁毒气案中邪教头目麻原彰晃做过精神鉴定。他接受委托后做了认真的准备工作，对海南岛受害者的精神鉴定做得非常细致。

在这个案件的诉讼期间有两位原告去世，虽然她们的继承人加入了诉讼，但由于精神损害鉴定是对受害者本人进行，因此只能对六位幸存的原告进行鉴定。

2007年3月1日至3月5日，同年的6月6日至6月11日，我两次陪野田先生到海南。这两次相隔三个月，是为了有一个时间上的比对。与每一位受害者的谈话都在三小时以上，还访问了她们所在的村寨。在鉴定中，从北京同去的耿春梅女士进行日汉语翻译，海南当地的胡月玲、庞淑花女士以及陈厚志先生进行黎族语、苗语到汉语的翻译。通过鉴定，野田先生于 2007 年 8 月 8 日写出了“对海南岛遭受长期性暴力的六位女性的精神鉴定”，对每一位受害者都分为：事件发生前的生活状态、被害事实、事件后的生活状况、精神状态、总括，五个部分做了详细的精神分析，这份鉴定翻译成中文有一万七千多字。在写这段经历时，我又翻看了由寇天功翻译的这份鉴定意见书。细细读来，百感交集，心痛万分，许多事情历历在目。我想把日本专家对受害者的鉴定，部分摘录，以示世人。需要说明的是，摘录的部分，并不是鉴定中最悲惨的，但这些摘录足以看出日本兵给海南岛林 ×× 等六位受害者造成了怎样的伤害。

鉴定中描述的这些受害者在受害事件发生前的生活状态：

> 父母对她很宠爱……从小就没有挨过父母的打……她常和别人谈心，村里的同龄人都很喜欢她。
>
> 小的时候，很安静，是那种想什么就做什么的孩子。

鉴定中记录的受害者在受害后的精神状态：

> 当时的经历，在她脑海里无法消失。她挑着农作物走在山间路上的时候，母亲凄惨的叫声，父母被殴打的场面，还是会浮现在脑海里。
>
> 她总是做噩梦。总会梦到最初被日军军官强奸的那一刻。做这样的梦的时候，心就会很难受，流泪，然后就醒来了。
>
> 照料孩子的时候，突然强奸的场面就冒了出来，不由得眼泪就流出来了。孩子问：“妈妈，为什么哭啊？”她无法说明，就只能说：“遇到伤心的事了。”这时，幼小的孩子就会安慰她说：“妈妈，我们会保护你的，别伤心了。”她说听到这样的话，就觉得没有办法，必须坚持活下去。

当今的母亲听到孩子对你说出："妈妈，我们会保护你的。"一定会为孩子的这句话骄傲，会把孩子的这句话向无数的人炫耀。可是对阿婆来说，这句话成为了她活下去的支撑。

……而且，有时她去田里的时候，看到黑色的树，就以为看到了日本兵。或者，低着头走路的时候，抬头看到人的时候，也会看作是日本兵而感到恐惧。早晨，听到鸟叫打开窗子，就会觉得外面站着日本兵。去厕所的时候，有时也会觉得日本兵来了。她情绪不定，会突然觉得紧张。

……噩梦一直继续着。被男人袭击的梦、被男人殴打的梦、被男人故意惊吓的梦。

也曾经梦到过被杀的同村的六个人的魂在空中飞。

……梦到被日本兵从后面追，自己吓得逃跑。她起床时的恐惧感，和当时一样。

身体疼得厉害的话，她就会想起以前被强奸的事。

被骑马的日本兵追，怎么逃也逃不掉。被追一定会被抓住。脸、身体都像雾一样……非常痛苦，很多次都想死掉，但是为了孩子们的名誉，没能自杀。

经常觉得自己旁边有人。有人不停地哇啦哇啦地说着什么，从左耳朵后面，老觉得能听到有人命令她干这干那。那是被强奸时，那个人的声音。

……突然就会觉得乏力，眼花……在田里劳作，以前的场景突然浮现出来，非常痛苦，不由得落泪。背后有人，有人在追赶，想逃跑，陷入这样的不安的状态之中。但是，逃不了，被绊倒而大声地喊："救命啊，救命啊！"

总之，经常想起的是最初被强奸的场景。

噩梦中，被日本兵追赶。藏在草丛里。被踢的瞬间的疼痛回来了，肩膀和背都很疼。被日本兵压在身上，全身都动弹不了。

白天，她会想起铁丝网。那是她最初被强奸的地方。

……走路的时候，在田里劳作的时候，挑东西的时候，总会想起被日本兵强奸，被日本兵掳走，被踢打时的事情。于是就会浑身无力，蹲下，浑身疼痛。突然头疼，目眩，恶心，有时还会呕吐。

在田里劳作的时候，眼前突然就黑了。或者做家事的时候，被日本兵殴打的感觉，突然就涌现出来。恢复意识的时候，吃的都烧焦了。日本兵为什么要做那么残忍的事情呢？怎么想，也想不明白。

走路的时候，眼前有树的影子或者很大的石头的话，突然被人追的感觉就会回来。很多人走的时候，听到喧闹的声音就会很不安。被日本兵大声命令的事情就会浮现出来。努力想忘掉的事情，又会出现在眼前。

……梦里所有的地方都有日本兵。手和脚被按住，脖子被掐住。她什么也做不了，然后被强奸。变得什么也不知道了，冷汗直流，醒了过来。

伤一到雨天就特别的疼。于是，就会想起在驻地被施暴的事。尤其是第一次被强奸的事。常梦到被掐住脖子，按住腰。还常梦到害怕得从山道逃走的事。

无论做什么，她都会突然想起拷问、强奸的场面。白天那样的场景也会浮现出来，夜里会被噩梦魇住。

觉得路旁的树在喊叫，常梦见李亚细被割裂腹部。因为噩梦而惊醒，冷汗直流。

噩梦中，所有的地方都有日本兵在追赶她。然后，自己被强奸。但是，谁也不来救她。这样的噩梦，不断地重复着。

对每位受害者的总括：

……精神伤害引起的精神紧张仍在继续。而且，她不再是单纯的PTSD，和WHO的国际疾病分类改定版（ICD-10）中记录的纳粹德国的灭绝收容所中存活下来的人们一样，患有“经历悲惨的遭遇以后的持续人格变化”。自我封闭不与他人交流，对孩子很容易就生气，心绪不稳定，容易变得不开心。她自己，为此感到非常痛苦。

……被强奸的切身感受仍旧威胁着她。即使经过了六十年，仍旧无法平静。睡眠很浅，六十年前发生的事件，总觉得如同现在正在发生一样。

外伤性损害的压力持续着，就根本而言，是在发生“经历悲惨遭遇以后持续的人格变化”这一症状。

她十四岁的时候，在精神、身体都毫无防备的情况下，被强奸了。但是，不只是强奸，尖物放在下面，被强迫摆出极其痛苦的姿势受到拷问，在心中留下了深深的烙印。

……精神外伤后的精神紧张仍在继续。同时，超过PTSD，伴有WHO的国际疾病分类第10版的“经历悲惨的遭遇以后的持续人格变化”。

经过了六十年，仍旧不能熟睡。每天受着过去事情的折磨度日。

……虽然比其他五个女性轻，但是被强奸的梦、被杀的梦、边担心被杀边逃走的梦，虽然已经六十年了，她仍旧被这些噩梦魇着。

她不仅被当作性奴隶，而且还不允许以奴隶的方式生存。她受到比其他五人更残忍的暴行。被日本兵拷问而深切体会到死亡的恐惧，进而被强迫观看怀孕少女被残杀的场面，持续地被恐惧所煎熬，直到身体无法活动才被放回家。

她很多次都命悬一线。在此之上，还被强迫观看残杀的场面。这与其说是通过恐惧防止她逃跑，不如说是为了摧毁弱者的精神，而故意实施的精神上的虐待行为。

她活了下来。但是，因为受了太深的精神伤害，已经无法恢复到正常人的状态。

精神医学诊断：

五位阿婆六十年来，而且至今，……都因为患有严重的“外伤后精神紧张而引起的精神障碍(PTSD)”，而非常痛苦。而且，这一症状还伴有“经历悲惨的遭遇以后的持续人格变化”。

一位阿婆“六十年来至今，仍因严重的PTSD而非常痛苦，但是看不出有“经历悲惨的遭遇以后的持续人格变化”的症状。

对于六人的综合考察：

六人在成为性奴隶以前，性格各异，村落、家庭的环境不同，成为性奴隶以后受到的伤害也有些差别，而且新中国成立后因为曾是性奴隶而受到村民的伤害也稍有不同，进而本身对村民的态度也不同，但是精神上的障碍是共通的。被施加的暴力和恐惧是压倒性的、悲惨结局性的，这就表示被害者的个性被彻底摧毁，受到的精神损害异常严重。

事故、大地震、人质、强奸、拷问，这些都是悲惨结局性的体验，但都是短期的。但是，她们却几个月乃至几年的，在主观上承受着没有终了的暴行。

……十四岁至十八岁的少女们，在这种绝对的“兽行”之中，忍受着强暴……而痛苦不堪。

日本战败以后，她们生还了，但是已经引起了性格变化的无力感，始终没有消失。

……这些症状，不是六十多年前的症状，也不是过去外伤的结果以及固定化的障碍。而是，昨天、今天，以及明天，都在折磨着她们的症状。

在这份鉴定中，有一句话我深有同感：“面谈中，不被提问的话，就会呆呆地向窗外眺望，不时地摇着头，无法平静。”在我们对所有受害者的调查中，这样的情景可以说是时时发生。无奈地摇头，难以平复的心情，是这些受害者最多的表情。每一次的询问，都是一次触痛，每一次触痛她们，我们在心里都增加一份为讨回正义和尊严的责任。

正在准备鉴定期间，日本最高法院于 2007 年 4 月 27 日对三件中国劳工讼案、两件原“慰安妇”受害者讼案做出终审判决，我们在诉讼中提出的事实都认定了，但都依据《中日联合声明》第五条，以中国人个人要求赔偿的请求权已被放弃为由，驳回了中国受害者的诉求。

法官在一份劳工案件判决的结尾部分表示：鉴于中国劳工受害严重，日本企业获得了一些利益。虽然对诉讼的请求权已放弃，但受害者个人获得赔偿的权利还存在，希望日本的有关方面（企业）在可接受的程度内来解决。

这段判决内容，可以理解含有建议法庭外协商或政治层面磋商解决的意思。劳工案件诉讼对象方面，除日本政府外还有相关公司企业；“慰安妇”诉讼的被告只有日本政府，而日本最高法院同一天在对“慰安妇”案件的判决中认定中国政府在《中日联合声明》中放弃的赔偿包括了个人，与对劳工案的判决有所不同，完全切断了在日本受害女性获得赔偿的途径。所谓的“请求权放弃”论成为此后日本相关法院帮助日本政府及相关日本公司推卸法律责任的挡箭牌。有关请求权的问题我曾写过一篇文章，驳斥了日本方面的谬论（文章附于劳工索赔篇后）。

此时正是海南“慰安妇”案二审期间，日本政府代理人对于中国受害者代理人提出对林 ×× 等受害者进行精神损害鉴定的请求表示反对。其理由是，最高法院已然做出中国人请求权已放弃的判决，法院不必再对事实进行审理。因为一般在同类案件终审判决后，其他案件就可以不必再审了，一律按照这个判决做就行了，借以达到他们想否认事实的目的。东京高等法院的法官做了一个很有意思的表态，法官表示，这个损害是很严重的，如果不查明，是不合适的。所以还是支持了我们的请求，同意做精神损害鉴定。在后来的开庭中，也对这个鉴定进行了质证。法庭全面认定了鉴定意见，认为受害者遭受了严重的侵害。虽然最后还是以请求权放弃为理由，驳回了诉讼请求。但是判决中认定受害者受到的精神损害成持续状态，对受害严重性的认定，进而对事实的认定，还是为日后的解决打下了基础。

为了参加二审宣判，2009 年 3 月，黎语翻译陈厚志陪同原告陈 ×× 阿婆从海南、我从北京分别乘飞机抵达东京。陈阿婆一直沉默，之前她曾问我会是什么结果，我虽然想说得模糊一些，好让阿婆心里好受点，但考虑再三，还是决定坦率对阿婆讲，否则判决当天阿婆若听到败诉的结果，会很难接受的。阿婆听了我对判决结果的分析，表情平静，只说了三个字：“想到了。”虽然看似平静，但从她失望的眼神中看得出，她多么希望在有生之年能见到日本政府向包括她在内的受害姐妹谢罪并赔偿。

2009 年 3 月 26 日东京高等法院做出二审判决，判决书对于事实做出如下认定：

本案加害行为，是驻扎在本案受害女性等人居住地的日军占领军部队的军人拿枪胁迫着，在被占领地居民（非战斗人员）本案受害女性等人自己的家里强奸她们，并将她们绑架到驻扎部队的营地监禁起来，在被监禁中，军人多次强奸本案受害女性等人，所以很明显，针对本案受害女性等人的本案加害行为违反了《陆战法规和惯例公约》第四十六条，符合《陆战法规和惯例公约》第三条，必须说是违反了战时国际法。

因此，驻扎部队的军人在占领地海南岛多次强奸本案受害女性等人的加害行为必须说是均可用刑法或陆军刑法以及海军刑法所定的强奸罪等裁决的重大的犯罪行为。并且本案受害女性等人在遭遇本案加害行为时，为十四岁至十九岁的女性，用军队的力量威逼、胁迫这样的本案受害女性等人，为满足自己的性欲而竭尽凌辱之极的军人们的本案加害行为是极为卑劣的行为，必须受到严厉的谴责。由于这样的本案加害行为，本案受害女性等人所遭受的伤害非常严重，这伤害仍未被治愈或赔偿，这点从本案的过程已经很明白。

判决引用了对受害者的精神鉴定结论，还由此推断出另两位参加诉讼的去世受害者也有同样的精神伤害，患有创伤后应激障碍（PTSD 综合征）。

但该判决仍然沿用日本最高法院有关中国人损害赔偿请求权已经放弃的理由，“本案受害女性等人对被上诉人以本案加害行为为由的损害赔偿请求权，已由于日中共同声明第五项而被放弃，丧失了审判上诉求的权利。”免除了日本政府的法律责任，驳回林 ×× 等人的上诉请求。

东京高等法院3月26日二审判决之后，福冈市议会向日本众议院、参议院、内阁总理大臣、法务大臣、外务大臣、文部大臣等发去了意见书，要求政府就“慰安妇”问题承担责任、谢罪；众议院议员近藤昭一、参议院议员纸智子、参议院议员岡崎卜三子等国会议员对判决的结果发表了不满的意见。

日本律师遂代理林 ×× 等向日本最高法院提出上诉。最高法院并未开庭，于 2010 年 3 月 2 日驳回上诉。

林 ××、陈 ×× 等海南岛八位受害者索赔案终审败诉后，中国外交部发言人秦刚就日本最高法院终审驳回中国“慰安妇”赔偿上诉答记者问。

问：据媒体报道，日本最高法院终审驳回了八名中国“慰安妇”要求日本政府赔偿的上诉，维持一、二审判决。此前一审判决称“原告即使有赔偿请求权，也超过了时限”，二审认为“中国在《日中联合声明》中放弃了个人赔偿请求权，因此原告失去了索赔权”。中方对此持何立场?

答:《中日联合声明》是两国政府之间的严肃政治文件。日本法院单方面做出任何解释,都是非法的、无效的。

强征“慰安妇”是日本军国主义在第二次世界大战期间对包括中国人民在内的被侵略国家人民犯下的严重罪行,也是人类历史上严重的人道主义罪行,至今仍对受害者身心造成难以忍受的伤害。日方应拿出应有的道义感和责任感,尽快妥善处理这一问题,还受害者一个公道。

虽然中国“慰安妇”在日本的索赔案件,日本最高法院均以要求赔偿的请求权已放弃为由驳回受害者的诉求,但是经过日本律师、中国律师、日本支援团体以及中国国内所有关心这件事的人们的努力,日本相关法院在判决中最后还是认定了提起诉讼的中国原“慰安妇”受害者遭受日本兵持续监禁、进行性摧残,这些女性的精神和身体所受的侵害至今持续的事实。日本相关法院2001年前在判决中均回避事实,完全采纳日本政府代理人的意见,直接以个人不具有国际法意义上的诉讼主体资格、超过时效及“国家无答责”为由,驳回原告的诉求。经过原告、律师、支援团体等多方面努力,特别是对于原告方出示的无可辩驳的证据,日本相关法院自2002年之后在判决中均对原告遭受日军严重性摧残的事实予以认定。这是以日本国内法院司法判决的形式,确认了日军为维系侵略战争而设立渗透着反人类的“慰安妇”制度。

柒

“侵害女性的国际战犯法庭”审判

自 1992 年 12 月 25 日韩国原“慰安妇”受害者在日本山口地方法院下关支部（注：相当于中国基层法院）以日本政府为被告，提出损害赔偿诉讼后，菲律宾及中国原“慰安妇”受害者陆续在东京地方法院，以日本政府为被告提起索赔诉讼。随着“慰安妇”案件在日本相关法院的审理，国际社会对“慰安妇”索赔案日益关注。

1997 年 11 月，在日本东京召开“战争对女性的迫害”的国际会议期间，会议的组织者及参加会议的人员提出拟以更大的力度敦促日本政府，对其在侵华战争及太平洋战争中设立并推行的反人类的“慰安妇”制度承担法律责任。此后经多次磋商，确定了民间审判的形式，组成“侵害女性的国际战犯法庭”，并确定 2000 年底在东京举行审判。

曾经有人把这次审判活动叫作模拟法庭，实际这并不是模拟法庭，而是参照国际法院的审判模式进行的一次国际性的民间审判。也有不少媒体把这次审判称之为“世纪末的审判”。参加审判的法官由美国、英国、澳大利亚和非洲的几位法官组成；检察官团的首席检察官是美国人，她也在国际刑事法院担当过检察官；中国大陆及台湾地区，菲律宾、韩国等国家也组成了各自的检察官团，作为各自控方的代表。被告分别是日本裕仁天皇，冈村宁次、松井石根以及战争期间侵犯亚洲各地的日本主要指挥官。我作为中国检察官团成员之一参加了这次审判活动。

中国大陆来自山西、武汉、南京的五位原“慰安妇”受害者参加了审判活动。中国组成的检察官团有六位成员，团长系华东政法大学周洪钧教授，成员分别为唐柏华（复旦大学国际法教授）、管建强（华东政法大学国际法教授）、朱成山（南京大屠杀纪念馆馆长）、陈丽菲（杂志编辑），还有我这位执业律师。

2000 年 12 月初，我和郭 ××、李 ×× 两位大娘及张双兵一同去的东京，参加在此进行的对女性侵害的国际民间审判活动。到达的当天，我们一行被安排住在日比谷修道院。大森律师告诉我们在此的住宿是免费的，算是对我们参加民间审判活动的支持。

这家修道院位于东京市中心一座小桥旁，闹中取静。据说日本皇太子妃雅子也是该修道院的资助者。修道院的建筑物占地面积并不大，但很精致，四周约十米高处以下由方石砌成，上面虽有窗户但并不大，身处其中都会不由自主地压低说话的声音。记不清当时是住在几层，也不知有几层，只记得与修女住在同一建筑物的不同层。大森律师提醒我们最好不要随意走动，因此，一晚上大娘都在房间里。晚上走廊灯光很暗，我还是忍不住走出房间想感受一下晚上的修道院。建筑物很隔音，虽位于闹市，但在里面听不到外面的声音，整个修道院非常安静。走廊墙上悬挂的油画映射着淡淡的光，使得整个走廊充满了神秘感。因为有大森律师的嘱咐，我只从走廊的一边踱到另一边，头脑中不停思考着将要面对的审判活动。身边的环境使我不由得产生了一种神圣感，在“侵害女性的国际战犯法庭”庄严的审判之前，我们在这座修道院住宿，这是一种什么样的缘分？

第二天早上，修道院一位年长的嬷嬷领我们去餐厅，许多修女都非常安静地在就餐，看到嬷嬷带我们四人进去，都十分礼貌地向我们点头表示友好。上午，嬷嬷还带我们参观了修道院资助的一所小学校。嬷嬷虽然话不多，但始终面带微笑地陪着我们，用行动和微笑表达着对这次活动的支持。

之后，我和郭 ××、李 ×× 两位大娘入住位于日本皇宫、靖国神社附近的九段会馆，持续几天的“侵害女性的国际战犯法庭”审判活动就在这个会馆进行。

参加本次审判活动的人们来自许多国家，九段会馆房间紧张，有的人只好在附近的旅馆住。照顾大娘的日本志愿者安达洋子和信川美津子非常辛苦，每天很早就要赶到会馆，直到晚上大娘睡下后才离去。

我和两位大娘，还有翻译，住在一个房间，很热闹，近距离的接触，让大家有了更进一步的了解。郭 ×× 大娘手很巧，会剪纸，她特别喜欢剪猫。后来我回北京后，还专门买了一个小瓷猫送给她，郭大娘捧着小猫爱不释手，脸上露出难得的微笑。第二年在山西再次见面时，大娘把我叫到一旁，掀开衣服从裤腰上抽出一副鞋垫，还没说什么就先把鞋垫塞到我手上，接着她有些不好意思地说：“现在手活动不方便了，是前几年做的，一定要收下，不要嫌弃。”看到大娘真诚的目光，鞋垫上还带着大娘的体温，我不忍心拒绝大娘的心意，便收下了。这副她亲手绣的鞋垫，十分漂亮，可以说是很精致的民间工艺品。几年后大娘走了，这双鞋垫成为她送给我的遗物。每次看见这双鞋垫，我都感觉心里沉沉的，肩头重重的。

在驻地九段会馆时，日本朋友提醒我们，尽量不要外出，担心日本右翼的人伤害我们。就在这次活动中，我认识了德永纯子老师。她是一位很正直、善良、令人尊重的老师。她很了解我们的心情，在审判活动暂时休息的时候，她问我想不想出去看看，我表示同意后，她便带我到了九段会馆门口，见到在靠近我们驻地的路边，有两个和尚在大声地诵经。德永老师告诉说，他们在祈祷和平，是支持我们的。马路对面有一些人拿着喇叭高声大喊，对我们的审判活动进行抗议。而这两位和尚，一点不受他们的干扰，专注地念诵着，我对他们由衷地产生了敬意。德永老师还带我去了靖国神社，但是没有进去，这也是我第一次近距离到了靖国神社门口。

“侵害女性的国际战犯法庭”在日本东京的九段会馆进行审判。日本遗族会本部就设在九段会馆内。审判期间很热闹，我们在九段会馆审判了三天，日本的右翼分子也在会场外示威了三天。虽然参加审判的有许多国家的人，但右翼分子的标语、口号大都是针对中国，什么“南京大屠杀是伪造”“从来就没有什么‘慰安妇’”等等，还打出“藏独”的雪山狮子旗。

在法庭外的大厅，四面墙上挂满了各国受害女性的介绍和标语，参加这次审判的各国代表有几百人，会场坐得满满的。在正式审判前，有一个简短的仪式，由各国代表抬着活动的会标登台，会标是由太阳、花瓣、蜡烛、眼睛组成，象征着正义、女性、希望、警惕。我有幸作为中国的代表，和其他国家的姐妹抬着会标的一部分——眼睛，走上场，这也正好符合我的心情，要让世界上更多的人看清当年的事实，防止悲剧再次发生。在会场上，各国代表还对已经逝去的“慰安妇”进行了祭奠。

2000年12月8日，审判正式开始。来自山西原“慰安妇”受害者万大娘、南京的受害者杨阿婆、武汉的受害者袁阿婆，以原告的身份参加了审判活动。这几位受害者将当着那么多的人讲述当年所受到的凌辱，这需要多么大的勇气啊。

李××、郭××两位大娘虽然也来到了日本，但是她们无法面对那么多人讲述自己受辱的经历，只能旁听了。由于我是本次民间审判活动的中国检察官之一，因此有时需要坐在审判席，就不能时时陪着李大娘和郭大娘。

民间审判活动的方式是，各国及地区轮流发言，即轮流发表各自对日本相关战争责任者的指控，以及对本国受害者的询问，一切按照正式的审判方式进行。几位法官及首席检察官始终坐在审判区，其他各个国家或地区的检察官团和受害者轮流进入审判区，当一个国家或地区的指控和询问结束后，坐在旁听席区的另一国家或地区的检察官团和受害者才进入审判区。

中国大陆的法庭调查和听证是在开庭的第二天，中国检察官团团长周洪钧先生，代表原告向法庭提出追究被告战争罪、反人道罪，要求日本政府谢罪，对受害者赔偿。

我作为检察官负责询问受害者万××：“请问你是在十四岁的时候被日本军人抓去做性奴隶的？”“是的。”随着这两个字的回答，万大娘的眼泪已经从眼眶涌出。“我向法官申我的冤……”大娘一边哭，一边说，向法庭控诉日本军人对她犯下的罪行。大娘身边的人不停地帮她擦眼泪。

我继续向大娘询问：“你第二次被关在窑洞，每天有日本兵对你进行强暴吗？”“强暴、强暴……”万大娘重复着这两个字，这是从抽泣中做出的回答。

在讲述被日本人欺辱身上被打得都是伤时，她的情绪非常悲愤。我询问大娘的伤情，万大娘哭诉着掀起衣服让大家看当年被日军殴打留下的伤痕。突然万大娘晕倒了，我赶紧去扶她，怎么也扶不起来，五六个人上前扶住了大娘。法庭当时立即要求停止一切录像操作，保护受害者的隐私。医疗救助的人员抬着担架很快进入审判区，把万大娘抬到审判区外救治。看到万大娘不省人事地躺在担架上，我非常难受，也很自责，心想还不如不问大娘这些伤心事呢。矛盾的是，如果不问大娘，怎么能让世人了解大娘的遭遇和日军的残暴？当时也有人指责我问的问题太严厉了，但更多的人说我的问题是专业的，就该这么问。万 ×× 大娘在过去的调查和诉讼中也发生过晕倒等类似的情况，这正是她真实的情感，完全是日本鬼子留给她的伤害。

中国代表团的指控结束后，我回到旁听席与李 ××、郭 ×× 两位大娘坐在一起，看到两位大娘表情凝重，一言不发。她们和万大娘一样都是被日军抓到进圭村据点慰安所的姐妹，有着几乎一样的遭遇。万大娘的讲述触动着她们，一定是又把她们记忆中最惨痛的一段翻了出来。

在法庭上，有两名原日本军人出庭作证。他们详细讲述了自己和部下在侵华战争中对中国妇女犯下的罪行。当法庭询问：“你怎么看当时的自己，为什么要在这里作证？”证人说：“战争的事实，性暴力这个事情的确很难开口，所以要作证人的极少。大家都不说，就不能传达真正的战争面貌。我想我要把真实的情况说出来，一定要给后代留下来。所以虽然感觉很羞愧，但是一定要说出来。”对他们的证言，全场报以长时间的掌声。我觉得，这才是真正有良心的日本人，这才是真正的反省！

2000 年 12 月 12 日，“侵害女性的国际战犯法庭”主审法官嘉瑞拉·科·麦克唐纳做出初步宣判：日军当年有组织地进行强奸、性奴役，有二十多万受害者，我们将这一事实告知全世界。日本政府虽然接受本法庭召唤，但没有任何反应。全体法官遵照国际法庭的惯例，双方没有同时出庭，法庭依据证据做出判决。

法庭认为：日本天皇对性奴隶的罪行，特别是在南京大屠杀中性犯罪的发生，他肯定是知道的，而且对日军“慰安妇”制度，他也一定知道，他是处于掌握这个信息立场上的人，完全有必要制止犯罪的发生，但他没有采取措施。对在战争期间的所有犯罪，我们认为日本天皇应当承担责任。而且我们法官对于日本国的国家责任，对于“慰安妇”这个问题，我们认定日本国家是有罪的，日本国政府是有罪的。

尽管是民间审判的一份判决，但对于受害者来说，也是莫大的安慰。来自不同国家和地区的受害者一起站在审判区，眼含热泪，高举双手，热烈欢呼。

审判结束后，参加审判活动的各国人士在九段会馆附近进行了游行，日本警察一直在前面开道，右翼的人在另一边伴行，也在喊着口号。他们的口号大多是：“南京大屠杀是虚构的……”

在审判活动结束后的一个日本市民集会的会场，郭 ×× 大娘忍不住了，平日话语不多的她，向市民们诉说着自己的痛苦遭遇，那带着哭腔的述说，声音越来越大，那是在喊，把心中的仇恨、希望都喊出来了。大娘喊着：“被日本鬼子糟蹋，我一辈子感到不是人，抬不起头，这些事说不出口，多难受啊。我老了，不知哪天就死了，在死之前说出这些难开口的事，日本政府还不承认，真不知道你们是不是人啊。”大娘越说越激动，声音也越来越高，反复不停地喊着：“是不是人！？是不是人！？”翻译几次暗示大娘停下来以便翻译，若是平时发言，郭大娘会停下来的，但这次郭大娘难以控制自己的情绪，心底愤怒的火山喷发了，那是不可能停止的。

大娘的呼喊深深触动了我，在这样最应该隐忍悲伤的时候，我忍不住了，泪水喷涌而出。这泪里有“慰安妇”所受的痛，也有劳工所受的罪，还有许多许多。在面对受害者调查时，我一次次强忍着。每个受害者的遭遇不同，感受不同，我听了各种遭遇和各种感受，这些遭遇、感受早已在我心中汇集，职业的要求使我一次次理智地强忍着。这一次，实在是没法忍了。

参加集会的日本市民虽不知大娘具体在说什么，但是他们还是在认真听着，从大娘痛苦的哭喊中能感受到大娘遭受了严重的侵害。大娘的话被翻译后，会场的气氛非常凝重。这是郭 ×× 大娘为申张正义、追索尊严在日本当着日本市民的面所发出的振聋发聩的呼喊，她把这些受害者的痛宣泄了出来，把这些受害者的希望呐喊了出来。

在这次活动中，我们还见到了几位朝鲜的原“慰安妇”受害者。可能许多人还记得有关二战的照片中，有一幅是在云南被解救的“慰安妇”，她们当中有一人已经怀孕，照片中有位叫朴永心的大娘也参加了这次审判。我们还见到了台湾的几位阿婆，并和台湾的律师做了一些简短的交流，那几位阿婆只能悄悄对我们说，带她们来的人不让她们和大陆的人说话。我很想与她们聊聊天，但是不能为难阿婆们，再见面时也只是对她们点点头。要是现在再有这样的机会，我想台湾同胞不会再那么做了吧。

这次审判活动有一首主题歌——《我们不再害怕》，我记得歌词是这样的：

我们战胜了自己
今天，我们找回了自信
在我们内心的深处
真相已经大白
正义得到伸张

民间审判活动结束的第二年，2001 年 12 月 3 日至 4 日在荷兰海牙的“侵害女性的国际战犯法庭”做了正式的宣判。

海牙这座城市不大，空气湿润，城市安静。有些路面由石块铺砌而成，看上去年代悠久。没见到城市中有特别高大的建筑物，但每栋建筑都有各自的特点，很耐看。国际法院等联合国机构就设在这座不大的城市里。

在海牙的宣判活动是在一个像剧场的建筑内进行的，从外表看好似教堂，进去后则很宽大。在东京审判时的嘉瑞拉・科・麦克唐纳法官、卡门・阿吉贝法官、克里斯廷・钦肯法官、威利・芒廷夹法官、首席检察官帕缔斯・凡赛尔（前南斯拉夫国际法庭顾问）、绨娜・多尔葛波尔（澳大利亚佛林达思大学教授）等均到场。十几位原日军性奴隶制度受害者参加了宣判。

这次民间审判的法庭国际委员会（IOC）的共同代表松井耶依（日本）、尹贞玉（韩国）和英代（菲律宾），以及中国、韩国、朝鲜、荷兰、印度尼西亚、马来西亚、菲律宾、东帝汶等代表出席了宣判活动。中国大陆的受害者因为身体不好，难以承受旅途的劳累而没有参加。中国检察官团成员周洪钧教授和我，以及 IOC 的中国代表苏智良教授参加了本次宣判。

12 月 3 日上午，首先由总检察官对日本在二战中所犯下的性奴隶制度、对女性的强暴等罪行进行了总结性的指控。随后各国家、地区代表分别就各自的指控进行了简要陈述。

周洪钧教授代表中国做了陈述，并介绍了中国大陆受害幸存者的状况和她们的诉求。

4 日上午，几位法官轮流宣读长达 260 页的英文判决书。判决书首先介绍了本次法庭的宪章原则和相关证据，明确指出妇女人权无论在任何时期都应得到国际社会的普遍尊重。然后阐明认定日本在第二次世界大战中在亚洲一些国家和地区强制征召大量妇女充当日军的随军“慰安妇”的事实。特别指出了，1946 年前后的远东军事国际法庭等审判没有涉及“慰安妇”问题。战后多年来，日本政府拒绝承认这一事实，也拒绝对原“慰安妇”受害者进行赔偿。但今天的国际社会不应无视原“慰安妇”受害者的声音，要还之以正义，让受害者幸福地度过后半生。

判决确认：1932 年，日军在中国设立了第一个慰安所。1937 年 12 月，日军在南京制造了“南京大奸杀”。之后，出于多种原因，日本政府和军队在中国、韩国、菲律宾、印度尼西亚等亚太地区国家建立和推广了“慰安妇”制度，众多的外国女性被劫持、诱拐到了日军住地，充当日军的性奴隶，被迫为日军提供性服务，遭受非人的折磨，至今仍忍受着因当年的遭遇所造成的伤害。日本政府从战争结束一直到今天，从未对它所负的个人责任和国家责任做出充分而真诚的道歉，这对当年的幸存者进一步造成了伤害。

判决确认：根据海牙条约的禁止伤害个人及家属尊严、禁止奴隶制度和本次审判宪章中规定的对女性犯罪将依据战争罪、人道罪以及其他国际法裁定的原则，并依据纽伦堡法庭审判的原则认定，日本昭和天皇无豁免权；在战时，他并非“傀儡”，而是日本的陆海军大元帅，有着独特的权力和最高的决策权威。从大规模的“南京强奸事件”推断，昭和天皇知道或者应当知道强奸事件的发生，而且本应该采取措施来阻止，而不是同意或至少允许这类事件在所谓“慰安妇”的名义下继续发生。在日本军队推行“慰安妇”制度的漫长过程中，昭和天皇也没有制止。因此，昭和天皇裕仁犯有反人道主义罪。

判决确认：军队是国家的机关之一，日军推行“慰安妇”制度，强迫各国妇女充当日军的性奴隶，凌辱、残害日军占领区的妇女，违反了当时的国际法。而日本政府的其他部门在实行“慰安妇”制度中也充当了积极协助的角色。因此，日本政府的行为违反了1907年的《关于陆战法规惯例的海牙公约》，1921年的《关于禁止买卖妇女和儿童的日内瓦国际公约》，1930年的国际劳工组织通过的《禁止强迫劳动公约》。尽管日本政府当时没有完全加入这些公约，但这些公约作为国际习惯法，日本政府必须遵守。因此，日本建立并推广军队性奴隶制度已构成战争犯罪。根据国际法，法庭判决冈村宁次、松井石根等被告对日本实施性奴隶制度负有责任。

判决指出，承认战争罪行，建立一个充分而公开的历史记录，以保证在下一代中不再发生这种罪行是日本政府的义务。法庭认为日本政府在教育日本国民和下一代的努力方面所做的是非常不够的。日本政府有责任采取强有力的措施，与幸存者协商，恢复她们的尊严。日本政府更需要为“任何经济性可估价的损失”进行赔偿。在国际法中，赔偿必须由政府支付，必须对物质损失、失去的机会和受害者及其家庭和亲属在感情上所受的伤害赔偿；赔偿必须是充分的，法庭注意到日本亚洲妇女基金会被大多数的幸存者所强烈拒绝了，她们说她们不满足这些标准。法庭发现推迟赔偿已经带给她们持续的痛苦，如愤怒、悲伤、孤独、经济窘困和贫穷、不可治愈的健康问题，这些深度的损失也应给予赔偿。

整个判决宣读了很长时间，在法官宣读完判决后，全体人员站立，热烈的掌声持续不断。之后法官将判决书交给受害者，受害者激动地将判决书捧在胸前，连连向大家鞠躬，听不清她们用各自的语言在说着什么，但现场的气氛说明了一切，感人肺腑。

2002年4月，我再次去东京，参加关于民间国际审判后的终结活动。审判期间各国与会者一致认为，应当在2000年12月进行的民间国际审判活动后，继续推动日本政府面对历史事实，敦促其承担责任。在日本民主党国会议员土

侵害女性的国际法庭的国际委员会成员及代表，向日本政府送达判决书，时任日本外相川口顺子在外务省与代表交谈后接收判决。

2002 年 4 月摄于日本东京

井多贺子女士的协助下，由我和本次民间审判的法庭国际委员会（IOC）的共同代表——日本的松井耶依女士、韩国的尹贞玉教授、菲律宾的活动家英代女士及美国和印尼的两位教授，一起到日本外务省，向时任日本国外长川口顺子递交判决书。这次见面是在日本外务省的小会议室进行的，我们几位分别代表各自国家的受害者表达了意见，强烈要求日本政府应该尽快承担责任。之后几位代表一起将判决书交给川口顺子外长，请她转交日本政府。川口外长亲自双手接过了判决书，表情有些尴尬。因为劳工及“慰安妇”诉讼案，我和日本律师及受害者曾多次去日本外务省交涉，通常是亚洲课的人员出面，这次日本外长出面接受了判决书，还是第一次。从形式上看日本政府似乎比较重视，但在对待这一重大人权侵害的事实及责任方面，日本政府至今坚持错误立场，甚至企图否定“慰安妇”制度的残忍性。

捌

她们需要关怀

日本军国主义发动的那场战争，给整个中华民族带来了深重的灾难，而这些侥幸活下来的大娘、阿婆、大爷们，这些毒气弹、大屠杀、细菌战的受害者们，他们不曾像拿起刀枪和侵略者直接搏杀的战士那样获得光荣，但是他们也应作为深受战争痛苦的群体而受到尊重，他们所受到的伤害是最直接的。

面对这些受害者，我总想多帮助她们一点点，哪怕只是和她们多待一会儿，哪怕是不说话，只要感觉到她们的气息，我心里就觉得能够多分担点她们的痛苦。可是我的能力太有限了。

从诉讼之初到现在，随着社会上对这些受害者的关注度越来越高，受害者身边的人，对受害者本人的态度也有所转变，对她们的认识也更多趋向理解、同情。在此之前，我强烈感受到，受害者当年遭受的伤害并没有被修复，心灵上也没有得到抚慰。有些周围的人，甚至家里的人，对她们的态度都是不理解，甚至是歧视，更不用说来自社会的压力。这种歧视来自于几千年封建传统观念的影响，来自于各个方面长期没有对她们有一个公开、公正的说法，也来自于受害者自身对事情本质的认知，种种因素叠加，使她们当年遭受的侵害难以了结，并继续忍受着不被理解的痛苦。

在起诉前，这些大娘、阿婆们对其子女大都没有说过这些事。我只碰到一个受害者，跟她的女儿说过一点点简单的情况，细节是无法启齿的。内心长期压抑，使她们常年处于谨小慎微的状态中，别人一个眼光，一个动作，哪怕是一句大声的话语，都会使她们紧张。她们的仇，她们的恨，她们心中的压抑，这么多年没有真正伸张过，哪怕是有一个小小宣泄的出口。

我所接触的每一位大娘、阿婆，都感到自己很卑微，欲言又止，不愿被周围人看到。还记得我们到郭 ×× 大娘家调查的时候，大娘没在家。大娘的女儿告诉我们，傍晚再去，来的时候碰到村里的人，就说是亲戚，不能让村里人感到有人找郭 ×× 干什么了。当时我还有些不理解，随着调查的深入，接触到的受害者越来越多，我也越来越理解和体谅她们了。当年遭受日军的侵害，受害者的身心已受到严重创伤，而周围却人说她们是“不干净的女人”“钻炮楼的女人”“日本人的女人”……身心的重创，周围人异样的眼光，使得她们长期以来都处于一种压抑、郁闷的状态中。虽然提起诉讼让受害者感到有些纾解，但诉讼也是很漫长的，用什么方法能让受害者在精神上得到点抚慰呢？我们只有尽可能地给她们的子女说明，他们的母亲在当年受到了很大的摧残，这不是她们的责任……

我们也感觉到，一些地方政府对这些受害者也没有给予足够的重视。随着第一批受害者起诉，一审判决做出后，一些媒体，特别是中央电视台的记者们开始关注这些事，为了让更多人了解事实的真相，他们想去拍摄受害者。有一次我们和中央电视台的记者一起到受害者家中访问。到了 × 县时，我的想法是直接去受害者家中，但是电视台的记者可能是为了按照他们的程序，提出先到县委宣传部。记者本来希望宣传部能给予具体的支持，方便时能给派个车；同时借助电视台的影响力，让当地给予这些受害者多一点的照顾。对派不派车我并没去想，只想着如果能通过中央电视台与县委宣传部的交流，能给予受害者一些关照就好。刚开始宣传部的人一听说是中央电视台的，秘书马上叫来了领导，还很热情。但当记者说明来意，我提出希望他们能协助有关方面对受害者生活方面给予照顾，比如给点补贴，或者看病提供些方便等，这位领导脱口就说："这些事啊，我们管不了这些事，我们没有能力。"一听他这话，我特别失望。一方政府宣传部门，对辖区内的战争受害者，非但没有主动去为他们做些什么，在其他人提出对他们能有所帮助的时候，开口就是推辞。就是一般有困难的老百姓，你也应该先考虑一下力所能及的帮助吧。听到他的一口回绝，我和记者都不想跟他们再费口舌了，直接租车，赶往镇上。

有几位受害者住的村子就在镇子附近，估计是县宣传部的人事先通知了镇里，当我们下车后，镇里一位领导立即上前表示欢迎。这时已近中午，我们还没有向镇领导完全说明意图，他当即表示，反正快到中午了，咱们一边商量，一边吃饭。我们痛快答应了，并表示由我们请客，当时考虑的是让他们能够给受害者更多的帮助。就在镇上的一个小饭馆里，点了些面疙瘩汤、拨鱼汤面之类的，我们打算速战速决，吃完赶紧往山里走。

在等待上饭的时候，电视台的记者寒暄后，我就直接说明了自己的身份，那个时候已经在日本起诉了，事情在当地也有影响。这位领导就说："知道，我们这儿老有人来，日本的也来，外地的、北京的也来，还有哪儿来的也不知道。弄得我们这都挺热闹的。"听到他知道这件事，我就进一步向他介绍了这些受害者的身体、生活都很差，看能不能给她们一些照顾和帮助。镇领导一听我说这个立马诉苦："哎呀，别提了，我们县属于穷县，别的县搞旅游、开发，发现一个什么庙啊，什么景啊，出了名，很多人来。我们这来的人不少，但都是因为这个'慰安妇'！这听了多败兴。"我当时听了这话，心里特别不舒服，这些受害者是你的乡亲、长辈，她们给你丢脸了？作为同胞，作为一方父母官，竟然连最基本的同情心都没有！这时饭也上来了，我尽量克制内心的愤怒，用和缓的语气说："你可别比这个，能把受害者与旅游景点相比吗？"镇领导一听我的话，脸上有点挂不住了。为了缓和气氛，我赶紧转了话题，以"吃饭"结束了谈话。记者也没再说什么。迅速吃完饭，我把账结了，留下镇领导，便和记者走了。回想起来，我似乎有些不留情面，但面对这样的人，实在是食不下咽。

林 ×× 阿婆是在 2013 年 10 月 17 日去世的。阿婆后来身体越来越差，家里没有电话，她又是黎族，与我们沟通都要依靠翻译，平时只能通过当地的一位叫陈厚志的志愿者联系。小陈很负责，经常去阿婆那里看看。一天，陈厚志打电话告诉我，阿婆状况很不好，要马上送医院了。小陈去林阿婆家时，看到放在阿婆床头的饭都发霉了。小陈说："海南的饭不能那么放啊，当天做当天吃，那稀饭都发霉了，还在床头放着。"阿婆告诉他自己已经一个星期粒米未进了。我一听很着急，让小陈赶快送阿婆去医院，医疗费我来想办法解决。情急之下，我想到了香港的钟惠明先生（钟先生给这些受害者提供了很多帮助，有关他的情况我会在后面介绍），我给钟先生打了电话，把林阿婆的情况向他说了，希望他能施以援手，钟先生当即应允。

第二天，我再问小陈，他告诉我，阿婆住院了，医生说是严重营养不良，已经给她输液了，那时阿婆已经完全不能生活自理了。我告诉小陈，该用什么药就用什么药，尽可能维系阿婆的生命。钟先生捐给阿婆的钱放在了保亭县的红十字会，治疗的费用解决了。过了几天，陈厚志又打电话告诉我，阿婆身边没有人照顾了。我请陈厚志赶快帮着找一个护工，遗憾的是县医院没有护工。我又请他找周围的人来照顾阿婆，费用我想办法解决，但小陈费了很大劲，也没有找到护工。这期间我到处联系海南的养老院，想让阿婆最后有一个好的归宿。阿婆的家离三亚很近，我给七八家养老院打了电话，他们有的明着说不收生活不能自理的，有的明确说是旅游饭店的性质。最后我也束手无策了，毕竟能力太有限了。陈厚志告诉我，因为没人照顾，医院也催阿婆出院，就这样，林 ×× 阿婆在医院住了都不到十天，就出院了。回去以后没多久，阿婆就去世了。

陈厚志事后打来电话告诉我，阿婆走时非常惨，身上已经骨瘦如柴，我拿着手机半天说不出话来。陈厚志给阿婆照了最后一张相，说要把照片发给我，我没让他发，我不忍心看。我心中留下的还是第一次见阿婆时她急忙梳妆的样子，还是阿婆用双手按着赤裸的双脚欲言又止的情景，还是阿婆赤脚扛着布袋飞快行走带我去看她新房的身影，耳旁还有阿婆的伙伴那头牛发出的叮当叮当的声响。那几晚，我夜夜难眠，隔着夜空我嘴里喃喃的只有两个字："阿婆，阿婆……"

我想说的是，各级政府不要只是在特殊需要时想到这些战争受害者，也不要光在纪念日、节日想到她们。这几十年经济的发展，就是再穷的地方，每个月拿出点钱略作补贴，在生活上给她们些许照顾，应该不成问题吧。不需要像对待劳模、英雄那样大张旗鼓地慰问，只需要一些实实在在的帮扶，毕竟战争中的受害者所剩的也就那么几个人了。这代表的是政府的一个态度啊。不在于钱物的多少，而在于心意。政府对他们的关怀与民间的帮助毕竟是不一样的，为帮扶抚慰她们发个文件吧，历史的铭记、公众的良知、政府的信誉、对受害者的抚慰……一纸公文可以唤醒多少东西啊。

玖

事实不容篡改

在记述我的这些经历时，大家可能注意到了，我在用“慰安妇”这个词时都是带有引号的。我们所调查的大娘、阿婆都是被日本兵强掳去的，都是被强制限制人身自由，都是在侵华日军设置的场所被日本兵强奸蹂躏。她们有的是白天做工，晚上被强奸，不论何时，只要日本兵兽欲膨胀，这些妇女就要被他们摧残，有这样的慰安吗？这不是性奴是什么？

美联邦众议院2007年曾通过了有关谴责日军性奴罪行的决议案，决议案中使用了“性奴”一词，明确指出了日本的责任。

2012年07月09日韩国《朝鲜日报》报道：美国国务卿希拉里·克林顿就韩日历史问题表示，“日军慰安妇”的叫法应改为“被强迫的日军性奴”。据韩国首尔的外交消息人士透露，希拉里最近听取美国国务院高层相关人士关于韩日历史问题的汇报时，听到此人说到“日军慰安妇”一词时，立刻纠正说，“日军慰安妇”这种叫法不对，（被日军强征的）她们是“被强迫的日军性奴”。

我不是一个追随时髦的人，尤其不随便追随西方人的话语，但这一次美国人说对了，性奴——还有什么比这更准确的词吗？日军把中国、韩国、朝鲜以及其他国家和地区的妇女强掳后持续对她们进行性摧残,不是性奴是什么?“慰安妇”一词实际是日军为了掩盖所犯的战争罪行所使用的遮羞布。

面对战争中受害的妇女，日本政府始终没有真诚地谢罪，也没有赔偿，近几年还不断企图否认战争罪行、否认历史。日本的一些政治家也在不断释放歪曲历史的言论,这种逆历史潮流违背人类良知的行为,近些年在日本频频出现,见怪不怪，而且成为一种常态。

2013 年 5 月 13 日，日本维新会共同主席、大阪市市长桥下彻在记者会上表达了自己对历史问题的看法，他表示，虽然“慰安妇”制度是战争催生的悲剧，但还是“有必要的”。桥下彻放言“‘慰安妇’制度是有必要的”，令世人哗然。包括中国、韩国、菲律宾、美国、俄罗斯以及联合国在内的国际社会纷纷予以强烈谴责。

一名韩国政府官员当天接受韩联社电话采访时指出，日军“慰安妇”问题是日本帝国主义膨胀过程中发生的战时性暴力行为。国际社会一致认为，“慰安妇”问题是重大的人权侵害事件。

俄罗斯外交部发言人卢卡舍维奇指出，一些日本政客多次企图为二战期间日军强迫多国妇女充当“慰安妇”的可耻行为“洗刷”和辩解，其中大阪市长桥下彻有关“慰安妇”的言论尤其“厚颜无耻”。

韩国国会召开朝野议员联合记者会，对日本首相安倍晋三和大阪市长桥下彻的历史问题发言表示抗议，并要求日方公开谢罪，朝中社发表述评称，桥下彻的妄言是否定日本政府和军队（当年）绑架朝鲜等亚洲妇女的产物——性奴罪行本身的极其厚颜无耻、让人汗颜的政治妄动。日军罪行完全是由日本国家犯下的有组织的犯罪。

美国国务院发言人表示，桥下彻的言论“肆无忌惮且令人愤怒”。

菲律宾外交部要求日本政府继续坚持之前就该问题所作道歉及其声明表达的立场。

联合国反对虐待委员会在进行的日本国家报告书审议中，对桥下彻亵渎“慰安妇”的妄言进行谴责，称这是否认历史事实的行为。该委员会表示，日本政府需要保障原“慰安妇”受害人的权利，就“慰安妇”问题进行正式道歉，同时将相关内容反映到教科书中，有必要加强对日本大众的教育。

中国外交部发言人洪磊在例行记者会上表示，中方对日本政治人物发表公然挑战历史正义和人类良知的言论表示震惊和强烈愤慨。洪磊表示，如何对待过去将决定日本如何走向未来，日本究竟作何选择，亚洲邻国和国际社会将拭目以待。

桥下彻不仅是日本维新会共同主席、大阪市市长，他还是位律师，开办有桥下总合法律事务所。桥下彻的言论发表后，日本国内对他的谴责声不断，部分日本律师提起了对他的惩戒要求。我以“桥下彻为日军‘慰安妇’制度辩解，是违反人权的体现”为题给日本律师发去了书面意见，表达对他们的支持。我在这份书面意见中表示：

> 日本大阪市长桥下彻，作为一名日本的政治家，同时也是一名律师，近期在公开场合表示“（战时）从军‘慰安妇’制度是必要的”。

公然为日军设立野蛮的“慰安妇”制度进行辩解。该言论，是对人类文明的亵渎，也悖于人权保护的基本原则。

作为律师，实现社会正义及维护人权是基本的义务；作为政治家，无视人权，也就不可能担当起社会责任。桥下彻无论从哪个角度出发，都应当对自己的错误言行进行反省，正视历史的事实，就其言行给受害女性造成的再次伤害，予以真诚地谢罪。

李××、陈××、郭××三位大娘知道了桥下彻的言论后，非常气愤，委托我代表她们向日本驻中国使馆和日本大阪市政府邮寄了给安倍晋三及桥下彻的抗议书。

抗议书

日本国首相安倍晋三

日本国大阪市长桥下彻

近来一段时间作为日本首相的安倍晋三妄图为二战军国主义侵略翻案的一系列言行，以及日本大阪市市长桥下彻污蔑二战女性受害者“慰安妇”的言论，是对我们身心的再次伤害。

日本军国主义侵略中国是历史事实，数千万中国人民死在日本侵略军的屠刀之下，数十万中国女性被日本侵略军强掳为“慰安妇”。当年我们还是十几岁的少女，日本侵略军把我们抓到日本兵营的慰安所，持续遭受你们日本官兵的野蛮蹂躏，给我们的身体和精神造成巨大伤害，痛苦和羞辱伴随我们一生。

在这场日本发动的侵略战争中，不知道被你们害死了多少苦难的姐妹，我们只是活下来的一小部分幸存者。虽然这场战争已经结束多年，但作为发动侵略战争加害者代表的日本政府，至今也没有向我们谢罪，你桥下彻还不断口出恶言伤害我们。可见你们太缺乏人性了！

我们几位受害幸存者已是风烛残年，不知哪天就会离开人世，但只要我们尚存一口气，就要向你们讨还公道。我们已嘱托亲属，在我们去世后要为维护我们被侵害的尊严，继续向你们斗争，直至你们谢罪、赔偿。

在此我们强烈要求：

1. 作为加害国的日本政府必须向我们中国受害者谢罪、赔偿。

2. 日本大阪市长桥下彻必须收回颠倒黑白、混淆是非的言论，并向我们中国受害者及受害者遗属谢罪、赔偿。

中国部分女性受害者“慰安妇”代表

李 ×× 陈 ×× 郭 ××

2013 年 6 月 3 日

大娘们也向日本大阪律师协会发去了惩戒要求书，要求对桥下彻进行惩戒。

惩戒要求书

日本国大阪律师协会

惩戒要求人①李 ×× 女 86 岁

住所：略

邮编：略

②郭 ×× 女 86 岁

住所：略

邮编：略

③陈 ×× 女 88岁

住所：略

邮编：略

惩戒对象：桥下彻 桥下总和法律事务所律师

事实与理由

我们三位惩戒要求人，是当年二战时被侵华日军强掳作为性奴隶的幸存者。作为在日本大阪律师协会注册的律师桥下彻，近日放言称“从军慰安妇制度是必要的”。公然为侵华日军反人类的暴行辩解，对此我们无比愤怒。

惩戒要求人李 ××、郭 ××，在15岁时被日军抓到日军据点内，进行野蛮摧残。李 ×× 的妈妈因无力营救女儿，悲愤之下自缢身亡；郭 ×× 被日军摧残至一度精神失常。惩戒要求人陈 ××，当年刚结婚便被日军强行抓走作为性奴隶，日夜遭受日军的摧残。

日军的暴行给三位惩戒要求人的身心造成极大的创伤。在东京高等法院的二审判决中，认定了由于当年遭受日军持续的性摧残，三位惩戒要求人至今留有PTSD的症状。

桥下彻作为一名战后和平年代出生的律师，无视事实，竟然为日军的反人类的暴行开脱罪责，是对惩戒要求人的再次伤害。我们三位惩戒要求人，曾于2013年6月3日向桥下彻发出抗议书，要求他收回谬论，并向我们谢罪、赔偿。但桥下彻至今未与回应。

我们要求贵协会，依照日本的律师法，对桥下彻无视人权，无视人性的言论予以严厉的惩戒。

惩戒要求人：李 ×× 郭 ×× 陈 ××

2013年6月25日

2015 年是世界反法西斯战争胜利七十周年，在全世界人民准备隆重纪念活动之时，而日本在对待“慰安妇”问题上还在不断地变化手法，妄想掩盖这段历史，这让当年受害的各国人民所警惕，也让全世界有正义感的人蔑视。就是在近两年，从一些新闻媒体上还可以看到，日本有些人还在对此编造谎言。

早在 1996 年，联合国人权委员会就“慰安妇”问题展开独立调查，并发表由联合国法律专家拉迪卡·库马拉斯瓦米呈交的“关于战时军队性奴隶”的调查报告。这份报告确认了日本强征从军“慰安妇”的事实，要求日本政府承担相关责任，向受害者谢罪并予以赔偿。到了 2014 年 9 月 5 日，日本内阁官房长官菅义伟称，上世纪 90 年代联合国关于日军“慰安妇”的报告“不合适”，日本对此表示“遗憾”。菅义伟在当天的记者会上声称，没有“客观资料”能证实日本“强征”过“慰安妇”，联合国的这份报告没有顾及日本在这一问题上的基本立场和措施。撰写该报告的斯里兰卡女法律家、前特别报告员库马拉斯瓦米给予了反驳：“报告内容无需修改”。库马拉斯瓦米强调，报告是在对原“慰安妇”受害者调查走访的基础上撰写的，主张报告的妥当性。她还指出，根据对原“慰安妇”受害者的调查，存在“日军雇佣的民间机构诱拐‘慰安妇’”的事例。调查显示“‘慰安妇’们并没有逃跑的自由”，将“慰安妇”认定为“性奴”是妥当的。

2014 年 11 月 25 日人民网讯，据美国媒体报道，当地时间 23 日，美国麦格劳－希尔国际出版公司 (McGraw Hill Education) 针对日本政府要求修改其出版的历史教科书内容一事做出回应，表示明确支持作者的作品、研究以及表述，不做任何修改。报道说，11 月 18 日，日本外相岸田文雄在记者会上指出，美国一本世界史教科书中对“慰安妇”(comfort women) 被强迫充当战时军妓的描述不恰当，外务省已经通过纽约的驻美日本总领事馆要求出版社麦格劳－希尔做出修改。出版社的公关部副部长丹尼尔·西格尔向媒体发送了一份公司声明，确认存在此事，但并未准备进行修改。声明立场坚定地表示：“学者们基于‘慰安妇’的历史史实进行写作，我们（出版社）明确支持作者们的作品、研究以及表述。”

2015 年 1 月 10 日新华网：日本共同社 9 日报道，日本文部科学省已经批准一家出版社修改高中教科书的申请，修改后的教科书删除“慰安妇”字眼。这家名为“数研出版”的出版社去年 11 月提出申请，计划在今年春季新学年使用的三本社会学教科书中删除“随军慰安妇”和“强征”等字眼，文部科学省已经批准这一申请。

就在 2015 年的 3 月份，日本首相安倍晋三在访问美国前夕，在接受《华盛顿邮报》采访时，就战时的“慰安妇”问题称，“‘慰安妇’是人身买卖的牺牲品。”日本政府就是这样，不是考虑向受害者谢罪，总是想方设法在措辞方面如何淡化或免除责任。安倍这一表述，就是在为掩盖历史事实继续做铺垫。有媒体说这是他想推翻美国国会众院 2007 年通过的一项有关“慰安妇”问题的决议。

日本的一些政治家不但不向受害者谢罪，现在连基本事实都不承认了。这样的结果只能欺骗日本国民，当日本人走出日本到其他战争受害国时，他们将无法面对战争中受害国家的国民。只要日本政府不正视历史事实，不向受害者谢罪，日本就要背负着所犯罪恶的包袱，不会得到受害国国民的信任。只有诚实地面对事实，就当年的战争罪行向受害者谢罪，承担赔偿责任，才能获得别国的尊重和信任。

在中国、韩国、菲利宾及台湾地区“慰安妇”索赔诉讼被日本相关法院驳回之后，一些国家及联盟通过决议，对日本政府对待“慰安妇”问题的错误做法予以强烈谴责。

2007 年 6 月 26 日，美国众议院外交事务委员会以绝对多数票通过了一份要求日本政府就“慰安妇”问题进行正式道歉的决议案。决议案说：日本政府应该为其皇军在 30 年代和整个二战期间强征“慰安妇”作性奴隶一事，以明确的和毫不含糊的方式正式承认、道歉，并承担历史责任。日本政府在二战期间批准强征数以万计的亚洲妇女充当日军“慰安妇”，其残忍和规模都是空前的，这包括集体强暴、强迫流产、凌辱、性暴力，从而导致了大量自杀与死亡，构成了 20 世纪人类历史上最大的暴行之一。2007 年 7 月 30 日美国众议院通过要求日本政府就随军“慰安妇”道歉并承担责任的议案。

2007 年 11 月 20 日，荷兰议会下院通过类似议案，敦促日本政府向“慰安妇”道歉并赔偿。

2007年11月28日，加拿大国会众议院通过类似议案，敦促日本政府向“慰安妇”道歉并赔偿。

2007年12月13日，欧洲议会在法国斯特拉斯堡通过一项议案，要求日本政府正式就“慰安妇”问题道歉，并对受害者及家属经济赔偿。

近两年，有关国家和组织，对“慰安妇”问题进一步表明了态度。

2012年8月28日，韩国国会国外交通商统一委员会通过“敦促日本政府向日军‘慰安妇’正式道歉及赔偿”的决议案。

2014年1月16日下午，（继众院后）美国参议院在全体会议上表决通过了“慰安妇”的议案。

2014年3月，中国国家档案局以世界记忆工程中国国家委员会的名义，正式向联合国教科文组织递交了《南京大屠杀档案》和《“慰安妇”——日军性奴隶档案》提名表，申报世界记忆名录。

2015年5月5日，187名国际知名的史学家向安倍发出联名公开信，敦促日本政府就“慰安妇”问题明确道歉，强调“否认”这一话题或“大事化小”的态度“令人无法接受”。

近二十年，我调查过的大娘、阿婆都成为了我心中记挂的人。调查的日子，是我与她们一起再次经历磨难的日子，她们心中的痛我感同身受；和她们一起诉讼的日子，是我们共同追讨正义和尊严的日子。随着时间的推移，大娘、阿婆一个一个地走了。每当我听到这些消息，心里就非常难受。这些受害者身体的离世，不代表事实的离去，在中华民族的耻辱史上，这一笔是抹不掉的。日本政府一天不承认，一天不谢罪，她们就会在天上和我们一起用眼睛看着，这一页历史就不可能翻过去。

拾

中国原“慰安妇”受害事实调查委员会调查结果

中国原“慰安妇”受害事实调查委员会发布第一阶段调查结果

中华全国律师协会与中国法律援助基金会共同成立的中国原“慰安妇”受害事实调查委员会，从2006年9月至2007年3月，对山西省、海南省、云南省、辽宁省、吉林省等地，就中国原“慰安妇”受害事实开展全面调查。该项工作得到相关历史学者、社会工作者及档案管理者的大力支持，提供了诸多线索，现将第一阶段查实部分概要公布：其他地区和更加广泛的调查还在继续进行之中。

一、已查证原“慰安妇”幸存者

除已起诉的原告外，经调查证实，在山西省的4个县内尚有16名幸存者，海南省 × 县1名幸存者，这17位受害者被日军抓到军营内或军营附近的建筑物内持续实施性摧残。这 17 位受害者当年最小的为 12 岁，最大的 21 岁。她们的年龄分别为：12 岁 1 位，13 岁 3 位，14 岁 2 位，16 岁 2 位，17 岁 3 位，18 岁 3 位，19 岁 1 位，20 岁 1 位，21 岁 1 位。这 17 位受害者中，18 岁以下的就有 14 位，日军对她们实施的持续性暴力，给她们造成终生不愈的身心创伤。

另外，还查证 2 位受害者的遗属。

二、有关慰安所的设立

经赴山西 1 市、4 县，海南 2 县，云南 3 市、3 县调查，查明以下事实：

1. 日军在占领地强占民间会馆作为慰安所。

经查，太原市原浙江会馆及大同会馆，曾被日军强占后作为慰安所。

2. 强占民居作为慰安所。

云南腾冲、龙陵两县五处民宅被日军强占作为慰安所。

3. 搭建临时建筑作为慰安所。

经查证，日军随作战移动而搭建临时建筑作为慰安所，在云南德宏、龙陵查证三处。

4. 强占庙宇作为慰安所。

调查证实，日军曾在云南腾冲强占庙宇作为慰安所。

5. 残留在中国的日本军仍沿袭了随军“慰安妇”制度。

经查证，1945 年日本投降后，残留日军曾编入国民党阎锡山地方武装部队中，但单独保留独立建制。其中一支日军残留部队编为“保安第六大队”，该队成员有堀忠郎（中文名：伯忠海，少校）、青山礼三（中文名：王裕民，中尉）、小川安太郎（中文名：升古保，少尉）、长泽正（中文名：崔明祥，少尉）等。该大队曾用日文发通知，告知残留的日本兵其在山西太原设立了 1 处慰安所。

这一调查结果证实，日军设立的以女性为迫害对象的“慰安妇”制度，一直延续到至少 1947 年。

三、部分日本战犯口供

1. 铃木启久，被俘时职务：日军第 117 师团长，陆军中将。

其供述：在安徽巢县驻防时，曾命令副官堀尾少佐设置慰安所，有 20 名中、朝妇女；在中国期间曾强征 60 名中、朝妇女作“慰安妇”；还曾下令在东北设立慰安所。

铃木启久亲笔供述原文（略）

2. 佐佐真之助，被俘时职务：关东军第 3 方面军第 39 师团长，陆军中将。

其供述：1945 年 1 月在湖北当阳驻防时，设立慰安所，有十几名中国妇女。在宜昌、荆门也设立了慰安所。

佐佐真之助亲笔供述原文（略）

3. 永富博之，日军投降时职务：北支那派遣第 5 独立警备队第 27 大队本部情报队，军曹。1949 年 5 月被俘时职务：山西太原绥靖公署教导部队炮兵团永富部队队长，上校。

其供述：1938 年，在江苏驻防时，奉班长小林清二之命，随同总务系主任细谷升市及情报主任阿部赴苏州，在吴江县城内设慰安所，有 5 名“慰安妇”；1942 年 1 月，在山西闻喜县设慰安所，有 3 名“慰安妇”；1944 年 2 月，在山西霍县驻防时，奉长雷部勇伍长的命令，设慰安所；1944 年 7 月，在山西霍县设慰安所。

永富博之亲笔供述原文（略）

4. 住冈义一，日军投降时职务：北支方面军独立步兵第 14 旅团第 244 大队（垒第 1475 部队住冈队）中队长，大尉。

其供述：1943 年 1 月至 3 月在山西阳曲县驻防时，曾命令部下抓捕 7 名妇女拘留在分遣队前面的房中，作为分遣队慰安所内的“慰安妇”。

住冈义一亲笔供述原文（略）

5. 大野泰治，日军投降时职务：蒙古自治政府大同省直辖警察队长，二等八级警正。

其供述：在满洲（注：日军在侵华战争中，将中国东北三省称为“满洲国”）时，曾将 5 名妇女拘留在日军慰安所。

大野泰治亲笔供述原文（略）

6. 中井久二，日军投降时职务：伪满洲国司法部矫正总局长。

其供述：1939 年 5 月，在黑河省（现黑龙江省一带）任次长期间，根据驻防于瑷珲的日军军部的要求，为设立慰安所，用 3 万元修建了一所约 200 平方米的房子。

中井久二亲笔供述原文（略）

四、其他

1. 我们在八家档案馆查阅历史档案及向相关证人调查时，还查明，部分档案中曾记载着被日军强征为“慰安妇”的 338 位中国妇女的姓名，她们在 1944 年 4 月至 1945 年 8 月，经日本军医体检合格后，分别押送到日军在河南、山东、唐山、天津等地日军驻防部队充当性奴隶（即“慰安妇”）。

档案资料还显示，日本关东军曾接日军南方部队的报告，称曾在南京设立 5 处慰安所，在杭州设立 1 处慰安所，关押了 29 名“慰安妇”，有 11 名是中国妇女，其他为朝鲜和日本妇女。

2. 云南德宏一位证人证明，1944 年在云南楚雄亲眼见 18 名穿日本和服的“日本”女人与日本军人一起被国民党军队俘虏，次日得知，这 18 名穿日本和服的妇女实际是云南傣族妇女，被日军强征为“慰安妇”。日军在云南芒黑曾强抓三十多名傣族少女做“慰安妇”。云南龙陵一位证人证明，当年该县城内一处慰安所内关押的二十多位“慰安妇”，虽然身穿日本和服，但实际是中国的东北人和台湾人，还有朝鲜人。

五、结论

本阶段调查结果证明，强征“慰安妇”是日本军队有组织的行为，其目的是为维系侵略战争。日军战败后，残留在中国的日军仍延续了“慰安妇”制度，至少保留至1947年。可见，“慰安妇”制度在侵华日军中至少持续了16年。有一则日文档案明确显示，曾明令日军不要直接给“慰安妇”费用。我们调查的幸存者均表示从未收到过日军的任何费用，她们得到的就是被摧残。

当年日本战犯的笔供中，重点是对屠杀等罪行进行交代，有的战犯在供述中涉及“慰安妇”问题，但交代的较简单。不过从这些供述中，也可看出，设立“慰安妇”制度，是日本军方有组织的行为。

以上仅为本阶段的调查，大量的调查工作尚需继续进行。

中国原“慰安妇”受害事实调查委员会

2007年7月2日

中国原“慰安妇”受害事实调查委员会发布第二阶段调查结果

中华全国律师协会与中国法律援助基金会共同成立的中国原“慰安妇”受害事实调查委员会（以下简称“本委员会”）曾于2007年7月公布了第一阶段调查报告。

本委员会的调查工作，得到档案管理机构、相关历史学者及社会工作者的大力支持。现将第二阶段查实部分概要公布。

一、新查明的原“慰安妇”幸存者

除已起诉的原告及第一批公布的查明幸存者外，本阶段经调查后又确认2

名幸存者。该2名幸存者现分别居住于广西 × 县、海南省 × 县，当年分别在20岁、23岁时，被日军强掳作为性奴隶。日军对她们持续地实施性暴力，给她们造成终生不愈的身心创伤。

二、日军战犯口供

经查33名日军战犯供词，均有涉及设立慰安所及摧残被监禁的“慰安妇”的交代。

该33名战犯，当年分别在日军陆军第63师团67旅团、66旅团、59师团、北支派遣独立步兵14旅团、117师团、关东军第一特别警备队、关东军第3方面军、27师团等所辖部队服役。

该33名战犯供述，其本人直接强奸，或组织轮奸慰安所中的原“慰安妇”受害者共计1700多人，其中明确供述涉及中国原“慰安妇”受害者734名，朝鲜原“慰安妇”受害者773名，此外，在供述中还有260多名受害者是以中、朝“慰安妇”来表述的，未分国别。因此，对这部分无法区分中、朝两国妇女各自受害者人数。

该33名战犯供述，他们直接涉足的慰安所设置地，涉及山东、北京、天津、河北、山西、河南、内蒙古、辽宁、黑龙江、吉林、江苏等11个省、市、自治区。

其中，山东省涉及：青岛、济南、桓台、周村、博山、新泰、泰安、临清、莱芜、张店、章丘、东阿、长清、历城、禹城、博平、平原、高唐、聊城、东昌、德县、茌平、馆陶、堂邑、广饶、乐陵、平阴、无棣等29个县市。

河北省涉及：涿县、新城、唐山、高阳、固安、大城、蓟县、怀来、南皮、山海关、定县、张家口、承德等13个县市。

山西省涉及：太原、大同、陵川、阳曲、忻县、曲沃、翼城、沁水、汾阳、临晋、永济、蒲州等12个县市。

河南省涉及：郑州、新乡、阳武、开封、登州、广武、新郑、焦作、许昌、方城、荥阳、临汝、汲县等13个县市。

北京市涉及：北京市内、房山、长辛店、门头沟、昌平南口、丰台等6个区县。

天津市涉及：天津市内及塘沽。

江苏省涉及：南京市。

内蒙古涉及：包头市。

辽宁省涉及：沈阳市、旅顺。

黑龙江省涉及：牡丹江（掖河）。

吉林省涉及：长春市。

以上共计81个县、市、区。

日军在上述地区有的县市内设立了多处慰安所。在城市中设立的慰安所，有的分别供日军士兵及军官使用，有的对士兵和军官未作区分。

1. 广濑三郎，男，1903年3月6日出生，被俘前曾任日陆军59师团高级副官，中佐。

其供述：1944年4月上旬从日12军接管了位于济南市内的慰安所，名称为“星俱乐部”，供日军下士官及士兵用；名称为“料亭樱”的慰安所，供日军官用。

被监禁的妇女年龄为16至23岁左右，每天每人接待20至30名日本军人。

此外，与广濑三郎同一部队的大河原孝一等13名被俘军官供述：

① 从1942年4月至1945年3月，在山东省新泰、泰安、临清、莱芜、吐丝口镇、济南、张店、博山、田村、德县等地，广濑三郎指示建立了127个慰安所，监禁了171名中国妇女、373名朝鲜妇女。

② 在济南“星俱乐部”关押的约50名16至23岁的中国妇女，她们是以给“介绍好职业”的谎言从上海、苏州骗来，该慰安所受害者由广濑三郎监管。

③ 1944年5月，广濑三郎将在济南、泰安监禁的100名中朝妇女“慰安妇”强制送到河南郑州，供参加河南作战的日本军人强奸。每位“慰安妇”每天被70名日本军人强奸，不能休息，只有午饭时休息5分钟。许多妇女都患病。

2. 土屋丰治，男，1918 年 4 月 21 日出生，被俘时职务：陆军第 6 师团步兵第 67 旅团司令部情报系，中尉。

其供述：自 1942 年 1 月至 1945 年 3 月，曾先后去过山东桓台、周村、博山、青岛，现属北京的房山、长辛店、门头沟及北京市内，河北新城、涿县等处设立的慰安所，多次强奸被关押在内的中国妇女和朝鲜妇女。

3. 村山隼人，男，1919 年 1 月 23 日出生，日军投降时职务：北支派遣独立步兵 14 旅团独步 246 大队 3 中队，中尉。

其供述：1940 年 9 月至 1945 年 5 月，下令在山西陵川县城内及潞城县内设慰安所，共关押了 14 名中国妇女。

4. 铃木启久，1890 年 9 月 20 日出生，陆军 117 师团长，中将。

其供述：1941 年 10 月至 1942 年 10 月间，任第 27 步兵团长，下令在天津、唐山各县日军驻地设立慰安所，共抓了 60 多名妇女。

此外，中田卯三郎、长田政雄、吉田兴次供述：铃木启久首谋，117 师团各隶属部队于 1944 年 3 月至 1945 年 8 月，在河南新乡、阳武、开封、登州、郑州、焦作、汲县设立慰安所，关押了中国、朝鲜妇女约 200 名。

5. 住冈义一，男，1917 年 4 月 26 日出生，日军投降时职务：北支方面军 14 旅团 244 大队，中队长，大尉。

其供述：1943 年 3 月前，在山西阳曲县南温川设立慰安所，关押了 10 名中国妇女。

6. 小田二郎，男，被俘时职务：63 师团 66 旅团独立步兵 79 大队，少佐。

其供述：1944 年下令在河南高阳县城内设立慰安所，关押了 5 名朝鲜妇女。

7. 中村五郎，男，1920 年 5 月 1 日出生，被俘时职务：63 师团步兵 67 旅团独立步兵 25 大队 1 中队，代理中队长，少尉。

其供述：1943 年 7 月至 1945 年 5 月下旬，分别在河北固安、大城、涿县，天津市内、蓟县，北京南口等地设立的日军慰安所内，多次强奸被关押在内的中国妇女和朝鲜妇女。

8. 冈田新吾，男，1915年9月14日出生。

其供述：1944年1月至7月，在北支派遣独立混成第二旅团独立一大队服役时，在河北（注：当时为察哈尔省）怀来县礬山镇成立特殊慰安所，常关押着4至5名中国妇女。1944年8月至1945年3月，该部队转移至怀来县城后，又成立一处特殊慰安所，常关押着7名中国妇女。

9. 中村三郎，男，1919年5月4日出生，日军投降时职务：独立步兵六大队，军医，大尉。

其供述：1944年2月至3月，去了在北京六条胡同设立的陆军慰安所，名称为“星和馆”，内关押着17至18名中国妇女；还去了在北京西单设立的慰安所，名称为“西单俱乐部”。在前述2处慰安所内多次强奸了关押在内的中国妇女。

10. 林美茂，男，1917年6月13日出生，被俘时职务：第59师团防疫给水班，卫生准尉。

其供述：1940年9月至1944年3月，多次去在山东济南市纬八路、临清、长清、泰安、历城西营等地设立的慰安所。多次强奸该处被关押的中国和朝鲜妇女。被关押的妇女患病后，也不给医治。

11. 石田菊寿，男，1902年11月20日出生，日军投降时职务：北支派遣114师团独立步兵83旅团独立步兵201大队，兵长。

其供述：1937年11月，在山西忻县内川村兵站任上等兵辅助宪兵时，执行宪兵队长命令，在忻县设立慰安所，关押了12名中国妇女。

12. 西定二，男，1918年7月11日出生，被俘时职务：59师团52旅团独立步兵41大队2中队，兵长。

其供述：1942年4月至1944年4月，曾多次去山西太原市设立的慰安所，名称为“星俱乐部”，强奸关押在内的中国妇女。

13. 市毛高友，男，1913年9月16日出生，被俘时职务：关东军第1特别警备队第2大队第1中队中队长，中尉。

其供述：1939年12月至1942年9月，多次去在山西翼城县城及下甘泉、曲沃县城、沁水县城、临汾县城及北京市内设立的慰安所，强奸被关押在内的中国、朝鲜妇女。

14. 岩切辰哉，男，1916 年 11 月 14 日出生，被俘时职务：59 师团参谋部后方室，军曹书记。

其供述：1942 年 9 月至 1945 年 7 月多次去在山东济南市纬八路、泰安、临清、禹城、博平县设立的慰安所，强奸被关押在内的中国、朝鲜妇女。

15. 野口作次郎，男，1921 年 3 月 27 日出生，被俘时职务：59 师团 53 旅团独立步兵 41 大队 1 中队分队长，伍长。

其供述：1942 年 12 月下旬至 1944 年 6 月中旬，多次去在山东济南市、平原县、博山县，天津市，河北南皮县半壁店设立的慰安所，强奸被关押在内的中国、朝鲜妇女。

16. 井上重平，男，1919 年 3 月 30 日出生，被俘时职务：59 师团直辖迫击炮大队 3 中队，曹长。

其供述：1940 年 5 月上旬至 1945 年 7 月上旬，多次去在河南新乡、开封，山东高唐、聊城、东昌、临清、济南及江苏南京设立的慰安所，强奸被关押在内的中国、朝鲜妇女。

17. 小安金藏，男，1914 年 10 月 13 日出生，被俘时职务：59 师团迫击炮大队 2 中队，军曹。

其供述：1936 年 5 月中旬至 1945 年 5 月中旬，多次去设立在山海关、塘沽、张家口、大同、包头、济南、青岛、北京市内及丰台等地设立的慰安所，强奸被关押在内的中国、朝鲜妇女。

18. 斋藤良雄，男，1916 年 1 月 20 日出生，被俘时职务：关东军第 3 方面军第 11 挺身游击队第 2 大队本部，上等兵，暗号手。

其供述：1938 年 1 月至 1945 年 7 月，多次在山西太原、汾阳县、河北承德及沈阳市内设立的慰安所，强奸被关押在内的中国、朝鲜妇女。

19. 星野源之助，男，1914 年 12 月 10 日出生，被俘时职务：59 师团 54 旅团 110 大队机关枪中队，上等兵。

其供述：1943年9月至1945年2月中旬，多次去山东济南市、平原县、章丘县设立的慰安所，强奸被关押在内的中国、朝鲜妇女。

20. 横仓满，男，1922年2月2日出生，被俘时职务：59师团54旅团独立步兵110大队步兵炮中队，曹长。

其供述1940年6月至1945年7月上旬，多次去在天津，河北唐山，北京，山东泰安、莱芜、章丘、德县、禹城、长清等地设立的慰安所，强奸被关押在内的中国、朝鲜妇女。

21. 长田政雄，男，1917年8月3日出生，被俘时职务：27师团87旅团204大队本部通讯系，下士官，军曹。

其供述：1942年8月至1945年6月，多次去山西太原市，河南新乡市设立的慰安所，强奸被关押在内的中国、朝鲜妇女。

22. 石田松雄，男，1920年5月2日出生，被俘时职务：59师团野战医院，兵长。

其供述：1942年至1945年7月上旬，多次去山东莱芜、临清、泰安，河南许昌、新乡、方城等地设立的慰安所，强奸被关押在内的中国、朝鲜妇女。

23. 熊昌幸雄，男，1922年2月1日出生，被俘时职务：59师团司令部卫兵队，伍长。

其供述：1944年5月至1945年7月，多次去在山东临清、济南设立的慰安所，强奸被关押在内的中国、朝鲜妇女。

24. 大木国夫，男，1920年8月10日出生，被俘时职务：59师团53旅团42大队2中队，伍长。

其供述：1942至1945年，多次去在山东临清、聊城、茬平、堂邑、馆陶、济南设立的慰安所，强奸被关押在内的中国、朝鲜妇女。

25. 永滨健勇，男，1919年11月20日出生，被俘时职务：59师团54旅团步兵110大队乘马小队队长，军曹。

其供述：1940年2月至1945年6月中旬，多次在山西临晋、永济、蒲州，山东莱芜、章丘、德县、济南设立的慰安所，强奸被关押在内的中国、朝鲜妇女。

26. 立花孝嘉，男，1919 年 3 月 2 日出生，曾任 59 师团 53 旅团 42 大队炮兵中队，军曹。

其供述：1942 年 6 月至 1945 年 2 月，在山东济南、聊城、东阿、广饶设立的慰安所，强奸被关押在内的中国、朝鲜妇女。

27. 增田清藏，男，1920 年 8 月 10 日出生，被俘时职务：59 师团 53 旅团 43 大队 2 中队，军曹。

其供述：1942 年 2 月至 1944 年 8 月，在山东济南、乐陵、无棣等地设立的慰安所，强奸被关押在内的中国、朝鲜妇女。

28. 金泽江一，男，被俘时职务：117 师团 88 旅团 388 大队 4 中队，上等兵。

其供述：1944 年 11 月至 1945 年 6 月上旬，由上级军官组织去设在河南郑州、荥阳须水镇的“强奸所”（慰安所），强奸被关押在内的中国、朝鲜妇女。

29. 宫川三郎，男，1920 年 9 月 9 日出生，被俘时职务：59 师团 54 旅团独立步兵 45 大队 3 中队，兵长。

其供述：1942 年 6 月至 1945 年 7 月，被组织去山东莱芜、章丘、历城、泰安设立的慰安所，强奸关押在内的中国、朝鲜妇女。

30. 片桐济三郎，男，1915 年 1 月 8 日出生，被俘时职务：59 师团野战医院，军曹。

其供述：1937 年 8 月至 1945 年 6 月中旬，在太原、大同、济南、莱芜、泰安、牡丹江掖河、长春、旅顺、许昌等地慰安所，强奸被关押在内的中国、朝鲜妇女。

31. 横山竹男，男，1920 年 4 月 4 日出生，被俘时职务：59 师团 54 旅团 45 大队兵器系，伍长。

其供述：1942 年 7 月至 1944 年 12 月，在山东平阴、泰安、济南、东阿、长清设立的慰安所，强奸被关押的中国、朝鲜妇女。

32. 桥本今朝三，男，1922 年 8 月 21 日出生，被俘时职务：59 师团司令部卫兵队，伍长。

其供述：1942 年 9 月至 1945 年 7 月，在山东临清、聊城、广饶、济南设立的慰安所，强奸被关押的中国、朝鲜妇女。

33. 贵船正雄，男，1916 年 11 月 5 日出生，被俘时职务：117 师团 88 旅团 389 大队，中尉。

其供述：1943 年 10 月至 1945 年 1 月，在河南临汝、新郑、河北定县设立的慰安所，强奸被关押的中国、朝鲜妇女。

三、其他方面查证

经查档案馆藏历史档案，当时的上海特别市警察局档案记载了日军设立慰安所的部分情况。

1.1938 年 9 月 8 日，日本陆军百田部队依光升队长，在浦东十八间傅家宅 ×× 号，设立了慰安所。

2.1939 年 2 月 10 日，应浦东日本宪兵东沟指导官公所等日本军、宪机构要求，在东沟浦上路 × 号设立了慰安所。1939 年 7 月 11 日，该慰安所迁至浦东洋泾十八间。

3.1939 年 10 月 12 日，日军在南塘宅 ×× 号设立了慰安所。

4.1940 年 1 月 16 日，日军在东沟窑浜角 ×× 号设立了慰安所。

四、慰安所的设置及管理

上述档案显示，日本军方设置的慰安所均系由日军当地驻军指挥官决定。

虽然有的慰安所对关押的中国、朝鲜“慰安妇”进行体检，但发现患病后，并不给予治疗。1944 年底战争后期时，日军对慰安所内患性病的“慰安妇”也不放过。

五、结论

本阶段调查结果表明，日军有组织地设立以妇女为侵害对象的慰安所，用以维系战事。上述部分战犯还供述了在慰安所内强奸、蹂躏被关押的中、朝两国妇女的具体情节，其变态性的残忍手段令人发指。在慰安所中，被关押的中国、朝鲜“慰安妇”受尽了折磨，身心遭受到严重创伤。

以上为本阶段调查概要，本委员会的调查工作仍在继续进行。

中国原“慰安妇”受害事实调查委员会

2008 年 12 月 18

中国原“慰安妇”受害事实调查委员会发布第三阶段调查报告

中华全国律师协会与中国法律援助基金会共同成立的中国原“慰安妇”受害事实调查委员会（以下简称“本委员会”），已陆续公布两次调查报告。

本委员会的调查工作得到档案管理机构的大力支持，现将第三阶段调查的事实概要公布。

一、日军战犯口供

现将调查所得20名日军战犯供述中，涉及设立慰安所及摧残被监禁的“慰安妇”的部分供词概要公布。

该 20 名日军战犯，当年分别在日军 39 师团、第 5 航空军第 2 航空区 58 飞行大队、第 200 飞行大队、新京宪兵分队、嫩江宪兵分队、北支方面军济南陆军医院等部队服役。

该 20 名日军战犯供述涉及慰安所计 32 处，所涉中国原“慰安妇”受害者 358 位；所涉朝鲜原“慰安妇”受害者 45 位。

该 20 名日军战犯供述他们涉足的慰安所设置地，分别为北京、山西、黑龙江、吉林、湖北、江苏等省、市。

其中，黑龙江省涉及：汤原、虎林、孙吴、嫩江、牡丹江、掖河；

吉林省涉及：四平、通化、海龙；

山西省涉及：太谷、祁县；

湖北省涉及：沙市、荆门、宜昌、当阳、孝感；

江苏省涉及：南京、溧水。

1. 竹内丰，男，1910 年 4 月 10 日出生，被俘前系日北支方面军济南陆军医院军医，大尉。

其供述：

① 1936 年 12 月 25 日，时任关东军汤原陆军医院内科医生，中尉。与该医院院长河崎军医大佐视察市内卫生情况后提出，为预防性病，应告诉警备司令部可设置日军专用妓馆。该犯依河崎指示所拟公文大意“为防止因性病而减退我军的战斗力，故聚集中国青年妇女设立日本军专用慰安所是必要的”。日警备司令部采纳上报公文中的意见，令县公署强占 30 间民房作慰安所，并强掳 30 名中国青年妇女关押在该处。

② 1938 年 1 月 25 日，时任关东军虎林陆军医院军医，中尉。随该医院院长本田军医大佐视察市内卫生状况后，该犯对院长说明了在汤原设立日军专用“妓馆”，院长嘱其拟公文报警备司令部。日警备司令部采纳了上报的意见，令县公署强占 25 间民房作为慰安所，并强掳 25 名中国妇女并押在该处。

2. 又川春义，男，1917 年 3 月 19 日出生，被俘前系日哈尔滨三棵树铁路警兵，准尉。

其供述：曾在北京军人俱乐部、山西太谷县及祁县城内的日军慰安所强奸被监禁的中国妇女。

3. 内音坊义男，男，1919 年 2 月 24 日出生，被俘前系日 39 师团 231 联队 1 大队 4 中队，分队长。

其供述：自 1941 年 11 月至 1945 年 5 月，先后分别去设置在沙市、荆门县、宜昌县、当阳县慰安所，多次强奸监禁在慰安所的 6 名中国妇女及 5 名朝鲜妇女。

内音坊义男亲笔供述译文（略）

4. 新谷良之，男，1919 年 9 月 20 日出生，被俘前系日 39 师团 231 联队 1 大队 1 中队，分队长。

其供述：自 1940 年 9 月至 1945 年 8 月，先后分别去设置在吉林四平，湖北孝感、当阳、荆门杂树店、沙市、宜昌等地的慰安所，多次强奸被监禁在慰安所的 15 名中国妇女及 18 名朝鲜妇女。

5. 野泽秀夫，男，1921 年 7 月 26 日出生，被俘前系日 39 师团 232 联队 2 大队第 2 机关枪中队，军曹。

其供述：自 1943 年 10 月中旬至 1944 年 12 月上旬，先后分别去设置在湖北当阳县古佛寺、穿心店、清溪河的 3 处慰安所，多次强奸被监禁在慰安所的 5 名中国妇女。

6. 谷川进，男，1920 年 8 月 13 日出生，被俘前在日 39 师团 233 联队 3 大队本部供职。

其供述：1945 年 4 月，先后去设置在湖北当阳县穿心店的慰安所，强奸了被监禁的 7 名中国妇女。

7. 山田浩造，男，1920 年 9 月 18 日出生。

其供述：时任大队副官时，曾设立过 2 处慰安所，在该所内关押了 15 名中国妇女。

8. 一ノ宫精一，男，1920 年 7 月 21 日出生，被俘前系日第 5 航空军第 200 飞行大队警备中队高射机关炮手，一等兵。

其供述：

① 1943年4月中下旬，数次去南京的1处慰安所，强奸被监禁的中国妇女。

当时在南京供日军“使用”的中国“慰安妇”人数很多，所知有一处慰安所关押了20多名中国妇女；

② 1944年4月至5月，在江苏溧水县驻防时，奉中队长望日定三中尉命令，抓1名中国妇女到慰安所供日军强奸；

③ 1944年10月前，在江苏溧水县，奉大队长富永少佐命令，抓4名中国妇女监禁在慰安所供日军强奸；

④ 该犯多次去溧水县慰安所强奸被监禁的中国妇女，其供述不论何时去慰安所，那里的日军都是满员，听说每位中国妇女每天被几十个日军强奸。

一ノ宫精一亲笔供述原文（略）

9. 逢坂正雄，男，1916年出生，被俘前系日第5航空军第2航空区58飞行大队代理大队长，大尉。

其供述：1943年3月至1944年4月，在湖北荆州驻防时，数次强奸中国妇女。

10. 坂根觉次郎，男，1907年3月3日出生，被俘前系日新京宪兵分队准尉，庶务班长。

其供述：

① 1935年11月初，时任金川县北原联队配属宪兵，该联队副官少佐下令设立供将校以下的下士官用的“妓馆”，在日本领事馆管辖的金川警察驻在员协助下，从奉天抓了3名朝鲜妇女及朝鲜夫妇2人，在金川县开设“料理店”兼妓馆，供北原联队下士官在此处强奸被监禁的朝鲜妇女；

② 1933年4月至11月，在吉林通化县的慰安所，该犯多次强奸10名被监禁的朝鲜妇女；

③ 1934年4月至8月，时任奉天省海龙县山城镇派遣宪兵，在奉天10间房慰安所，该犯强奸被监禁在该处的5名朝鲜妇女。

11. 笹城户哲郎，男，1910年4月7日出生，被俘前系日齐齐哈尔宪兵队嫩江宪兵分队长，少尉。

其供述：

① 1934 年 12 月任孙吴宪兵队神武屯宪兵分队长时，命令曹长石田幸太郎抓捕逃跑到中国人家中 1 名朝鲜“慰安妇”。

② 1934 至 1935 年，在掖河、牡丹江宪兵分驻所时，多次强奸 6 名中国妇女及 1 名朝鲜妇女。

12. 鹿田正夫、宫崎弘、黑濑市夫、中崎嘉明、柴田脩藏、塚本一登、谷川进、中尾邦广、安村清等 9 名原日军 39 师团军官供述：时任 39 师团长的佐佐真之助，曾下令制定“第 39 师团慰安所规定”，在 39 师团驻区内设慰安所。其中在步兵 232 联队驻地慰安所内监禁了 160 名中国妇女；在 233 联队驻地慰安所内监禁了 51 名中国妇女。

二、其他方面的查证

经查档案馆藏历史资料，日军占领时上海特别市警察局档案中记载了日军在上海虹口闸北区设置慰安所的部分情况。

1. 档案馆历史资料记载，当时该辖区设立了“慰安所组合会”，具体管理辖区内的慰安所。

2. 该组合会部分月报告显示，1939 年 11 月至 1941 年 1 月 1 日，上海虹口闸北区先后设置了日军慰安所共计 23 处。

3. 其中，1939 年 11 月 1 日至 1940 年 5 月，该辖区（下同略）设置慰安所 16 处，监禁 77 名中国妇女；至 1940 年 7 月 2 日，该辖区设置慰安所 20 处，监禁 91 名中国妇女；至 1940 年 8 月 2 日，设置慰安所 23 处，监禁 105 名中国妇女；至 1940 年 9 月 30 日，设置慰安所 22 处，监禁 114 名中国妇女；至 1940 年 10 月 31 日，设置慰安所 20 处，监禁 117 名中国妇女；至 1940 年 11 月 30 日，设置慰安所 22 处，监禁 119 名中国妇女；至 1940 年 12 月 31 日，设置慰安所 22 处，监禁 115 名中国妇女；至 1941 年 1 月 31 日，设置慰安所 22 处，监禁 115 名中国妇女。

三、结论

上述历史档案证明,日军有组织地设立以妇女为侵害对象的慰安所受害者,摧残中国妇女,用以维系侵略战争。

各慰安所的设置均在日军控制之下。

中国原“慰安妇”受害事实调查委员会

2009年12月1日

下篇

掳日劳工

索赔诉讼

壹

劳工索赔案的介入

中国人被强掳到日本做劳工，在我参加劳工对日索赔这件事情前，是完全不知晓的。只知道日本发动侵略战争时抓了很多中国人在中国本地做苦役。在上小学的时候，老师曾带我们到吉林的丰满水电站、万人坑参观，见证了日本鬼子在那里虐待、屠杀中国劳工的暴行，给我留下深刻印象。

1996 年 7 月，我带着刘 ××、李 ×× 两位大娘到日本出庭。在中午休息的时候，我们在东京地方法院的休息区碰到了刘连仁和其子刘焕新。刘大爷也是来做出庭准备的，他先来法庭看看，熟悉下环境。刘连仁话不多，老人家给人的感觉是饱经沧桑，是个很坚强的人。我们简短交谈了几句，这也是我第一次接触被掳住日本的劳工。

那次出庭后，在与日本律师交流出庭的情况时，小野寺律师向我介绍劳工诉讼的情况。劳工的诉讼案件小野寺律师他们也在做，也是存在调查不方便的障碍，目前只是把刘连仁的基本情况调查完了，其他的调查只限于少数的劳工，材料很缺乏，很希望从当时在华强掳劳工的每个日本公司中选择出五位受害幸存者，征得他们同意后作为原告到日本法院起诉。小野寺律师提出想让我协助他们做劳工案的工作。因为劳工案涉及大量的调查工作，他们一时找不到合适的人，就向我提出了这个请求。

由于这次到日本参加开庭及相关活动的过程中，我特别感受到这些日本律师和支援团体的成员是很真诚地在帮助中国受害者，并为此投入了非常大的精力，全力以赴地来办理这件事情。我感觉中国受害者向日本政府及相关日本公司提起索赔的法律事务交给这样的日本律师办理，是可以放心的，作为中国律师我也愿意尽力协助调查工作。既然“慰安妇”案的调查工作我都做了，劳工案的调查应该没有更多的问题，因此我也没有太多犹豫，当即答应与日本律师合作参与办理劳工案。

在商量如何进行调查时，我提出，希望日本律师能提供他们已掌握的信息。小野寺律师告诉我可以提供当年日本强掳中国劳工的名簿。

回到北京没多久，森田太三律师来到北京，我们约在天桥宾馆一层大厅见面。在宾馆大厅，我见到森田律师很吃力地提着一包资料，原来这就是他们给我提供的劳工名簿材料。看着森田律师带来的三大本劳工名簿，我的第一反应是——调查量可是够大的。森田律师介绍说，日本律师打算先做几个公司，铁道工业建设、住友等几个企业。三大本名簿，几万人的姓名，在之后的被日本强掳劳工诉讼中，我深切体会到这份名簿的分量。名簿中的劳工与家人生离死别；有的已惨死在日本；侥幸回国的幸存者也是带着难以治愈的创伤。从最初接过劳工名簿感觉到名簿分量的沉重，直到后来从心底转化为为劳工讨回正义和尊严所担责任的沉重，手上的重量变成了心底的责任。

贰

被强掳赴日劳工的概况

接下来我就开始做调查的准备工作，首先是研究劳工名簿。这个名簿是日本民间组成的“中国人殉难者名簿共同制作实行委员会”于1964年6月编写完成的，据说该项工作是由东京华侨总会牵头进行的。这三册劳工名簿的依据是1946年3月日本外务省制作的关于中国劳工的报告书，及所附当年强掳奴役中国劳工的35家日本公司的报告书。从这个报告书中辑录的劳工名簿的基础上换了一个名目，成为现在的劳工名簿。20世纪60年代时，日本外务省的那份报告书还没有公布。

1995年6月28日，在东京地方法院提起了第一起中国劳工索赔案件的诉讼，以日本鹿岛建设株式会社（简称“鹿岛公司”）为被告，原告是被强掳到鹿岛公司花冈作业所的中国劳工。这个案件的契机是抗日战争胜利50周年前，在1993年的时候，东京华侨总会前会长陈焜旺先生在接受日本NHK电视台采访时，公布了他们保存的有关日本战时强掳中国劳工的名簿资料，即1946年3月份日本外务省组织形成的报告书，全称是《华人劳务者就劳事情调查报告》。该报告书由两个部分组成，一部分是日本政府有关强掳中国劳工的决议

日本外务省 1946 年 3 月制作的有关“华人劳务者就劳事情调查报告”，本图为该报告书要旨、别册及第一、二、三分册。

等文件；另一部分是当年强掳奴役中国劳工的 35 家日本企业 135 个作业场所的报告书。

后来我才从各方面了解到产生这个报告书的背景，应当是二战结束后东京审判即将开始，远东国际军事法庭已经成立。强掳劳工是该法庭以反人道罪审判的事件之一。鹿岛公司奴役并镇压和残杀中国劳工（指该公司花冈作业所残杀四百余名中国劳工，亦称“花冈暴动”“花冈惨案”）的主要负责人，与镇压和残杀中国劳工相关的个别警察也是被作为 B 级战犯，在横滨接受审判。日本政府担心中国作为战胜国，可能会派人到日本进行调查，就自行组织了一些民间和官方的人先整理出一个报告书。一旦中国政府来日本调查，他们就可

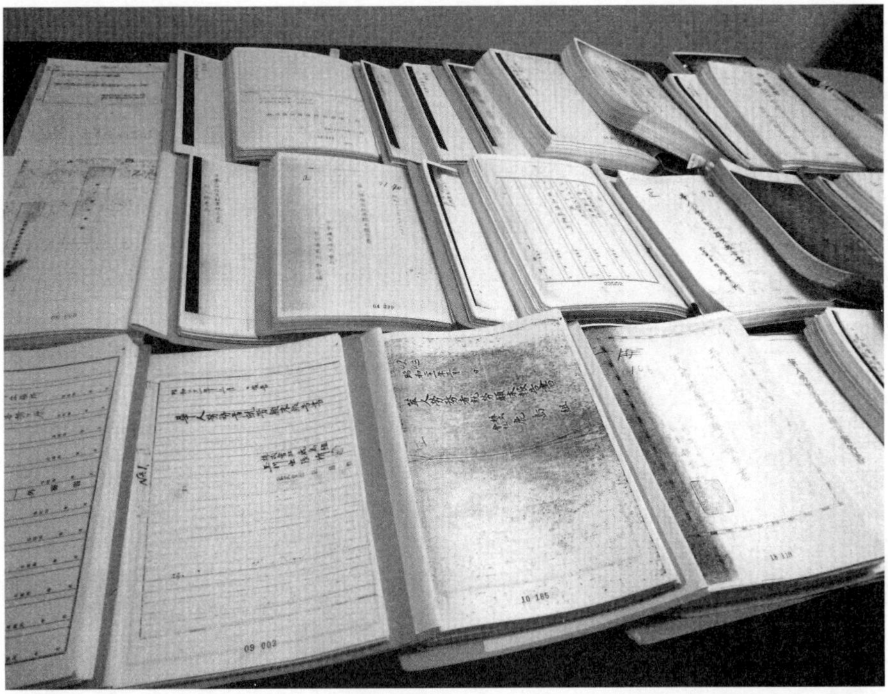

当年中国人被强掳到 35 家日本公司的 135 个作业场所做苦役，本图为曾奴役中国劳工的部分日本公司在战后制作的报告书。

以马上提供，避免中国政府在日本做深入调查。所以这个报告书的内容并不非常准确，特别是有关劳工的死因问题，有虚假成分。参与编写的调查员，在调查完后，写的报告中谈到，有的全部把死因写成心脏麻痹，有的警察告诉当地的医生，上面有这样的指示，尽量把死因淡化。另外在劳工人数方面，大体差不多，但是也有不准确的。

我们在调查中发现有些人证明某人确实是一同被抓到日本，但在该劳工名簿上却没有记载。遗憾的是，当时的国民政府并没有派人到日本去做调查，1948 年东京审判结束，中国发生了内战，国际上冷战的格局也已经形成，日本政府看到当时的形势，就想把这件事掩盖起来，遂下令销毁这个报告书。参

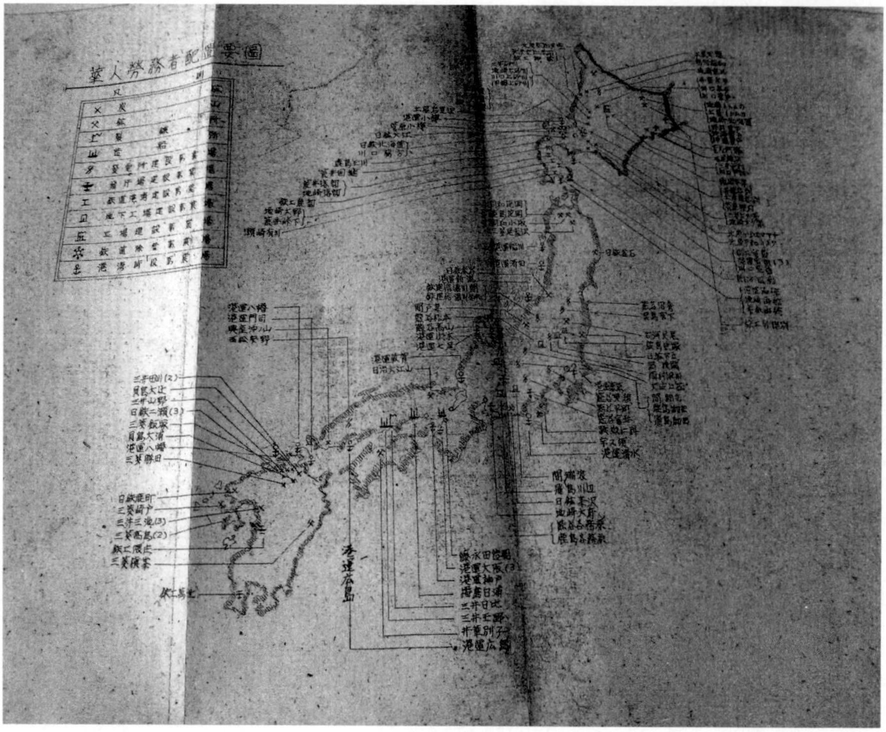

日本外务省报告书“要旨”中制作的“华人劳务者分布简图”，该图简要标注战时中国人被强掳至日本国做苦役的相关日本公司作业场所。

与调查的个别日本民间人士认为该报告书是十分重要的资料，不应该销毁，便悄悄拿出了一套，但个别作业所的报告及劳工名簿不是特别完整。这些材料后来就交给了位于东京的华侨总会。华侨总会拿到材料后，不敢声张，在东京的郊外找了一个房子，秘密保存起来。

1958 年，为反抗日本公司的奴役和虐待逃到北海道山里躲避了十三年的中国劳工刘连仁被发现，中国劳工的问题浮出了水面。时任日本首相岸信介，在战时日本政府决策强掳中国劳工时担任日本的商工大臣，商工省是直接参与决策强掳中国劳工的机构之一，因此，岸信介对强掳中国劳工之事应当是知晓的。但他在日本国会的会议上对刘连仁事件却表示：不能说明刘连仁是不是非法进入（非法到日本）。将被强掳到日本做苦役的刘连仁引向可能是非法入境者。日本外务省大洋洲局负责东亚事务的外交官也跟着表示：反正也没有什么资料能证明他是被抓来的，我们也可以不去理睬这个事。在日本华侨组织提出刘连仁是被强掳的劳工这个问题后，日本政府态度仍很暧昧，也不提刘连仁是怎样来的，所采取的对策是稀里糊涂来了这么个人，那你就回去吧。时任官房长官的爱知揆一表示要拿出钱来“慰问”刘连仁，被刘连仁拒绝了。

1958 年，中国红十字会派人接回了刘连仁。当时中国已陆续把一些日侨送回了日本，这些事实对日本国民是有触动的。当华侨组织在研究劳工问题时，一些日本人自愿参加。首先开展的就是遗弃在日本的中国劳工遗骨发还运动，这个运动就是把在日本去世的劳工遗骨送回中国。做这件事的依据，就是东京华侨总会保存的劳工名簿。因为这个名簿已经被日本政府下令与报告书一起销毁，出于安全保护资料考虑，不便直接公布资料原文，而是按照保存的名簿另行编制印刷了劳工名簿，该项工作于 1964 年完成。按照编制后的名簿线索来查找劳工和劳工遗骨。60 年代送回了部分劳工的骨灰，搁放在天津并建立了劳工纪念馆。这就是劳工名簿的大致背景。

在抗日战争胜利五十周年前夕，东京华侨总会公开了保存多年的这部分名簿资料，引起了很大轰动。据日本律师介绍，在中国劳工索赔案件最初审理时，相关日本公司的代理人还想否定名簿的真实性。由于报告书为历史资料且原件数量太多，不可能拿到法庭现场，后来法官，原、被告代理人，一起到东京华侨总会的文件保管现场去查看了原件，认定了名簿的真实性。此后的一系列有关案件都是按照外务省的报告书、相关企业报告书中的劳工名簿和日本内阁会议决议（日本外务省自己制作的文件）等为主要证据，进行审理并确认事实。

上个世纪 30 年代被日本侵略铁蹄践踏 15 年的中国，沦陷为日本在亚洲最大的占领区，也成为日本推行“以战养战”经济掠夺政策的主要战略资源供给地。强掳中国人到日本做苦役，是日本政府与日本相关企业，在侵华战争期间，共同策划、共同实施的对中国人重大人权侵害的不法行为。

档案资料揭露了当年日本侵占中国东北后，即开始推行奴役中国人的侵略方针，其目的是“试行强度的工资剥削，求保利润率高度化”（《满洲劳动统制方案》第30编第1卷（续），第1页）。从1931年9月18日日本发动侵华战争至1945年8月15日日本投降的15年期间，采用诱骗、抓捕、强征的手段，强掳1000余万中国人为其做苦役。曾在北京西苑、河北石家庄、山西太原、山东济南和青岛、天津塘沽及上海等地设立了集中营，关押大批被抓捕的中国人，作为向中国东北（当时已被日本占领后另立为满洲国）地区及日本输送劳工的中转站。

1939年7月，日本北海道土木工业联合会向日本厚生、内务大臣提出移入中国劳工至日本的“愿书”（即申请书）。该会在申请书中表示：“常年里总感劳力需求之不足，因失之协调而念其将严重影响到事业之成否，进而关联国家命运前景。虽吾等日夜操劳，采取紧急措施，但仍深感仅以此权宜之策，无法打破全国性劳力不足之局面。因此，依吾等之拙见，唯有从支那本土引入劳动者方能从根本上解决问题。”“千金难求之吾等同胞于大命之下，不惜放弃各自于祖国工业战线之重要职责，为东洋之永久和平，无畏遥远且辽阔大地——满蒙之酷暑严寒而克己奉公。在倍感无奈及我国劳动力缩减之情景下，以我们极易得到且支那人所具备之效劳代替将枯竭之劳动资源，谓极其应当矣。”

1940年1月，日本土木工业协会理事长菅原在日本政府调查部临时委员会召开的会议上发表讲演时表示：鉴于朝鲜苦力已缺乏，应当考虑从支那引入五万人许苦力……为避免支那人间谍混入，可将他们分别安排在山间或偏僻地方……在住所方面集中管理。

1940年3月，日本政府在其商工省燃料局内设置了官民共同商议有关中国人“劳务者移入”的联合机制，并就煤炭业“移入”中国劳工达成协议及对策。

1941年8月，不仅日本土木工业界提出，石炭和金属矿业两联合会也向日本政府提交《矿山劳务根本对策意见书》，明确表达了“积极促进移入支那苦力”的要求。

在上述日本官民合意的基础上，日本兴亚院于1942年出台了绝密文件《关于华北劳务者对日供出》。

1942 年 10 月 20 日，日本土木工业协会以兴亚院上述文件为方针，形成了《关于华北劳务者使役》的绝密文件，从土木工业角度制定了“移入要领”。石炭统制会亦于 1942 年 10 月 1 日对其辖下各支部发绝密文件《关于在炭矿使用俘虏类苦役》，限期要求各支部尽快上报拟使用俘虏类苦役的人数及场所。

1942 年 11 月 27 日，日本内阁会议将上述日本土木工业、煤炭、金属矿业及兴亚院等部门的意愿和方针在其阁议决定中予以确定，通过了《关于向日本内地输入华人劳工的决议》。

从 1943 年 4 月至 11 月，分 8 批将 1411 名中国劳工先作所谓“试验移入”日本，从事开采煤炭等重体力劳动，通过试验移入中国劳工，相关日本企业及日本政府感受到奴役中国人对其有很大价值，遂于 1944 年 2 月 28 日，日本次官会议做出《关于促进内地移入华工的决议》。具体要求抓捕 40 多岁以下的男子，“尤其应努力优先选拔 30 岁以下的独身男子”。

1944 年 3 月至 1945 年 5 月，分 161 批开始所谓正式移入共计 37524 名中国劳工。

试验移入及正式移入两阶段共计 38935 名中国劳工分 169 批被相关日本企业伙同日本政府通过日本侵略军用武力抓捕后，采用强制手段押送至日本 35 家企业至少 135 个作业场所做苦役。被抓捕的中国劳工年龄最大的 78 岁，最小的 11 岁，30 岁以下者居多。

根据 1946 年 3 月日本外务省制作的报告书记载，可以呈现以下事实：

根据日本外务省 1946 年 3 月制作的外务省报告书记载，强掳至日本国本土做苦役的中国劳工总数为 38935 名；被强掳至日本国的中国劳工至日本投降后送还前共死亡 6830 名，占 38935 名的 17.5%。

根据日本外务省报告书记载，劳工患病为 58954 人次，占中国劳工总人数（38935）151.42%，可见平均每位劳工不止一次患病。从日本外务省及日本相关企业报告书资料看，结合多名劳工幸存者讲述，被相关日本企业在战后即 1946 年 3 月形成的报告书记载为“一般性疾病”，实际患病的劳工已经达到即使被削减饭量也无法出工的严重程度。日本外务省报告书在有关劳工患病情况的列表中“一般性疾病”（或受伤）一栏中显示，其中已有305名丧失生活机能的保守记载得到佐证——所谓一般性疾病(或受伤),实际已相当严重。

该报告的统计表还显示，其中20992名劳工患传染病，占劳工总人数53.92%；6778名劳工受伤，占劳工总数17.41%；467名劳工因患病或受伤而丧失生活机能，其中217名劳工失明；65732人次患病或受伤，占劳工总数168.83%。可见，劳工幸存者讲述其被奴役时伤病经常发生，每个人都是伤病缠身，是不可否认的事实。被押送至日本的多数正值青壮年的中国劳工，在不到两年期间就有近七千名惨死在日本。侥幸挨到回国的，也是染有病患或终生残疾。

相关日本法院在劳工索赔案的判决书中也不得不确认中国劳工“在恶劣的条件下，从事过重的体力劳动”“可以认定本案受害者们在精神和肉体上都承受了巨大的痛苦”。

每一位劳工在家时的情况都有所不同，但每一位劳工从被抓捕起到从日本回国的经历又那样相似：被抓捕后即被集中关押，由日本侵略军及伪警察看守，丧失自由；之后乘货船被押入日本。每批到达日本港口的中国劳工无一例外均被要求脱光全身衣服，在日本人的指挥下，赤身裸体排队进入水池内开始所谓的浸泡或用水管冲洗消毒，如果头部没浸入水中，旁边监督的日本人就用棍棒打头。之后全身湿淋淋地又被要求穿上同被消毒的衣服，排队离开。劳工幸存者每当讲述到这一情节时，悲愤难平。他们说，这种被肆意侮辱并且无力反抗的感受太痛苦了！中国劳工被押送到相关日本企业的作业场所后，即被编号，自此编号便替代了姓名。

劳工住所地由日本警察或日本企业的监工看守，四周有围栏，上下工由日本监工押送。回到工棚后，也不允许中国人随意交流，违者便会遭到毒打。中国劳工被强制每天从事约十小时以上的重体力劳动，但每顿饭仅提供一至二两发霉并掺了麦麸的馒头。繁重的超强度苦役，食物供给严重不足，因此许多中国劳工到日本不到一个月后便患夜盲症，有的甚至眼角膜溃烂，而后失明。相关日本企业对因病不能出工的中国人，不仅不给予治疗，还要将本来就很少的食物再减半。对中国劳工的肆意侮辱，被调查的劳工幸存者都曾提到，在日本做苦役期间，姓名即不存在，日本人对劳工只叫编号，或称为“苦力”“亡国奴”。

日本政府及相关日本企业，从中国劳工身上榨取血汗，获得利润，但至今未向被盘剥、被奴役的中国劳工支付报酬。

这些事实清楚地说明，日本相关企业从日本政府发动的侵华战争中觊觎到可奴役中国人为其企业带来利益的机会，由此，代表日本相关企业的行业协会提出将中国人强掳为日本企业做苦役的要求；而日本政府意识到让中国人为日本企业做苦役，既有利于其推行日本全民参战的国民总动员方针，也有利于其对中国的掠夺。因此日本企业的这一提议与日本政府不谋而合，从而日本官民联合，积极共同实施了强掳中国人做苦役的重大人权侵害行为。

叁

劳工调查

森田律师给我的厚厚的三大本劳工名簿，并不包括日本内阁会议决议等材料。拿到名簿后，我们进行了挑选。名簿显示的中国劳工被强掳到日本的时间从 1943 年 4 月至 1945 年 5 月。名簿记载的地址都是当年的地址，什么第几区……现在都不存在了。我们就从名簿中的铁道工业建设、住友、宇部兴产、三菱等企业所记载的当年还比较年轻的，十几二十岁的，来自河北、山东、河南等比较集中的相关地区的劳工入手查找。日本律师也给我们提供了线索，就是山东的刘焕新（刘连仁的儿子）。因为刘连仁事情公布后，有些劳工曾和刘焕新联系，这样他就掌握了一部分劳工的线索。我在东京地方法院见过刘连仁和刘焕新，也算认识。拿到名册后不久我便和刘焕新取得了联系，约定去山东调查。

1996 年快到年底的时候，我和我的助手利用休息日，到了劳工调查的第一站——山东高密。为了节约时间，我们事先请刘焕新把他联系的五六位劳工请到高密，住在招待所，准备用两天的时间集中调查。等我们坐火车到了高密，和劳工一接触，发现他们都不是我们准备调查的那几个日本企业的劳工，我们

被掳往日本的中国劳工名册。

很遗憾。但老人家既然来了我们也不能慢待，向他们说明来意后，大家一起吃了一顿饭，把相关费用结算了，就请他们各自先回去了。

原先的计划已无法实施，我们只能自己开展调查。按照之前我们的预备方案，和刘焕新找来的劳工谈完后，如果有时间，我们再在胶东半岛这一带找其他劳工做调查，因此我们也带了劳工名簿。不过与请来的老人家结算交通等费用后，再去找其他劳工做调查，经费就有些吃紧了。这时想到了我担任法律顾问的青岛双龙制药厂，我就给他们的白寒三总经理打电话，希望他们能支持一下，给我们派个车。因为一是我们坐长途汽车时间来不及，二是坐火车到相关县后，再租车到各个村庄，经费就不够了。山东人就是爽快！白总一口答应了，约两个小时车就开到了高密。有了车，我们抓紧上路。这次调查先后去了潍坊、坊子、平度、昌乐、即墨，我们按照劳工名簿一个地方一个地方地找。山东的公路总体很好，到了那么多地方调查，山东的公路给我的印象最深。虽然路好，但是一个劳工都没有找到。问到村里，人家说不知道这回事，没听说有劳工啊？我们又想到去派出所查看户籍登记，有没有名簿中的劳工。派出所说根本就没有这些人，而且新中国成立前的户籍缺失，因为在内战中，很多户籍都灭失了，直到 60 年代后才慢慢健全。我们跑了几个派出所，均一无所获。最后决定，干脆就直接到村子里找吧。那个时候我才感觉到，和山西的“慰安妇”调查相比，我大大低估了劳工调查的难度，找人比找路要难多了，真可谓是大海捞针。

我们按照名簿记载的地址，在一个县里，挨着村子找，还是毫无收获。随着时间的流逝，我们越来越失望。怎么办啊？到了即墨，在一个村子里，好不容易人家告诉我们，这里有一位劳工。我们赶快去他家，家里人告诉我们，这位劳工从日本回来后，参加了国民党军队，现在台湾呢。当时确实是被抓到日本去的，在三菱公司当劳工。现在虽然活着，但隔海相望，联系起来很不方便。我们再度失望了。

我们是利用周末休息时间到山东调查的，这时已经到了该上班的日期了。大家商量了一下，既然已经来了，还是继续做吧，不管是什么情况，也要有个结果啊。我们决定这天晚上赶往青岛，因为名簿上还有一位青岛劳工的线索。

赶到青岛郊区，路过李村时天已经黑了。也真是找人找急了眼，见了村子就打听有没有劳工。村里人很警惕，反问我们问这个干什么。我们就解释是北京的律师，想找他们了解点事。因为不知道具体情况，和他们也不好多说。到了李村，终于有了线索，一个村民说：“我们村子里有两个劳工啊，但是天黑了，人家肯定睡觉了，他们身体都不好。”

我们一听挺高兴，既然现在没法做调查了，那明天再来吧，于是当晚就住在了青岛邮电宾馆。由于经费不足，几天来，我们都住在地方的招待所，大家毫无怨言，好在就要从青岛直接返回北京了，就让大家改善一下吧。我带着大家一起到外面的摊上吃了碗海鲜面。

第二天，我们总结了一下几天的调查经历，感到我们几个人一起跑太浪费人力了，就分头去找，庞秋贻律师和铁振铎律师还坐双龙公司的车赶往李村，我一人坐公共汽车，根据名簿上记载的地址去查找。结果我这边跑了一圈，还是失望而归。那时候手机还没普及，也不知道小庞那边的情况。好在刚回到宾馆就接到了小庞律师的电话，电话中小庞高兴地说：“找到了，找到了，找到了两位劳工。”我一下也兴奋起来，两天来，我们在胶东半岛找了五个县，功夫不负有心人，终于有个结果了。接着小庞告诉我，这两位劳工不是我们要找的企业的劳工，而是西松建设的。当时也不管这些了，我让小庞先记录下来，回来再说。中午小庞他们回来了，我们交换了一下情况。为了稳妥起见，吃完饭，我们又返回李村。

于震坤、尚连喜两位大爷，是我们最初见到的劳工。两人都曾是国民党士兵，在作战中负伤，被日本人抓去到西松安野作业所做苦役。我们见到尚连喜的时候他已经瘫痪了，但头脑非常清楚。于震坤做劳工时受到虐待，手指断了。我们向二位老大爷讲明来意，告诉他们可以起诉日本政府及奴役他们的日本公司，要求赔偿。同时明确告诉他们，当年奴役你们的日本公司，不是我们目前要起诉的，我们会把你们的情况和日本律师沟通，商量一下，有什么事再和你们联系。他们听后很兴奋："多年的恶气都出不了，在日本他们都不把我们当人。如果能起诉，那真是给我们出了口恶气，死都瞑目了。"我们把他们讲述的当年的遭遇记录下来。那个时候，这两位劳工家里没有电话，我们相互间留下了通信地址。两天多的时间，跑了山东五个县、一个市，只找到两位劳工，其他最多也就是见到了劳工遗属。其中有位老师（他的父亲是劳工）提供了一份一百多人的劳工名簿，名簿中的劳工基本上都不是我们最初准备的调查对象。然而，不管怎么说，两位西松劳工的出现，对我们来说也是一种安慰。

回到北京后，按计划还是得继续查找。山东没找到，我们就选择了去河北易县。易县离北京比较近，准备起诉的日本铁道建设（西松组信浓川作业所）当年从易县强掳的中国劳工比较多；从名簿中看，当年十几岁被强掳当劳工的，存活的可能比较大。考虑到山里路不好走，我们租了一个单位的北京 212 吉普。

1996 年 12 月 19 日，天蒙蒙亮的时候，我们就出发了。按照名簿中标注的村庄，一个个找，又是毫无收获。我们找到镇子里面的派出所，他们看了我们提供的地址，说根本就没有这些村名，从户口登记中也找不到要找的人。我们再次陷入了失望。看到我们这种情况，有位民警说："农村有的姓氏集中居住，要不你们按照农村大姓到各村去找，说不定能找到。姓李、姓王、姓张，你们就往那一片大姓集中的村子去找吧。"别无选择，我们只能接受了他的建议。出了派出所马上又为难了，我们带的地图，没有标注到村子，怎么走呢？

只好还是按上次在山东的做法，沿着路往山里走，见村就问，没找到就返回来。毕竟如果没去村里查找，心中难免不安，遗漏查找的劳工将会留下终生遗憾。

我们沿途走到金坡村时已经是上午九点多钟了。这个村距马路很近，路边有个小卖部，我们按照名簿上那位劳工的名字上前询问，小卖部的老板说没有这个人，但是村子里有一位曾被日本人抓过的劳工，姓张。我们这次去易县调查事先准备的劳工名簿中，并没有这个人。原计划调查中的村子距此地还有八九里，为了不耽搁时间，就和这位老乡说，我们先到山里去，下午一点半钟我们回来，请你帮忙联系那位大爷，到小卖部等我们。这位老乡很痛快地答应了。

当时我们估计到山里那个村子大约八九里的路，再怎么样开车半小时也到了。村子里就两位劳工，调查完，返回到小卖部，时间上是没问题的。可是过了紫荆关，再往前走，我们傻眼了，那个村子在一个很大的山沟里，车子根本开不进去，要想到村子里，只能下公路。司机试着往下走了一点，一下把轮胎磨爆了。我连说算了算了，我们自己走吧。一行人小心翼翼地走下山沟，脚踩着封冻水面上露出的石头，穿过一条两三米宽的小河，往山里走了约一个多小时，终于到了村子里。

在那里还真找到了那位劳工——郭真。老人家里非常贫寒，12 月份算是初冬，但山里是很冷的，他们家里人都穿着光板棉袄，里面没有任何内衬的衣物。老人家中三个兄弟，他排行老二，还有大哥和弟弟。弟弟瘫痪在炕上，炕是凉的，就铺了个毡子，毡子还返潮，屋里十分阴冷。郭真的大哥战争时一条腿受伤，拄着拐杖。郭真老大爷一听北京律师来了，特别吃惊。我们把来意和他说了，他简直难以相信，一方面是我们居然能找到他；另一方面，我们要帮助他起诉日本公司。老人家特别激动，不知道说什么好了，颤颤巍巍地说："那敢情好、那敢情好啊，我这一辈子能不能解决不好说，至少有个盼头，我、我、我死都瞑目了！"在他家调查的时候，家里只有一个凳子，还是瘸腿的，我们就坐在他家冰凉的炕上交谈。

郭大爷告诉我们，在他二十一岁那年阴历三月二十四日那天，日本兵和汉奸把他抓到了紫荆关警察所，那里已经关了十几个人。过了几天又把他们转到易县监狱。十几天之后，用车把他们十几个人押到了北京西苑。在西苑关押他

郭真，1944 年被强掳到西松建设信浓川作业所做苦役。

1996 年 12 月 19 日摄于河北易县

们的地方，四周都有电网，有当兵的看押着。那里同时还关着许多老百姓和战俘。每天都是干活，经常看到有人死了，用席子卷了抬出去。

过了一个多月，一个日本翻译对他们说：要送他们到日本干活，每天给五块钱，一个月给一百五十块钱。还说是通过华人劳工协会买去的，劳工协会管签合同。但郭大爷从来没有看见过什么“合同”，去日本也没有办任何手续。就这样，鬼子从被关押的人中挑出年轻力壮的一百多人，坐火车到天津塘沽。

在去塘沽的路上，有人跳车逃跑，日本人就开枪打，当时郭大爷也想跑，但日本兵和伪军看押得紧没跑成。到塘沽后被关在海边的棚子里，每天只给吃两顿饭，一顿给两个约一两的小窝头。后来又来了一百多人，共有三百多人了。几天后，郭大爷与这些人被押着上了一条很大的日本货轮，船上有日本人看着，被押上船的中国人没有行动自由，只能待在底舱里。航行中有人跳海自杀，也有人病死，船走了大概七天七夜，在日本的下关港靠岸。日本人把郭大爷等人分成十人一队，往他们脸上、身上喷药，进行所谓的消毒。之后押着他们坐火车来了新潟。

到了那里，被日本人带到半山坡上的木板房里住下。这是一栋很长的木板房，屋里是通着的上下铺。日本人把郭大爷他们一起来的三百多人组成一个大队，分成两个中队，中队下面有排，每排分三个班，十几个人一个班，郭大爷是一班的，还给每个人编了号。开始干的活是挖河、修坝。干活时两班倒，一天十几个小时，很累。日本警察腰间挎着腰刀和木棍监督着中国劳工，看谁不顺眼就打。在日本虽然干活很累，但最难受的是吃不饱饭。干活时每天三顿饭，一顿只给两个一两重的小米团子或小窝头，根本吃不饱，几乎没有菜，肉就更谈不上了。恶劣的生活条件，加上艰苦的劳动，所有人身体都垮了，中国劳工很多人病死、饿死。死后就用火烧了，捡几根骨头装在骨灰盒里。

之后郭大爷他们又被带到长野、岐阜挖山洞。虽然在北京时曾讲过每天给五块钱工钱，但到了日本一分钱都没有。在那里干活，不给洗澡，劳工们身上都长了虱子。直到日本投降后才回到祖国。郭大爷给我们讲述时声音很低，一直沉浸在过去的悲痛中。

调查结束时，郭大爷又提供了个线索，沿着来路走出山沟，在位于铁道边另一个村还有一个他的难友，现在还活着呢，要想调查也可以去。我们一听太好了，就往他难友家赶。好在这位老人的家离公路比较近，我们走出山沟后，就开车到了这位名叫李祥的老人家里。李大爷见到我们也是很吃惊，没想到还有人要帮他们向日本政府和奴役他们的日本公司索赔。

李大爷向我们讲述了他做劳工的经历：

1943年阴历二月底三月初的时候，日本兵和伪军包围了我们村子，把我和几个人抓到易县一家人的地窖里，在那里关了十一天，过后就把我们关到易县警察局的监狱，一个来月后就被日本人押到了北京西苑。

从北京到的天津塘沽，日本翻译告诉我们到日本干活，每天给六元工钱，还说是劳工协会管我们去日本干活的事，但我们根本就没见到劳工协会的人。不管你报没报名去日本，只要日本人挑上你，不去也得去。人都是他们抓来的，哪有自由啊?

我从被抓的那天起就想逃跑，但到哪儿都有日伪军看着，根本就跑不了。从塘沽坐船，在海上有人看到没什么希望了，就跳海自杀了。到了日本，给我们编了号，不叫名字，叫编号。

这之后李祥大爷做劳工的经历就和郭真大爷差不多了。李大爷说：在那里最难熬的就是吃不饱饭，常常饿得心慌。1945年8月的一天，有一位和我们在一起的劳工看到报纸上日本投降的消息，大家很激动，终于可以回家了。李祥大爷也给我们提到一位一起做劳工的难友，住在紫荆关的路口那儿，名叫李恕。

我们又赶到李恕老大爷家，他听到我们的来意后，也是喜出望外。这位老大爷家生活条件稍微好一些，跟他儿子、孙子住在一起。李恕大爷告诉我们：他二十七岁时担任村里共产党的青年主任，在那年阴历三月的一天被人告密，日本人和汉奸把他抓到紫荆关日军据点。日本人对他严刑拷打，李大爷一直没有供出任何事情。二十几天后，就把李大爷和其他十几个人捆在一起，押到易县，后来又被押到北京南苑原国民党军 29 军军营，在那里关了好几百号人，有日军和伪军看着。

在那里干了一个多月的活，日本人把他们百十来人运到塘沽，在塘沽时日军翻译告诉他们要送到日本当劳工，还说会给工钱。李大爷清楚记得，一同去的还有郭真和李祥。从塘沽到日本，几位大爷经历了同样的磨难，三人的感受一样：最难受的是饥饿，饿急了就偷吃榆树叶或是桑树叶。到日本后，日本公司从来没有人跟他们提工钱的事，劳工们也没有得到一分钱。

我们一下找到三位调查对象，都是我们准备起诉的铁道工业建设的西松组信浓川作业所的劳工，真是令人欣慰。

在李恕老大爷家做完调查，已经快下午三点钟了。想到和金坡村人家的约定，我们赶快往回走。从李大爷家出来，路就比较好走了，不到半小时，就到了金坡村，老远就看到马路边的大石头上坐着一位老人，大冷天坐在马路边。

我们下车就奔小卖部去，那位老人见到我们下车就直奔我们来，开口就问："同志，你们是北京来的？""是啊。"我们回答后，大爷马上过来握着我的手："可等到你们了！我就是你们要找的当年日本人抓到日本的劳工张宝恒。"我握着大爷冰凉的双手，看着他冻得直流清鼻涕，心中充满了歉疚："老大爷，您怎么在外面坐着啊？"小卖部的主人见我们来了，也从屋里走出来说："这老头，我们让他在屋里等，他就是不进来，说好一点半你们来，他一点钟就来了，就要在外面等。"

十二月的天，还是在山区，老大爷在外面等了两个多小时，也冻了两个多小时。我们心里真不是滋味，一个劲儿给张大爷道歉。进了小卖部，小卖部的主人给张大爷倒了杯热水。我还是在为我们没有按预定的时间准时到来向张大爷道歉，同时也说："您可以在屋里等啊。"张大爷说："哎呀，我在屋里等，怕你们的车开过去啊！我要等不到，就错过了。"大爷的话使我们更加难受，我突然感觉到，大爷等的不光是我们，他在等待着出气的一天，他是多么盼望有人帮着他来清算在日本受的罪，为此他宁肯在大冷天在外面苦等两个小时，只要能等到，大爷会一直等下去的。后来在与大爷的交往中，我们深深感受到张宝恒大爷是在用他余生的所有时间等待着。这是凝聚着他一生的等待啊！

我们赶快抓紧时间向张宝恒老大爷调查。张大爷的头脑非常清晰，清楚记得他当年是在日本的三井田川二坑当劳工。我很奇怪他怎么记得那么清楚。张大爷说他是 1938 年 1 月参加的八路军，被抓前是八路军 129 师的侦察员。有这样的背景，讲述事情的来龙去脉自然就非常清楚。

我们告诉他，这次准备起诉所调查的日本公司没有三井公司，也不知道这个公司现在还是不是存在。大爷一听眼神中就透出了失望："哎呀，我从日本回来后，也一直找我原来的部队，但是由于我被抓到日本的经历，也不可能再回到部队了。新中国成立以后，我也一直找我的首长，我的首长也愿意给我作证，但他们也没办法。这些年我一直在找组织、找县里，县里的人也不知道怎么办好。我这样做不是光为我，我们还死了那么多兄弟呢，我要替他们出口气。"看到大爷失望的眼神，听着大爷的话，我们有责任帮着他记录下他在日本受过的苦难。我告诉大爷："回去后我们和日本律师商量能不能加入诉讼。"大爷一个劲儿说："同志，帮帮我吧，帮帮我吧！"大爷的眼中重新燃起了希望。

回到北京后，张宝恒大爷很快给我们寄来一封信，信是 1996 年 12 月 25 日写的，比较详细地讲述了他的经历。我马上与日本律师商量，看能不能把张大爷作为起诉日本公司的原告。隔了一个多月，日本律师告诉我们，三井这个公司还存在，可以把张宝恒老大爷作为原告。我们一听特别高兴，马上给张大爷写信，把这个他盼望多时的好消息告诉他。张大爷很快就给我回信了，信中透着喜悦。我和张大爷约定春节后再去他家调查。

1997 年 3 月份，我们又去金坡村专门找张宝恒老大爷。大爷的家住在半山坡，屋里除了土炕和一张炕桌，没有什么家具，当时他老伴也在家。家里养了几只鸡，自己在院子的下方打了口井，这就是张大爷的家。3 月的山区，天还很凉，他们家里黑黢黢的，十分阴冷。上了炕，大爷从房梁的挂钩上取下了一个破旧的小黑包，这个包要是在城里，早就扔了。我问大爷："为什么挂在上面呢？"大爷说："怕老鼠咬了，梁上也不潮。"大爷拿下来后，小心翼翼地打开，从里面拿出两件东西。一件是易县县委发的一个证件，证件的样子像工作证，外面是红色塑料皮，里面是姓名及参加工作的时间和职务等信息。上面写着“张宝恒，1943年前，军方情报人员。”并加盖了易县县委的印章。另外是一个自制的小本和一些字条，那上面记录着他被抓到日本做劳工的过程和他认识的劳工的名字，以及在日本三井企业受虐待的事实记录。

这是我们第一次看到受害者亲手的记录，密密麻麻非常小的字，记录这些字的纸各种各样。大爷告诉我们，他从市场上买来报社出的报样纸，一面有字，一面是白纸，那是按斤卖的，很便宜。他把这些纸裁好，有字的一面折在里面，没字的一面就可以写字了，再把这些裁好的纸用铁丝穿在一起，做成了小本子。在对折的空隙里，还插着一些小纸条，这些小纸条是大爷临时回忆起的一些事的记录。张大爷说：“我年纪越来越大了，怕那些事记不住了，就不停地写，想起什么就写下来。我怕我哪天没了，这个事就没人知道了，那就对不起我的那些难友。”我们听后很是感动。

大爷给我们再次讲起他被抓当劳工的经历。张大爷是八路军的情报人员，1943年农历三月有人告密后被日军抓到易县宪兵队。日本宪兵先是拷打他，之后把他绑在梯子上，灌上水倒控过来，又灌上水，再倒控过去，反反复复，他始终没有说出自己的真实身份。

后来就被押送到石家庄南兵营劳工教习所，其实就是劳工集中营。在那里除了干活就是每天让他们喊反共口号，不喊就挨打。每天都有人死去。过了一段时间日本人从关在那里的人中挑出一些年轻力壮的，说是送到日本当劳工，张大爷也被他们挑上了。日本人还说去日本干活一天一块钱，下煤窑，不想去也得去。日本人把张大爷他们押到天津塘沽，从那里上船，经过七天七夜的航行，到了日本的门司港（那是1943年，张大爷是第一批被强掳到日本的劳工，按照日本人的说法就是实验性移入，大批的劳工是1944年被强掳去的）。后来又坐火车从门司到了位于九州的福冈三井田川二坑煤矿。到了三井后给他们分了班，每个劳工还都编了号，天天都是挖煤，劳动量非常大，吃的就是一顿饭两个小窝头，一个一两重，根本吃不饱。

张大爷清楚记得他的班长于凤山，因为中国工人吃不饱，他就到伙房去找些吃的，找了一点咸菜，结果被三井公司的人发现，暴打一顿，送到警察局。到了警察局后就再没回来。中国劳工就向日本人要人，后来他们把于凤山的骨

张宝恒，1943 年被强掳到三井田川二坑做苦役。

1997 年 3 月 13 日摄于河北易县张宝恒家

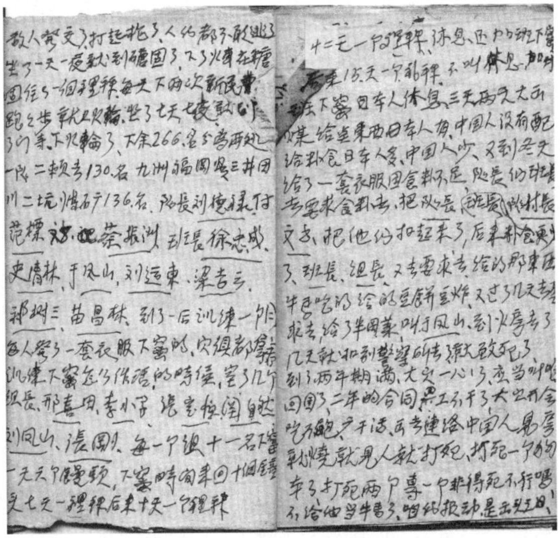

敌人赶来了、打起枪了、人们都不敢跑了
坐了一天一夜就到塘沽了、下了火车在塘
沽住了一个礼拜每天下两次[illegible]
跑步 [illegible] 就上火轮、坐了七天七夜就到了
门司下火轮了、下余266名分为两处
一队二[illegible] 130名 九州福冈县三井田
川二坑[illegible]136名、队長刘德禄 付
范標 [illegible] 蔡振洲 班長徐忠成、
史清林、于风山、刘运東、梁吉三、
郝树三、苗昌林、到了一后训练一个月
每人发了一套衣服下窑时、[illegible]
训练下窑[illegible]的时候、[illegible]几个
组長、邢喜田、李小子、张宝恒、阎自然
刘同山、張刚、每一个组十一名下窑
一天一个[illegible]、下窑时间来回十個钟
头七天一礼拜后来十天一个礼拜

十二天一个礼拜、休息、还加班下窑
后来15天一个礼拜、不叫休息、加班
[illegible]下窑 日本人休息、三天两天大夫
煤 给些东西日本人多、中国人没有配
给料食日本人多、中国人少、又到冬天
给了一套衣服因食料不足、队長们班長
去要求食料去、把队長 班長 [illegible] 村長
文字、把他们扣起来了、后来补食更少
了、班長、组長、又去要求去给的那东西
牛马吃的给的豆饼豆炸、又过了几天去要
求去、给了半两菜、叫于风山、到火房去了
几天就扣到警察所去[illegible]致死了
到了两年期满、大家一心了、应当叫咱
回国了、二年的合同[illegible]
[illegible]
[illegible]
[illegible]
[illegible]

张宝恒保留多年的用废纸自制的小本，上面记录着他书写当年被日军抓捕强掳到日本的遭遇及难友的姓名。

灰盒交给了劳工。劳工们不干了，大家就罢工，拿走了小尖镐和小铁锹，跟日本监工打起来了，还点火烧了日本人的东西。田川市的警察和宪兵好几百人赶来镇压，包围了劳工们住的地方，从一百多劳工中抓走了三分之一，张宝恒大爷也被他们抓走了。

抓到警察局后，被关了好几天，不给饭也不给水。几天后警察把被抓的劳工带到警察局门前，两个劳工一组，一个劳工提着另一个劳工的腿，另一个劳工就用双手在地上爬，几十个劳工就在那里爬，如果不按日本警察的要求做，还是不给吃饭、喝水。本来就吃不饱，被关押后又连续几天没吃饭没喝水，张宝恒和被关押的劳工们已经难以迈步，大家商量还是要争取活下来，这样才能跟日本人斗争。他们就按日本警察的要求做。没想到日本警察又找来了一帮日本小孩在旁边观看中国劳工爬行，看到中国劳工被侮辱的样子，这些孩子一个劲儿鼓掌、欢呼。

张宝恒大爷在跟我们讲这一段时，眼里就像冒着火，愤恨、耻辱就像要从眼睛里喷出来了。那眼神一直都在我的记忆中。张宝恒大爷攥着拳头说："我们当时那个恨啊，就想和他们拼了，实在是没有劲了，好几天啊，水米没进，怎么可能有劲啊，爬的劲都没有啊。为了活下来，我们把牙都要咬碎了，忍着这种屈辱，真是亡国奴啊！连日本小孩都能羞辱我们。当时我就想，一定要报这个仇，这也是我为什么一直记这些事。这个仇不报，我不是个人！"

听了大爷的一段话，我们都很震撼。做完笔录后，张大爷拿出了自己的印章，按在了调查记录上。这个印章是大爷自己刻的，当时农民哪有印章啊，大爷真是个很巧的人。对张宝恒大爷的调查做完后，我们很快就把调查笔录给日本律师寄去了。虽然 1997 年 3 月做完的调查，但起诉是在 2000 年以后了，是在福冈地方法院起诉的。这之后，我们一直保持着联系，他很关注对日本的索赔。

对张宝恒大爷的调查我印象特别深，他作为福冈第一批诉讼的原告，我们特意请他作为向日本法院递交诉状时原告的代表，张大爷特别高兴。我们帮他办理完了所有出国的手续，他来到了北京，做赴日本的准备。他从家里穿来了最好的衣服，但不管怎么看，衣服还是太破旧了，手里还拿着那个装着自己记录回忆的小黑包。我们赶快找了一些衣服，从里到外都给大爷换了。我们事务所的任芳还从家里给他拿了旅行包。向日本法院递交诉状回国后，张宝恒大爷非常高兴。从那之后，大爷每次来北京，都拿着任芳送他的那个旅行包，很是珍惜。后来他还专门到北京给我们送来柿子，弄得我们很不好意思，要给他钱，他死活不要。那是他家山里的柿子，是他的一片情义。

几年后，张大爷把那记录着在日本受到耻辱的小本子郑重地交给了我，那上面记录着那段苦难的经历，记录着那些和他一起患难的工友的姓名。我心中感觉那是大爷把他一生的期望托付给我了。

2009 年的时候，张宝恒大爷去世了，大爷没有等到索赔的结果，我们心中非常遗憾。大爷的儿子，作为他的继承人，还在参加索赔的一些活动。按着张宝恒大爷在八路军 129 师的经历，要不是被日本人抓去做劳工，到现在也应该是离休干部了。他在后来写给我们一封介绍自己情况的信中最后写道：

> 到四五年日本战败了，日本他们投降了，十二月份才回到了祖国，苦也受尽了，党籍也丢了，军龄也没了。

每当想到这些我心里就非常不舒服。

在河北做调查时，我们又找到了两位当年的劳工，他们都是 1944 年在河北深县被日本人抓到日本做劳工的。一位叫韩英林，另一位叫侯振海。

对韩英林大爷的调查，我印象很深。韩大爷住在深州的北安庄，离县城比较近，当时是韩英林大爷的儿子带我们去的他家。大爷的儿子事先告诉我们老人家的耳朵不好，说话要大声。到了院子里，我们看到一位老人弓着腰坐在院子里编箩筐。大爷的儿子大声说："爹，北京的律师来了，问你抓劳工的事。"大爷听到后抬起了头："哦，是吗？"回话中透着兴奋。大爷站起身，我们看见老人家的背驼着，接着又发现大爷的胳膊一直弯着，伸不直。我就贴近大爷问他："大爷，您的胳膊怎么了？""鬼子打的！"大爷回答我们。

和大爷对话很费劲，说话的声音要很大，恨不得院子外面的人都能听到。

因为调查的原因，我们说的内容院外的人如果听到，就会引起围观。为了调查顺利，我们就想请大爷到屋子里谈，大爷放下手中没有编完的箩筐，带我们走进屋里，关上门，坐在炕上给我们讲了起来，讲述中大爷的表情看起来很平静，但是声音中明显带着激动的颤音。

当年，他是抗日力量的青救会主任，带着老乡做抗日工作。在当地有一定的影响，他的大名叫韩英林，老百姓都叫他韩黑。日本人和汉奸也都知道他，就到处抓他。在老百姓的掩护下，他曾几次逃脱敌人的抓捕。日本鬼子和汉奸还曾把他父亲抓起来，逼着父亲供出儿子藏身的地方，也想借此把韩英林逼出来。韩英林没有出去。几天后，日本人就把他父亲杀害了，还把老人的头砍下来，挂在深县的城门楼上，韩英林知道后真想冲出去找日本鬼子报仇！但当时他还要组织人和鬼子斗争，便强忍着痛恨，继续领着乡亲和鬼子汉奸斗。

一天晚上，他们在一个村子里开会，突然鬼子和汉奸就包围了村子，把村民集中起来，让交出韩英林，村民没人吭声，鬼子就打村民，韩英林看不下去了，就主动站了出来。鬼子让他供出八路军的活动情况和地方干部的住处，韩英林不回答。日本鬼子就在村子的空地上堆起干柴，柴堆点着后就由两个汉奸把他往火堆上推，当快倒向火堆时，又把他拉出来，这样反反复复，用火燎他的脸，把眉毛、头发都烧没了，脸上也燎的都是水泡。就这样，韩英林还是没有招供。后来日本人就把他带到县城里的宪兵队。

到宪兵队的前几天，天天都是拷打逼供。特别是夹住他的耳朵上电刑，遭受电刑时大爷浑身发抖，晕死过去。当时大爷的耳朵就什么都听不见了，后来才慢慢有点恢复，但总是嗡嗡响，腿也被打断了。韩英林一直坚持着，始终没有招供。

后来日本人就押送他经石家庄到了塘沽，一路上，韩英林想：去日本也是个死，不如逃跑。一天晚上在逃跑时被哨兵开枪把右胳膊打穿了。受伤后没有做任何处理，他就带着伤被押上了到日本的船（在我们调查时，大爷胳膊上的枪伤疤痕依然非常明显）。到了日本新潟，因为大爷的胳膊有伤，伸不直，就一直让他在伙房干活。

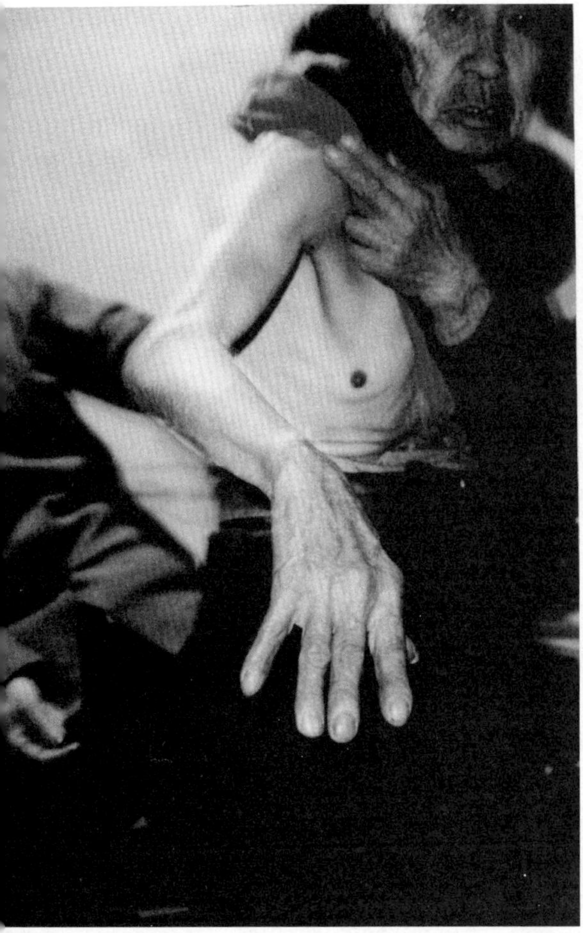

韩英林（曾用名韩黑），1944 年被强掳到西松建设信浓川作业所做苦役。图片为其右上臂及右腿被日军击伤的情况，韩英林右臂终生残疾，不能伸直。

1997 年 3 月 9 日摄于河北深县

在讲到这些时，大爷特别气愤地说：“日本鬼子太残忍了，杀了我父亲，竟然还把头砍下来挂起来。没有一点人性。血海深仇，我是一辈子忘不了的。到日本做奴隶，真是不甘心，我一心想逃，可逃也逃不了，只能忍着。回国以后，什么也说不清了，什么身份也都没有了，一直在家当一个农民。”我们问大爷：“你被日本人抓了，还要反抗，还受了枪伤，后悔吗？”大爷说：“当年抗日做的那些事，不后悔！我就得这么做！老虎凳、压杆子、灌水、做劳工，什么罪都受了。我都忍着。我就是想，我爹被你们砍头了，那么多人都死了，我就是要和日本鬼子干到底。”就是这么一个信念支撑着大爷。我们给大爷拍了照，大爷当时的眼神，深深印在了我心里。

侯振海大爷当年是八路军 129 师的通信班长，在反扫荡的时候负了伤被日本人抓住了。当时被抓的还有另外一个战友。

见到老人家时他已经快八十岁了。虽然是在农户人家，但是大爷的举止还是有军人的姿态，头剃得光光的，说话声音很洪亮，坐在那里，很是庄严。我们一说想问问劳工的事，大爷开口就是：“× × × 的小鬼子，我是被他们抓去的。”一口一个小鬼子，充满了对日本鬼子的气愤、蔑视，带着怒火对我们讲述他当年的经历。

被抓后，鬼子问八路军的情况，他和战友两人什么都不说，鬼子就把他们的上衣扒光了，关进了很小的一个木笼子里，往他们身上放臭虫，咬的身上都是包。说到这里大爷提高了声音：“小鬼子不是人！当时老子也在那里骂小鬼子！”后来和他一起被抓的战友不堪忍受折磨死了。鬼子看问不出什么，就把他押到石家庄后转到了塘沽，在塘沽上船后到了日本的新潟。

作为军人，被敌人抓到，还被强掳到日本做苦役，他觉得太耻辱了，不能忍受，因此对于做劳工的经历侯大爷也就不肯多说。大爷在述说中不绝口地咒骂着日本鬼子，可以说一半是讲述一半是骂：“早该跟他们算账了！老子就是要跟他们算账！”侯大爷的讲述也给我留下很深的印象，那真是满腔怒火、千仇万恨啊。

两位老人家参加了在东京地方法院提起的以西松公司为被告的诉讼，两位老人都没有等到胜诉的结果，他们的儿子作为遗属还在为索赔努力。

几年后，在对日本三井公司的劳工做进一步调查时，我们还找到了住在北京郊区的了一位叫张建森的劳工。张大爷因患脑梗塞长期卧床，老人家是躺在床上向我们讲述的。

1943年（具体月份记不清了，只记得当时天气很冷）的一天凌晨，日本兵包围了我住的村子把我抓住了，后来把我押到位于辛集镇的“1417剿共司令部”，过了半个月，日本人又将我和其他被抓来的七八十人用绳子绑着押到辛集火车站上了火车。

火车到了石家庄，日本兵又把我们重新绑起来，押解到“1417部队”的集中营，由于房子里铺位少，人多，我们只能侧身挤着睡，每晚睡觉前，日本人让我们在床铺前边站好，等他们喊“一、二”我们就一起向后仰倒在地铺上，谁动作慢了，就没铺位了，然后日本兵就用枪托朝没地方睡的人身上使劲砸，直到把人砸进旁边两个人之间的缝隙中才罢手，所以我们半夜想上厕所都不敢起床，不然再回来就没地方睡了，晚上大小便就在床铺上。在集中营每天吃两顿饭，每顿饭是一碗高粱米，最多三四两，还有萝卜汤。

由于生存环境极为恶劣，很多人就死在集中营了，几乎每天早上都有死尸从我们住的房子里被抬出来，日本人命令先将死尸的衣服扒光，然后扔进另一间破屋子，傍晚时尸体再被排子车拉走。有一次，我准备逃跑，白天就钻进了死人堆，躺在别的尸体下面，本打算趁傍晚排子车运尸体一块被拉走，没想到晚上被扔到排子车上的时候让日本人发现了，把我毒打了一顿，这次没跑成。

有一天出操，日本人给我们做了体检，合格的人被集中在一起，当时日本人并没有说要把我们这些人送到日本当劳工，我和另外一百多人被押到石家庄火车站上了火车，火车上有很多日本兵，几乎是一个兵看一个人，在塘沽下车后被带到靠近海边的一座工棚式的木房子里，屋里面有木板铺，没有被褥，房子四周有日本兵站岗。在这儿待了一个星期，每天两顿饭，每顿饭一碗高粱米，三四两。后来来了三艘轮船，我们一百多人上了其中的一艘，被关在最底一层的船舱里，日本兵端着枪守在甲板上。这时候，我虽然不知道日本人到底要把我们这些中国人怎样处置，但我彻底绝望了，也只有听天由命了。

半个月后，我们在日本下关下船，一下船就被拉去消毒。日本人先是扒掉我们的衣服拿走消毒，然后让我们光着身子走过一条通道，用消毒药水往我们身上喷，喷完药后就湿着身子穿上衣服。消毒后，日本人押着我们上火车到了东京，在东京住了一宿，第二天坐火车到函馆。火车由轮船运过大海，最后到达北海道，车站的具体名字我忘了，只记得周围都是大山。下车后，有日本工头领着我们沿着山边大约走了十几里路，又下山经过一座吊桥，到了河对岸，也就到了我们的住地。我们一百多人住在一间木头房里。

住下后就开始编班编号，我们的大队长姓马，副队长姓金，一个班十来个人，我在一班，班长与我是束鹿县老乡，叫张小军（音）。我们一天三顿饭，每顿是两个小黑馒头，一个约二两。干活的手像煤炭一样黑，没条件洗手，抓起馒头就吃。干如此繁重的体力活，这点伙食根本不够吃，我饿急了就偷狗食，还吃过牛粪里的玉米粒。当地日本老百姓用牛运煤，收工回来的路上有时能看见牛粪，偶尔也能遇到牛粪里有牛没有消化的玉米粒，我就赶紧从牛粪中捡起玉米粒，回到工棚后洗洗，把玉米粒砸碎了在炉子上烤一下吃进肚里。

冬天我们衣不遮体，煤窑里都是水，有二十多厘米深，干活时身体就浸泡在水里。工地上没有任何保护措施，劳工经常有受伤的，我的手就被煤窑顶落下的石头砸伤过好几次，现在还有伤疤。生病也没人管，有一个劳工胳臂被砸伤后，因为伤口感染化脓，病得很重不能干活，日本人就把他扔进一间没人住的破房子里，我和其他几个工友收工后偷偷去看他，发现他的伤口里都是蛆，我们用小木棍把蛆一点一点地拨出来。但因为无医无药，最后眼睁睁看着他病死了。还有一个工友，趁日本人不注意逃跑了，结果在函馆被抓回住地，日本人命令我们大家集合起来，让劳工队长当着大家殴打这位逃跑的劳工，打得爬不起来，后来不见了，估计是死了。像这样病死或被打死在日本的劳工不计其数。还有的劳工因为实在受不了这种非人的待遇，或是跳河或是触电线自杀了。我在回国时，一个人就带回来四个老乡的骨灰。

在调查快结束时张建森大爷执意让他妻子扶着坐起来，眼含热泪地说："现在，每当我回忆起在日本当劳工的那些日子，心中的苦无法用语言表达，只有亲身经历过那段历史的人才能体会到我们受的是一种怎样的摧残，那简直就是一段与野兽在一起煎熬的日子。今天我要替那些惨死在日本还有幸存下来的中国劳工向日本国政府和那些日本企业讨回公道，我坚决要求日本政府和企业正视历史，承认自己对中国劳工犯下的累累罪行，向中国劳工道歉、谢罪，对中国劳工进行理所应当的赔偿。"

调查完成后，我按惯例给被调查者张建森拍摄了照片，同时也给他夫妻二人照了张合影。希望在他妻子细心照顾下，张建森老人家能看到自己的愿望实现。2004 年 11 月 11 日，张建森大爷去世了，他生前没能看到日本加害者向他谢罪赔偿。在他去世十年后，即 2014 年 2 月 26 日，他的子女为实现父亲的遗愿，与其他受害者一起，在北京市第一中级人民法院以日本焦炭工业株式会社（原三井矿业株式会社）为被告，提起损害赔偿诉讼，我是他们的委托代理人。

在河南的劳工调查我们也去了七八个县，加上山东、河北的，差不多有二十多个县。跟小庞律师一起去了河南南阳和镇平县，后来还去过方城县。到南阳下了火车，我们按劳工名簿找，就是找不着。好不容易找到了村子里，老乡告诉我们，要找的劳工去世了，这位劳工的妻子在北京。我们一听好啊，赶快把她北京的地址记下来了。之后就去了镇平县。按劳工名簿记载，镇平县有几位劳工，我们租了辆小面包车，走了几个村一问，都没有。我们很着急，只有用之前多次调查积累的经验，边走边问，最笨的办法，那时候也是最有效的办法。

走了一天都没有找到，天快黑的时候，在一个村委会里，一位老乡告诉我们村里有被抓到日本的劳工，由于这位劳工孤身一人，身体又不好，已经住到县城里的光荣院（养老院）里了。我们一听马上就往县城赶。

到光荣院见到了这位老大爷。他躺在床上，听力很差，我就靠近他耳边问："大爷，您是不是被抓去过日本啊？""嗯？"问一句他就"嗯"一声，我就奇怪了，是听不懂我说的话吗？屋里的其他人说，你用河南话跟他说。我学着用河南话说："我哪会说河南话啊。"嘿，这他到听懂了："妮儿，你问啥啊？"我倒是听懂了，可接下来不会再说更多的河南话了。我想起小庞的爱人是河南人，就让她用河南话问，没想到她也不会说。这可麻烦了，我只好一字一句地问他，他终于听明白了："啊，我是被抓到过日本。"正在我们准备做记录的时候，一句河南问话从我身后传来："咱不是哪年哪年被抓到日本的啊？""是啊。"大爷接得很快。我回头一看这个人，就问："你挺清楚的，你是不是跟他一起抓到日本的。"只见那人很不好意思地说："我、我、我是开车的。我不是一直给你们开车吗？"嗨，原来是给我们开车的司机。我恍然大悟，我们一路上光顾着找人，谈论起诉的事，没顾上看一下司机长什么样，更没有和他交流，但司机把我们要做的调查大概都听明白了。他看我们不会河南话，跟着我们着急，于是就用河南话来引导这位大爷了，由司机客串了一下律师做询问。这样的调查是不能用的，加之光荣院的人告诉我们大爷已经瘫痪了，不可能到日本出庭，我们只能对大爷表示歉意，希望他保重身体。又是一天一无所获，好在我们已经多次经历这种一无所获的调查了。

第二天我们又到了南阳县的新店乡。打听到哑叭庄有位当年的劳工——李文付。我们赶到那个村庄时，正赶上村子里在唱大戏。家家都锁门去看戏了。场院里坐了那么多人，我们不可能大声喊着找人。无奈，只能入乡随俗，跟着老乡看大戏。一个多小时的时间，靠着树看完了一场听不懂的戏。看完戏，我们赶紧往他家走，到了他家，门还没有开呢，只好在那里等着。过了一会儿，看到一位大爷提着个小凳子慢慢悠悠地过来了。我们估计是他，就问："您是李文付老大爷吗？"他一楞："是啊。"他没有改名。我们特高兴，终于又找到一位劳工了。

老人家的听力很差，调查起来速度很慢，还好大爷的头脑很清楚。他向我们讲述了当年被抓捕被奴役的经历：

> 1943年冬天，我在家被国民党抓了壮丁，和日本军队在洛阳打仗时战败了，被日军俘虏。先是被押到郑州，后来又到石家庄，在石家庄一个多月后，又经丰台到天津塘沽港，在塘沽港上的日本船，被押往日本。在船上有日本兵押着，一路上死了不少人，都被扔到海里去了。在海上走了九天九夜到了日本的下关港。从下关又坐了一天的火车到了长野上松顶，大成建设株式会社太仓组。
>
> 到日本前后没有人跟我们签劳动合同，也没有人对我们讲给工资。到那里干活就是开山洞、修电站。每顿饭只给一个馒头，日本警察看着我们干活。在日本我们连一百多人死了三十几个人，有病死的，有忧愁思念家乡苦闷死的，还有上吊的。很多人生病，还有好多人眼睛不知什么原因瞎了。1945年8月15日下午3点15分，我们连长集合宣布："日本投降了，我们胜利了。"从那时起，我们就可以不干活了。之后才回到了祖国。

对李文付大爷调查结束返回北京之后，没多久我又带着助手翟业虎等人去了河南平顶山、汝城、临汝等县。到农村调查，我们大多都是六点就出发，因为农村人起得早，我们要赶他们下地干活前才好找人。

调查期间怕闹肚子，一般中午就吃一点自己带的东西，喝点自带的水壶中的水。跟我们同去的一位男助手对我说："康律师，咱能不能吃点肉啊？"我说："行、行、行。"就在路边找了个小摊，年轻人，有点顶不住了。我们一路走，一路问，又是一个没找着。

第三次去河南，我说到获嘉县看看吧。1997年2月15日，这次运气出奇的好，一下就找到了我们要找的那位劳工——何万灿。何大爷又提供了一直跟他有联系的劳工的线索。接着我们又找到了姬瑶岭、和彦桂、唐永茂（以上都是1997年2月15日调查的）、吕明义（1997年8月调查）。我们还了解到当年与几位大爷在一起的现在住在郑州的劳工刘宗根的线索。他们都是当年被日本人从获嘉县强掳到日本冶金工业株式会社大江山作业所做苦役的。一下能找到六位当年的劳工线索，而且均健在，真是太难得了，好像要把我们在河南其他地方没有找到的遗憾都补回来似的。这次调查收获颇丰。

何万灿大爷清楚地记得他做苦役时的编号是186号。

1944年农历八月十五日，我被骗去县里做工，被皇协军押到县城。他们从当时关押的二百多人中挑出六十人，说是要我们到北京做工。在押往北京的路上从新乡、辉县又增加不少人。到了石家庄坐火车往东走，这时有人觉得势头不对，就有人想跳车逃走，但是有皇协军押着，没法逃走。把我们押到了济南。从先到济南的人那里知道，是要把我们押到日本做劳工。后来就把我们押到青岛上了船，经过几天的航行，到了日本的下关。

下船后，日本人把我们的衣服脱光，用蒸汽蒸衣服，叫我们光着身子到有药水的热水里洗澡，有的人几天不吃不喝一下就晕过去了，旁边有日本人看着，不洗不行。之后又坐了一天的火车到了加悦町，再步行到了大江山。到了那里就把我们分了队。

住得很差，木头的房子，没有取暖的。冬天只穿着单衣，睡的是上下大通铺。每天干十二个小时的活，有时时间还要长。一天三顿饭，每顿只有二两豆饼。要是因为伤病不能出工，每顿只给一两。在山上干活的有十二人死了，有饿死的，也有实在熬不过去上吊死的。由于不堪忍受折磨，发生过几次逃跑事件，逃跑的人被抓回来后，日本人就用铁锹狠打，被凶狠殴打的劳工，两三个月都不能行走。日本投降后，我们到1945年11月底才返回了祖国。

姬瑶岭老大爷也是在1944年农历八月十五日的时候被骗去做工的，之后的经历与何大爷一样。他说："日本人叫我们的工号，不叫我们名字，我当时是82号。我们干活时要是谁累了，想直直腰歇歇，日本人看到了就认为是偷懒，就用棒子打。更可气的是，只要谁病了不能干活了，不仅不给治疗，而且吃的也减半。”

和彦桂老人家已经半身不遂，一只胳膊和一条腿已经很不利落了。本来我们知道他身体有病，说好了到他家去调查，但大爷怕把他落下，就迫不及待地让他儿子骑着摩托车带着他，急急赶到了我们先调查的那个村的村委会。大爷用一只手扶着他儿子走到了我们面前，老人家是一种多么急切的心情啊。

和彦桂老大爷是在1944年农历八九月份时被骗走的，当时日本兵和伪军到了他所在村，通过保、甲长对村民说：干一星期的活就回来，并给工钱。当时并没有说去日本，否则村民也不会去。伪军把和彦桂和同村的几人押到了临近的亢村，这之后，又经过获嘉县城到了济南。从济南被捆住押上了开往青岛的火车。从青岛上的船，在船上把劳工们分成一个中队，四个小队。船上一天只给两顿饭，一顿两个窝窝头，很少有水喝。风浪很大，劳工们就在船舱里的矿石上躺着。上船前没人给劳工们讲要干什么活，什么劳动条件，给多少工钱，更没有签什么合同。

到了大江山，吃住很差，干活很累，每天清晨很早上班，晚上看不见了才下班，虽然说是每天工作十二小时，但往往干的时间更长。

大爷在对我们谈到做劳工时吃不饱，恨不得见到什么都抓着吃的饥饿感和难受劲时，突然失声痛哭，身体一软就顺着凳子往下滑：“不行，我说不了了。我要躺下了。”我们赶忙把他扶到床上。老人躺在床上，我们劝他好好休息，别再说了。大爷说：“等我喘喘气儿，我还要说。”那真是憋在心中几十年的怨恨啊，说了一半，还能憋回去吗？躺了一会儿，大爷缓过神来，继续讲述那段受侮辱和虐待的日子。

由于饥饿或生病而死的事时有发生，同村的张绪仁由于水土不服拉痢二十多天，日本人不给治疗，拖了四个月便死了。死了的当天便烧了灰，用一个盒子装着。和彦桂回国时把他的骨灰盒带回来了。回到家后听父亲说，和彦桂被抓走后，他母亲一直哭个不停，后来眼睛便瞎了。大嫂和其他几个人也去世了，家里少了三个人。

和彦桂老人非常气愤地说："想到这些，我至今心情沉重，同时也愤恨日本人。五十多年过去了，但是对于我们在日本做过劳工的人来说，永远忘不了那段受侮辱和虐待的日子。但可恨的是，日本至今仍有不少人不承认他们所犯下的罪行。"

唐永茂大爷和何万灿大爷是一个村的，他也是被骗去做劳工的，与何大爷一起被日本人押到了日本，两位老大爷的经历几乎一样。日本投降后唐大爷回到家乡，才知道他的母亲在他被抓走后十分悲伤，两三个月之后就去世了。

在河南获嘉调查完后，第二天赶到郑州，我们马上去了刘宗根老大爷家。

刘大爷对我们讲：

1944年阴历八月十五左右，我和表叔被骗到县里，说是给日本人干活，还给两百元储备票，可以买四十斤粮食。到了县衙门，就被捆起来了。这时我才知道上当了。第二天就用闷罐车把我们押到了新乡。到了那里有许多人关在一起，当时有人逃跑，我也想跑，但年龄小没主意，那时我才十五虚岁。之后又用闷罐车把我们运到济南，后又到了青岛。到青岛没几天就把我们押上了轮船，船上有日本兵押着。没有人告诉我们到哪里去，去干什么，更没有人讲工资。这时我们像牛一样，叫走就走，叫停就停，根本就没有自己的意志。一想起这些，我现在都很痛苦。

到了船上，日本人不知用什么在我们背上编了号码，我是107号，我表叔是102号。到了日本后，我们被押上火车，到了大江山。在那里我被分在二队，我们一天干多久活不清楚，反正是早晚见星星。一顿饭只给一个窝窝头，根本吃不饱。

由于住的房子卫生条件极差，里边虱子很多，很多人生了疥疮，痒得受不了。我的腰上、腿上、胳膊上都长了疥疮。现在皮肤还能看出痕迹来。一到风雨天便很难受。有的人生疥疮很厉害，浑身流黄水，也得不到治疗。我不知道在那里死了多少人，反正人死后被塞进木板钉成的小箱子，立即火化。

我们每天都是干活，从来没休息过，当时离家别国，十分想念家乡，心情特别难受，只记得我大年初一向祖国的方向叩了一个头。日本投降后，我回到家，我爷爷气傻了，只知道掐着我的中指问："你跑，你往哪儿跑？"我回来十多天后爷爷就死了。我爸也是日本飞机给炸死的。这些事一想起来，我气得都咬牙切齿，我们这些劳工被像奴隶一样折磨，精神受到了极大的摧残，这些日本人是根本赔不了的，而现在居然日本有些人还不认罪。

每向一位受害者做完调查，与受害者一样，我们心情都很沉重。如果调查完正好是吃饭时间，我们根本就吃不下饭。

这年的 8 月份，我们再次到获嘉县由何万灿大爷领着见到了他当年的工友吕明义。吕大爷也是在 1944 年的农历八月被伪军抓到县政府大院，之后被伪军押着辗转新乡、石家庄、济南、青岛，上了日本人的货船。到了日本后又坐火车到了日本冶金工业株式会社大江山作业所做苦役。

对获嘉县几位劳工的调查，非常完整地再现了当年日本冶金工业株式会社大江山矿业所对中国劳工残酷虐待的事实。

对日本港运业会新潟华工管理事务所劳工的最初调查是我和庞秋贻律师一起去的。那是 1997 年 4 月 17 日，在湖南长沙市对张文彬老人家进行调查。张文彬是位离休干部。他被强掳到日本做劳工期间就是在日本港运业会新潟华工管理事务所。张文彬老人家清楚地向我们讲述了当年的遭遇：

1944 年 4 月间，我当时任八路军冀南银行下属分行干部。4 月 14 日，我们冀南银行正在当时的河北邱县四合寨村开下属分行的领导会议。当时正逢日军春季大扫荡，4 月 15 日日军就把四合寨村包围了。我们开会的几个同志就往外跑，到处都是日伪军，无处躲藏，只好先把枪藏到庄稼地里，之后就被日本兵抓了，他们问我是干什么的，我说是种地的，有几个同志也被他们抓了。当时还抓了十几个老百姓，把我们二十几个人用绳子捆着，带到了邱县，又经过几天的行走，经馆陶、冠县到了临清县城伪警察所。那里已经关了好几十人，每天只给很少一点吃的，在警察所一关就是二十几天，这期间我被警察提讯过一次，警察问我叫什么，哪儿的人，干什么的？我说是曲周县人，教书的，叫高清珍。从那时起到从日本回国，我也就叫高清珍了。

后来日军就把我们用卡车运到济南新华院（许多山东劳工都提到济南新华院这个地方，这也是劳工从济南经青岛到日本的集散地）。在那里被分了队、分了班。每天给很少的一点饭，生活条件很差，很多人病死了。记得有一个人趁外出干活的时候逃跑，被日本人抓回来了。日本人集合所有关押的人，一名日军军官指着那个逃跑的人说："谁逃就是他的下场。"当即指使日本兵用刺刀在那人身上乱刺，那人浑身都是血，日本人还放狼狗咬他，那人当场就死了。新华院每天都有新抓来的人，也有被送到日本的中国人离开。

在那里关了三个月，1944年9月份，我们被押上火车，从青岛上船，走了八九天的样子，到了日本的下关港。之后把我们三个队押上了火车，车经过大阪时，第三队下了车，一、二队继续北上。下午到了新潟，我们被带到劳工管理所，那里已经有百十位劳工了。新潟很冷，房子里没有取暖的东西，睡的是大通铺，铺上只铺了点稻草。生活条件很差，一天三顿饭，每顿只给一个二两重的馒头，没有菜更没有肉了。每天装煤、卸煤，劳动强度很大，一干就是十几个小时。我们找过日本人要求发棉衣，当时被拒绝了。后来只给我们发了条麻袋。从来没有洗过澡，也没有发过工资。后来日本人怀疑我偷他们吃的东西，把我关到了广岛的叫"中国"的一个地方的监狱，中国是那里的一个地名。

8月6日上午，美军向广岛投了原子弹（当时不知道是原子弹，以为是空袭）。大概是上午八九点，没听到警报，我们几人坐在牢房里，突然间外面打闪，很亮，房子倒了，接着天很黑，什么也看不见，大约过了几分钟天才亮了。外面火光冲天，地烧得一层黑，树都烧死了，监狱房子倒了。到了下午，警察把我们押到山口监狱，在那里又关了一个月，才把我们放了。

张文彬老人家最后激愤地说："我去日本做苦役，是被日本人强抓去的，后来被关押到广岛，受到原子弹伤害，与日本政府有直接责任。我现在要求日本政府给中国受难劳工赔偿，对死了的人的家属要有一个交代，对活着的劳工要赔偿、认罪。"

山东长清县的刘凤阁大爷当年也是日本港运业会新潟华工管理事务所的劳工，我们事先给他写了信，说好过完2000年的元旦就去找他调查。到了济南市，按照之前的联系找到我的好友张爱华，在她家吃了早饭，她帮着租了辆车，就往长清县赶。

快到村子时，远远看见村子里冒出的炊烟，村头有一位老人，两手合揣在袖筒里，站在村口向公路上张望。根据我的经验，这肯定是刘凤阁。虽然我们没有见过面，但是这些老人一听说我们要调查过去的事，只要事先有约定，他们都是很早就在路边等候。我上前一问，果然是他。刘大爷很高兴地把我们带到他弟弟家里，刘大爷的家在山东滕州，因为身体不好在弟弟家养病。

刘凤阁老人和我们讲述了当年做劳工的事实，一边讲一边流泪：

我十五岁的时候在济南一个印刷社当学徒。1944年6月的一天晚上约十二点左右，我们都睡觉了，全副武装的日本宪兵带着翻译来到我们住的地方，把我和经理张宗伟抓到日本宪兵队监狱。到了8月的一天，日本宪兵将我和十一位难友用汽车拉到济南官扎营西街日本人设立的"济南新华院"。那里关押着许多被抓的中国人，有八路军军人、国民党军人，还有老百姓。

到新华院后，日本人对我们讲："你们要把家人统统忘掉，就当自己死了。"新华院的院墙上装有电网，门口有日军持枪看守，想跑也跑不出去。每天只是在院子里跑步、训话。日本人不准我们被关押的中国人相互间讲话，跑步训练时，谁的动作慢点就要挨打。一天，与我同被抓去的名叫赵伯川的难友动作慢了一点，就被日军抓到审讯室，用绳子捆起来倒挂在屋内的房梁上，不给吃喝，第二天就死了。在新华院里死的人不少，每天都有，每天都有人力车把死人拉出去。

大约在1944年11月份，日本人把我们被关押的三百来人编成一个大队，三个中队，每个中队又分三个组，我在三中队任其中一个组的组长。从济南乘火车到青岛大港码头下车，在青岛住了一夜，就上了一条日本货轮。当时没人告诉我们去什么地方，干什么活，也没讲给不给工钱，没见到什么合同。

上船后，听说去日本得在海上走十二天，但后来实际走了二十三天。船刚航行到大连就停了好些天，听说是为躲美国军舰。我们劳工就住在船舱里，船舱里装了很多矿石和粮食，都是从中国运出去的。航行途中，每天只给我们一人两碗玉米面糊糊吃。由于船舱通气口很小，几百人挤在那里，气味很难闻。有几个劳工死了，日本人就把死去的中国人身上绑上铁砣或石头扔到海里。船上的管理人员都是日本人。

二十三天后船在日本下关靠岸，我们上了岸，又让我们消毒洗澡，很冷的天，让我们把衣服都脱光了，就在码头的广场上，从这头赤身裸体地跑到另一边（有几百米远）去洗澡消毒，不把我们当人看待。消毒完毕后，我们又坐上火车，走了两天两夜，经神户、大阪到了新潟，步行到住处，只见那里挂着牌子，上面写的是“新潟临港华工管理所”（简称“新潟临港公司”，就是日本港运业会，现在叫临港集团）。新潟经常下很大的雪。我到后第二天就开始干活。

因天气冷，给我们一人发过两条麻袋当衣服穿。吃的是橡子面窝窝头，每天三顿，一顿二两左右的两个小窝头，没有菜，更没有肉，偶尔有一点萝卜缨子做的咸菜吃。每天天刚亮就上工，干完活才回住地。一天干十几个小时，刚到时干的活是铲雪，清除公路上及铁路上的雪，干了将近一个月后到码头装卸货物。干活时有日本企业的监工看着，他们拿着木棍，看谁不顺眼就打。干的活很重，主要是在轮船上装卸煤炭、矿石、粮食，都是从中国运来的。有一次卸大豆，一个叫王成伟的劳工因为太饿了抓了一把豆子装在帽子里，被监工发现后痛打一顿，还饿了两天不给饭吃。因为安全防护措施太差，干活时经常出现工伤，也有死亡的。常见的工伤是被吊车撞伤，还有劳工被吊车碰到海里淹死的。

到了那里以后，日本人看我识点字，就让我当班长，但是要和其他劳工一样干活。在那里最痛苦的就是吃不饱（这也是我们调查其他劳工时所听到的共同感受）。日本人不把我们当人（这也是其他劳工都说过的一句话）。我们干活的地方在海边，冬天特别冷，给我们穿的说是棉衣，里面夹的不知是什么东西，都坠到衣服的下边，其实就成了两层的夹衣，风一吹就透了，还没有棉鞋，浑身上下都冻透了。劳工们就向鬼子抗议，鬼子就给我们每人发了个麻袋，可以披在身上，下面还是单鞋单裤。我们就把能捡到的牛皮纸裹在身上、裹在脚上。

上工一般是要坐小船到货船上卸货，把货卸到小船上，小船再运到码头上，再装上火车。有一天下工时，我因为又累又饿又冷，从大船的软梯下到小船时，已经累得不行了，一把没抓牢，一下就掉到海里，会水的难友跳到海里把我救了上来。难友用小船把我送到了陆地，想把我送回工棚，日本监工不同意，难友又想把我送到附近的监工室里把衣服烤干，但没人性的监工一口拒绝了。就让我站在码头上，因为身上浸透了海水，海风一吹，冻得不得了，身上的衣服结了冰，两条腿都麻木了，自己已经走不了路了，下工时是两个难友把我拖回工棚的。

说到这里，老人家老泪纵横，特别痛苦。他说：“日本人怎么这么狠啊，我都成这样了，他们就不允许我到旁边的小屋子去，就因为那是监工的地方。没见过这么狠的人，没见过这么狠的人！”

刘凤阁（身份比登记为刘凤格），1944 年被强掳到日本港运业会新潟华工管理事务所（现为新潟临港集团）做苦役。

2000 年摄于山东长清县

挨打，那是常事，都不用说了。重病人就直接被监工送到“死人屋”等死，不给吃喝，等人积多了，就一起烧死。有时人还活着，就给蜷起来，放在木盒子里活活烧死了。我的一位济南老乡叫周德武，他生病后也被送到“死人屋”，我们收工回来后得知了这一情况，赶紧到“死人屋”去找他，他对我们讲自己感觉比昨天好一点了，我们就偷偷把他抬了回来，他这才死里逃生。

在那里干活时，从无休息日，也没领过工资，更没洗过澡。许多人都长了疥疮。在日本期间，最难过的是经常死人，我们去的三百来人，回国时仅有两百人左右，死了很多。看到他们死去，不知我们何时死。

我们告诉老人家，准备起诉日本政府和当年强掳、奴役中国劳工的日本企业，刘大爷说："在日本受到迫害的那段经历对我打击很大，我要求日本政府和企业向我谢罪、赔偿。"

过了几个月，起诉日本政府和新潟临港公司的日本律师团组成，日本律师要来北京做调查。我们把这个消息告诉了刘凤阁大爷，刘大爷非常高兴，答应了要来北京参加调查。

在此期间，我们在沈阳也调查了一位劳工，叫张连信。张大爷告诉我们，他家原来也是在山东，1960年由于山东生活条件不好，沈阳市又来山东招人，全家就从山东省迁到了辽宁省沈阳市。张大爷向我们回忆了当年的经历：

1944年那年的农历九月初，我当时只有十七岁，在山东省平原县梨园村我已出嫁的姐姐家串门。一天早晨，我在村外帮我姐姐种田时突然听到了枪声，还看到村里人往村外跑，我就跟着他们一起跑。但洋鬼子（日本人）已经把我们包围了，我们只跑了半里地就被他们抓住了。他们抓了这个村里的许多人，都是小伙子，其中有我和张金海。我们是被日本人绑起来带走的。

我们被带回平原县城，当天晚上就被押上火车送到了济南，到济南后我们又被日军押着步行到白马山日本军营。在那里被关了一个星期后，日军又把我们这些人用枪押着去了济南新华院。在新华院里只要人生了病，就会被日本人送到病洞去，但没人给治，就是等死，许多人都死在那儿了。每天都看见用平板车往外运尸体，有的尸体的耳朵还被老鼠咬掉了。

在新华院中住了一个半月。大约到阴历十一月我们就听说要去日本，但不知具体地方。之后，日本人给我们检查身体，合格的人就要去日本。日本人把我们编成一个大队，每个大队有三个中队，每个中队有三个小队，每小队约十四人左右，小队长就是班长。当时只是有人告诉我们去日本干活，但没说干什么活，也没说给工钱。我没听说过什么劳工协会，和日本人之间也没有签过合同。

从济南坐火车到青岛，再在青岛上货船，船上装着矿石，矿石上铺着麻袋，我们就睡在矿石上面。船走了二十四天后到达了日本，我们在下关下了船。下船后，日本人让我们在空地上把衣服全脱光，说是消毒。那时天已很冷了，我们冻得不行，但只能服从。我们光着身子跑到五十米外的另一处池子那里洗澡消毒。洗澡水中有药味，日本人让我们连头也要埋在水中，一抬头，便用棍子打。洗了十几分钟后，日本人又让我们回到脱衣服处，我们光着身子蹲在地上等着穿消毒后的衣服。

新潟很冷，雪下得很大，但我们住的房子里没有取暖设备，日本人也没再发过冬的衣服，白天干活时，我们只好穿着晚上睡觉时铺的麻袋。每个小队的人睡在一排，每个大队的人睡在一间房内。我在新潟被编在三大队六中队，一班或二班，记不大清了，但我记得班长是刘凤阁。

到新潟后，日本人就让我们去扫铁路上的积雪，因为我是光着脚到日本的，只好用草和绳子绑在脚上当鞋。在日本做苦役时，我们吃得很差，每顿只有两个馒头，一个也就二两左右。馒头是橡子面和稻糠做的。一般没菜，有时有点萝卜缨子做成的菜，我们只能喝凉水，从没吃过肉。许多人因为长期缺乏营养得了夜盲症。刘凤阁对我们不错，他每次吃饭时都省下一个馒头分给我和另一个人。在当时的情况下他能这么做，我真的非常感激他。

最让我伤心的是，我是被日本人抓住押到日本给日本人干活的，日本人却不拿我们当人。从日本回国时，我们中的一部分人带回了死去老乡的骨灰，这大多是因为死者的家乡离他们的家乡很近。而另一些没人带回来的骨灰就留在了日本。

张连信大爷反复对我们说：“刘凤阁对我有救命之恩。刘凤阁经常都是掰下一半馒头来给我吃。这一半馒头现在不是回事，当时就是救条命，那是一辈子的恩啊！”在我们调查的劳工中，最深的共同记忆就是吃不饱，我们也能够体会刘凤阁当时给张连信半个馒头是一种什么样的情义啊！

当我们告诉张大爷刘凤阁如今的一些情况时，他非常高兴：“我就是想找刘凤阁报恩啊。”于是，我们就和张大爷约好在北京见，一方面配合日本律师做调查，另一方面和刘凤阁见面，了却张大爷想见老兄弟的心愿。我心中也暗喜，在做劳工调查时无意中圆了这样一段兄弟情缘。

就在我们约定的刘凤阁大爷来北京的前一天，我突然接到刘凤阁的儿子刘立打来的电话，电话是从山东滕州打来的，刘立在电话里说爸爸去世了，来不了了。我一听，心里那个难受啊。刘立说爸爸是突发脑溢血，临来的前一天离世的。“爸爸特别特别想来，已经买好火车票了……”刘立在电话的那头哭得说不下去了。我只能安慰他，让他安排好爸爸的后事。他说：“不行，我一定要替我爸爸来。”

第二天，刘凤阁老人还没出殡呢，刘立就拿着爸爸的火车票来到北京，见到我们就一个劲儿地哭啊，日本律师知道这个情况，也很难过。张连信大爷这时已从沈阳来到了北京，他为了报答自己的恩人，还给刘凤阁买了衣服，带了点心。当他听到刘凤阁去世了，愣在那里半天没说一句话。我告诉他刘凤阁的儿子刘立来了，“那我要见见他！”张连信大爷回过神来。

刘立知道张大爷和他父亲的经历后，抓着大爷的衣服放声大哭，在场的人眼眶都是湿润的。张大爷把带的衣服、点心都交给了刘立，两个人照了张合影。张连信大爷就想见他的班长，结果没见到，当年的半个馒头，难友之间的救命之恩，这种感情，现在的人是难以想象、难以理解的。

刘立还是我们索赔团体的成员，作为原告参加了在日本新潟地方法院向日本政府及新潟临港公司提起的索赔诉讼，继续为他的父亲，为中国受害劳工追讨正义和尊严做着努力。

2001 年 8 月 21 日，刘凤阁大爷的妻子樊玉芝来到北京，在我们律师事务所讲述了有关刘凤阁老人家的一些情况。樊玉芝是一位退休教师。

樊老师回忆起她与刘凤阁在一起时的情景：

我与刘凤阁结婚后，发现他经常做噩梦，突然大喊或坐起来。叫醒他后，他跟我讲，老梦着警察来抓他，有时见到许多死人。一直到他去世前，也是这样经常被噩梦惊醒。

他有时也向我讲述他被抓去日本做劳工很受苦的事，但一讲此事，他就很难受，我也就不想让他说了。

记得他曾对我说，他回国后，听家里人讲，当年由于他被抓，在济南住的同村人知道后回长清县告诉了刘凤阁的父亲，那时他母亲已去世，他父亲听后几天都不吃不喝，病倒在炕上。

他的大哥（比刘凤阁大六岁）、二哥急忙赶到济南，到处打听，还去亲戚家打听，都不知他的下落，他大哥、二哥只好回长清老家。因不知刘凤阁的下落，父亲卧病在炕上，大哥的心里非常难受，整天哭，把眼哭坏了，看东西都不清楚了。日本投降后，刘凤阁从日本回来，全家人既高兴又难过。

刘凤阁在日本患了疥疮，一直到死，皮肤病都没好，时好时重，心情不好或天热时病情加重，最重时，脸、头、脖子、大腿、腹股沟、腋下、脚趾全是红疹，又痒又痛，医生诊断是“顽固性皮炎”。

我与刘凤阁结婚后，发现他性格内向，有时自己在一旁待着，不愿与外人交往，后来越来越严重，有时一连几天睡觉，叫醒他吃完饭，马上又睡觉，80年代时，医院诊断为“抑郁性精神病”，经过治疗，近几年才有所缓解。

日本人强抓我丈夫做劳工，给他家和他本人造成终生痛苦。我难过的是，才有机会起诉、诉冤，他又去世了。我和儿子一定要帮他打完这场官司。

樊老师的话，可以说代表了所有劳工遗属的心声。

在对日本的劳工诉讼中，通常是诉讼在进行，调查在继续，原告也在增加。2001 年 7 月，刘连仁起诉日本政府的索赔案件一审判决胜诉的消息，在中国进行了广泛报道，有不少当年的劳工是在新闻媒体和社会力量的宣传中知道了对日索赔的情况，此后不断有当年的劳工找到我们，要求参加对日索赔。为此，调查工作也就不断增加。

2002 年 1 月 6 日，我到山东新泰和莱芜两县见到了当年被强掳到日本港运业会新潟华工事务管理所当劳工的范明增老大爷和王成伟老大爷。

范明增和王成伟两位大爷也是在 1944 年被日本兵抓去的，同样是被押送到济南的新华院，再通过青岛强掳到日本新潟做劳工。在他们共同的记忆中：

> 从青岛驶往日本的船上死了不少人。人死了后，就被日本人用被子裹起来扔到海里去了。
>
> 新潟的天很冷，雪下得很大，劳工穿的衣服很薄，风一吹就吹透了，在劳工强烈要求下，日本人给每人发了两个破麻袋，我们自己缝成外衣，套在身上御寒；很多人鞋子都坏了，没有办法我们只能用稻草裹在脚上，再绑上麻袋当鞋穿。每天早上天刚亮就起床，吃饭后就去干活，干到天黑才收工回到住处。一天吃三顿饭，吃的是橡子面和糠混在一起的窝头，一个约二两，一人每顿发两个，吃完肚子很难受，很多人拉肚子。大家都很饿，加上干活重，因此，身体都很虚弱，没力气，但只要干活稍慢一点，监工就用木棍打我们。在那里劳工生病后，就给拉到我们住地附近的“病号房”，活着的病人跟死人挨着睡，没人管，也不治，在那里只有等死。

范明增大爷说：“这么多年了，日本企业和政府从来没向我们赔偿，也不给我们工资。我是一个农民，也找不到他们，现在我知道可以起诉他们，我要到法院告他们。我要求日本政府和相关企业赔偿和赔礼道歉。”

王成伟大爷也有同感：“到那里第二年春天就开始死人了，我们这个队大约死了三十多个。我们莱芜一起去的死了三人，我把他们的骨灰带回了国。我被抓到日本，受了那么多罪，是用多少钱都弥补不了的，让他们向我们下跪都不为过，但他们直到现在都不承担责任，日本政府和企业应当对我们进行赔偿和赔礼道歉。”

范明增大爷记得：“另一个班的班长刘凤阁曾在干活时掉到海里，后来被劳工们救了上来。”王成伟大爷告诉我们：“我所在的是三班，班长就是刘凤阁。”他们都是刘凤阁大爷的难友。

对王成伟、范明增两位老人家的调查完成后，我们将他们追加为在新潟地方法院提起的索赔诉讼的原告。

牟汉章老人家是通过媒体找到我们的。他通过电话与我取得了联系，之后八十二岁的牟汉章老人将他 2003 年 7 月 21 日亲笔写下的控诉书寄给了我。

> 我到日本当劳工，既不是招募的，也不是被骗去的，而是被绳捆索绑掳到日本去的。当时在从石家庄被解往塘沽集中营的两天路途中，始终被绳索紧紧地捆绑着双手，绳子勒裂手腕上的皮肉，露出白骨的伤痕，现在依然可见。在塘沽劳工集中营遭到的残酷迫害和无情折磨且不说，而在日本强制下煤窑挖煤被奴役，日日夜夜所受到的惨无人道的虐待、摧残和折磨，罄竹难书……

控告书的最后一行，老人家庄重地写着：

> 此控告也包括对日本政府的控告。

接到牟汉章大爷的控诉书后，我们把他请到了律师事务所，大爷向我们详细讲述了被抓到日本三菱公司饭塚矿业所（即当时的三菱矿业株式会社，本文简称为三菱或三菱公司，饭塚作业所是该公司其中一个作业所）做苦役的经历。

我六岁时上学，十六岁前一直在赵县读书，毕业于赵县棉织职业学校，毕业后留校当老师。大约半年左右，爆发了“七七事变”，日本全面侵华。1937 年 8 月左右，日本鬼子开始轰炸赵县，很多老百姓都逃难，学校也停课了，我也失业了。逃出赵县，到了河南商丘后不久，我们便去延安参加抗日的队伍。1941 年我被派到石家庄从事地下抗日工作，当时的身份是石家庄合作社联合会会计。

1944 年 8 月，我去石家庄市市立医院看病打针时，伪警察署的汉奸突然闯进医院把我抓走。在警察署关押了一天，就将我转押到日本驻石家庄 1417 部队，1417 部队的房子从外面看很漂亮，像座别墅，四周围着铁丝网，但院子里面全是木笼子，我被关在木笼子里面，每个木笼大约十几平方米，关了许多中国人，很拥挤，只能坐下来，但不能卧。两天后日本兵持枪押我们这些人去石家庄火车站，押送前，把我们每人双手反捆在背后，八个人绑在一串。

到了唐山，日本鬼子让我们下车，把我们押到唐山市的一座监狱，同犯人关在一起。第二天，我们这一百多人又被押上闷罐车从唐山驶向塘沽，到了塘沽后，我们步行到了集中营。我记得很清楚，在我们向集中营行进途中，前方的旷野处出现一个孤零零的大铁架，它像个残存的大门框，又像个简易的牌楼，只见在两边的铁框上连着一个拱形架，上面有四块圆形的大铁板，板上有四个褪色的大红字“冷冻公司”，后来知道这个“冷冻公司”是一所特殊的集中营，叫“劳工收容所”。

日本鬼子把我们带到院子里靠海边的空场，这时才给我们解开绳子。从石家庄到塘沽的两天时间里我们的双手始终被绳索紧紧地反捆着，绳子勒裂我手腕上的皮肉露出了白骨，手腕上留下的伤痕，至今依然清楚可见。

这个“冷冻公司”占地约有十几万平方米，有四个大房子，好像是仓库。四个大房子全都是木质结构，有三个特别大，一个略小，从东到西排列在海河岸边。特大的房子长约七八十米，宽约十五六米，有两层楼房高。窗户用木板钉得严严的。北边的大门也是被钉死的，只留有南边对着海河一个门口，形成一个大木笼。

当时，我被关进由东往西数第三个大木房里，我们叫作三号牢房。在这个集中营里每天给两顿饭，每顿一个人发一个发霉的玉米面饼子，且常常是半生不熟，大小犹如两手合拢中间留的空当那么大，多说不过二三两。每顿饭几十个人给一桶水，偶尔在水里放点盐和菜叶，每人分不到一碗，开饭时谁若不抢先去要，就一口也喝不到。除此之外，不用说吃的，就是连一口凉水也不给。一个人几天不吃饭可以，但不喝水不行。我们这些"囚徒"，由于整天喝不到水，渴得难忍，只好从通铺下的潮湿地上用碗压地面，挤压出一点脏水喝下去。就连这样做，也必须小心翼翼，如果不慎被发现，免不了要受皮肉之苦。

在这里不敢有病，更不敢让日本人知道你有病。如果因病在"放风"清点人数时不能走出来站队的，就会被清理出去，进入病号房。安置重病号的地方，就在三号房西边那个略小一点的木房里，进入到这里就别想出去了。我记得一位姓薛的难友，二十来岁，唐山人，他染上重病，难友们天天扶着他支应点名，以避免他被送进病号房。一天早上他趴在炕上没起来，推叫他时，才发现他早已没气了。他瞪着两只大眼，两手紧握着一把碎席片，身边的炕席已经被他抓烂，但谁都没有听到他出声呻吟，更没有呼救。当时的情景很惨，我一辈子都忘不了。

在塘沽关押了约一个多月，大概在10月份左右，有一天传来一个消息，说领人的来了。该人是三菱公司的职员，姓"古贺"的日本人，后来当了"日华寮"的舍监。来领我们的大约有三五个日本人，编完队没几天就把我们运走了，也没有告诉我们去哪儿，干什么。

运我们的是一艘日本船，记不清船名。在塘沽上船的劳工大约有五六百人，分别在该船的几个货舱里，我在的这个货舱大概有一百八十人左右。劳工被赶进船舱后，日本人就盖上舱盖，舱里一片漆黑，我们只能从船舱顶部的缝隙透出的光判断白天和黑夜。大概航行了五天，我们的船在日本门司港靠了岸。上岸后日本人怕我们带有什么病毒，就给我们消毒。消毒是在一间房子中的水池中进行的。进入消毒间后先让我们把衣服脱光，日本人把我们脱下来的衣服用钩子钩到筐里，拿去消毒。我们进入消毒的水池中，水池里药味很浓，在里面呆有五六分钟就让上来。出来后没有东西擦干，赤身裸体地站在那里等消毒的衣服回来。不一会儿，湿漉漉的衣服送了回来，穿上衣服后立刻就到院子里等候。这时已是晚秋季节，穿上湿漉漉的单衣，被西北风一吹浑身打颤。日本人根本没把我们当人对待。

消完毒后我们就被押到门司火车站，押我们的是持破步枪、身穿便装的日本人。下火车后又换大卡车，开了两三个小时到了住处，门口有牌子，上写着“日华寮”。当时我们不知道企业的名称，“日华寮”周围是木板围墙，上面还有铁丝网。

这里有四排房子，一排房子是管理人员住，另三排房子劳工住。我们一百八十多人被分成六个班，两个班住一排房。木板房四面透风没有任何取暖设备，窗户上的纸都破了也没人管。到“日华寮”的当天，古贺给我们训话，说干满两年就可以回家，训话时没谈工资，也没谈合同。四五天后就开始下煤窑干活。煤窑在福冈县穗坡村，井下作业分“掘进”“采炭”“充填”“运输”。

铲煤的工作面很矮，大约七十厘米左右的高度，只能爬进去，蹲着干活，不能直腰，非常累。一个名叫李大有的劳工是开卷扬机的，一次李大有在给卷扬机上油时机器突然启动了，将他卷了进去，后送进医院截了肢，截肢时都没给打麻药。我实在不愿给日本人干活，想了一个自残的主意，想把自己的眼睛弄瞎就不用给日本人卖力了，于是就用火药放到眼里，结果眼睛肿了好几天但没有瞎，还要下井干活。这里的监工就是日本矿工，他们打我们时，手上有什么就用什么打，在这里给整死的有二十八九个人，还有三个逃跑后下落不明。

在矿上干活是两班倒，每班干十几个小时，当时劳工们生病的很多，主要是拉肚子。那时我们每顿发两个饼子，每天六个饼子。每个不到二两，而且是发霉的黑面饼，不下井的只给四个黑面饼。下矿时，发两个饼子装进小木饭盒，用布绑在腰上，在井下没水喝，实在渴得不行，我们就喝井下的脏水。晚上回来后给一碗菜汤，开始还有一些菜叶，后来只是水加点盐。为了充分利用这有限的几块饼子，收工回来后，我们就先用水把肚子灌个饱，然后用自制的小刀片把饼子切成一个个小片，放到嘴里慢慢地咀嚼。很多人都浮肿了。日本投降前，我们从来没见一片肉、一滴油。刚去的时候十天八天还给一小块黄酱，后来什么都没有了。

得病的人不敢轻易休息，由难友扶着下井干活，一方面是为了那两个黑面饼，另一方面怕被送进病号房，一旦送进去就必死无疑。大概是 1945 年 7 月，日本快投降了，我们这里也出现了防空警报，防空警报日夜频繁，窑上的生活全被打乱，这种生活持续了约有一个多月，有一天防空警报突然不响了，起初认为是偶然现象，可是一连四五天也没有防空警报，我们感到时局可能有重大变化。一天早上，日本舍监古贺哭丧着脸当众宣布：井下喷出瓦斯，窑内引起大火，正在抢救，暂时停止下窑，休息待命。后来我们找到一份当天的《朝日新闻》，头版有篇社论，标题是《日本败北的原因》。这时才确切地知道日本已经投降了。三菱公司没有告诉我们这个消息，是我们自己得到的消息。

回家后才知道，母亲和妻子得知我被抓，下落不明，伤心得天天哭，眼睛都哭坏了。

日本鬼子强行把我和许多中国人抓去当劳工，不把我们当人对待，给我的精神和肉体造成巨大伤害，到现在，我有时做梦还梦到当年劳工惨死和日本监工打人的惨景。

当年我们离开日本时，三菱公司及日本政府既没有向我们赔礼道歉，也没有赔偿。1958 年，刘连仁的消息在中国报道后，我马上给人民日报去信，说明我当劳工的事，并希望能查找我所知的三名逃跑劳工的下落。这么多年，我一直盼望着能讨回公道，但不知该怎么办理。现在我了解到可以通过法院解决。为此，我要求日本政府、三菱公司，应尽快地、认真地向我们赔礼道歉，并向我们赔偿。

牟汉章老人家当过老师，是个很有才华的人，在当年的劳工中算是很有文化的人了。在我们对牟汉章做调查后没两天，他根据记忆绘制了当年的塘沽劳工集中营示意图、三菱“日华寮”劳工集中营示意图以及当年做苦役的场所煤矿坑道示意图，给我寄来了。我将牟汉章老人家绘制的三张图交给了日本福冈诉讼的律师，日本律师后来告诉我，牟汉章老人绘制的三菱“日华寮”劳工集中营示意图，和他们掌握的资料惊人地相似。我倒是觉得，也不用吃惊，那段历史史实已经在经历者脑海中刻下了深刻的印记，再加上牟汉章老人家受过职业教育，能不把那受难之地绘制清楚吗？

牟汉章在当年那样恶劣的环境里，为了宣泄心中的苦难，也为了给劳工们鼓气，创作了《劳工之歌》。在我调查完后，老人家十分工整地把这首歌的词曲写下来，还亲自演唱并录了音，把录音带和词曲一起寄给了我。《劳工之歌》是依据当年有名的《游击队歌》的歌谱填写的歌词：

我们都是无辜人，一根绳索被掳到了日本，
我们都是难兄弟，受尽了屈辱和奴役。
在那受难的岁月里，日夜挣扎与死亡做伴侣，
在那奴隶的生活中，折磨死多少好兄弟。
受压迫、忍饥寒，日日夜夜泪涟涟，
争自由、反强暴，斗争胜利了。
只要我们团结紧，一定能回国与亲人团聚，
如果谁要把咱欺，定要和他拼到底！

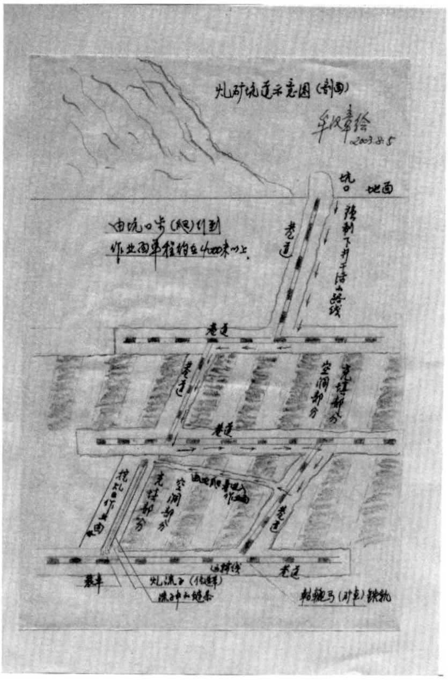

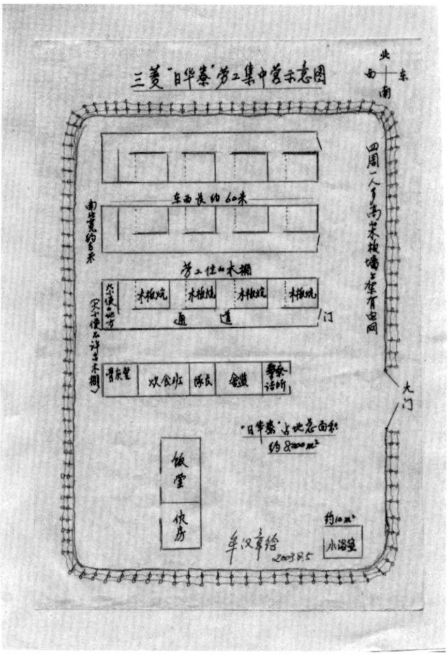

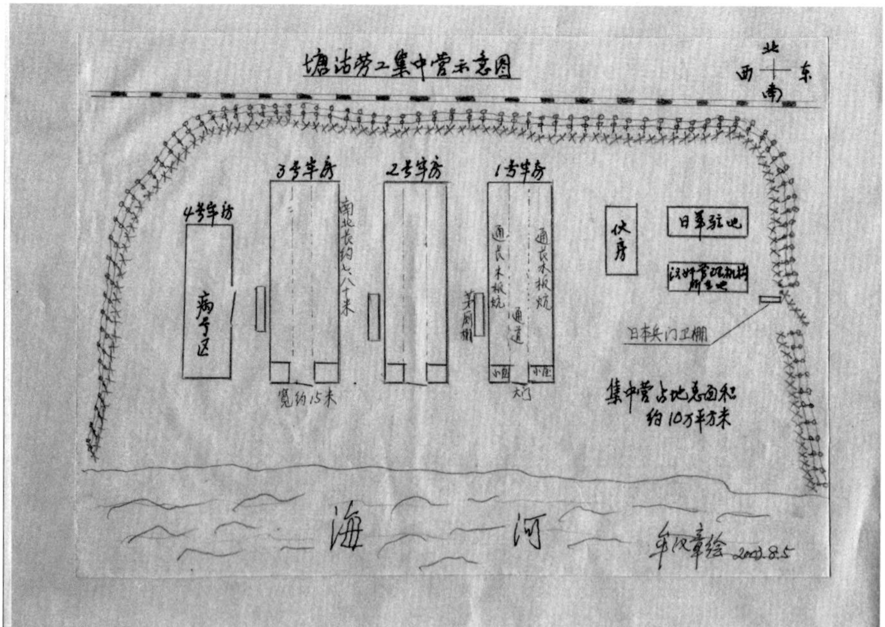

牟汉章于 2003 年 8 月绘制的塘沽劳工集中营、日华寮及三菱煤矿饭塚井下等三份示意图。

肆

出庭

赴日本参加中国原“慰安妇”受害者和掳日劳工损害赔偿诉讼有很多次，而在日本法庭上，我第一次担任原告的辅佐人，是在京都地方法院起诉日本政府和日本冶金工业株式会社那个案件中。

1998年8月14日，刘宗根等六位劳工幸存者在京都地方法院起诉后，京都诉讼日本律师团的团长畑中和夫（曾担任立命馆大学的教授），他查到了日本的民诉法中有辅佐人的制度（中国的民诉法没有这个制度），诉讼的当事人（原告或被告）如果因为年老体弱、身体状况的原因，不能到庭或不能准确表达自己意见的时候，可以由跟他熟悉的、有一定专业素养的人，提供辅佐，辅助（帮助）他出庭。我们参加起诉的劳工大部分都是高龄了，慢慢地表述可以，但一到法庭上就有点紧张。于是，京都的日本律师团就申请我作为原告的辅佐人，这样，我在去日本前就要做更多的准备工作，也准备好了代表不能出庭的劳工陈诉他们的意见和感受。

京都起诉的是日本政府和日本冶金工业株式会社。按日本京都律师团事先与我的商定，我这次是跟刘宗根大爷一起出庭，而关于我担任原告辅佐人的身份，京都地方法院迟迟没有确认。等我们到达京都那天的上午，还没有消息。此时，距日本京都律师团向法院提出申请已经有一个多月了。按照畑中和夫律师的说法，如果法院同意申请的话，在日本的司法史上，我将是第一位在日本以辅佐人身份出现的外国律师，更是战后索赔的案件中外国律师以辅佐人身份出庭的先例。

日本的民诉法虽然有这样的制度，但并没有这样的先例，所以京都地方法院的法官很谨慎，我也可以理解。辅佐人和代理人的地位差不多，可以发言，可以辩论，可以提问，坐在审判区里，而不是旁听席上。到了开庭前一天下午五点多钟，京都的律师告诉我，法院同意我作为辅佐人出庭，但是不同意我直接发言，我的发言意见要由日本人来宣读。我当时觉得很可笑，既然都同意我作为辅佐人了，同意我出庭，同意我发表意见，为何就是不同意我在那里发出声音？不过，能同意我作为辅佐人身份出庭，还算是种进步吧。至少从中国律师的角度，我们可以说得更坦率、更直接一些，这样对中国的受害者是有利的。我表示，虽然法官的要求难有合理的解释，但毕竟是第一次外国律师以辅佐人身份出庭，我可以按法官的要求处理。

第二天，我以辅佐人的身份坐在审判区代理人的席位上，代表中国的受害劳工参加诉讼。由我们律师团的日本律师藤浦龙治律师宣读我的发言，他宣读的声音很大，我有点惊异。这位律师在开庭后向我表示："我是代表中国律师发言，所以我要用很大的声音来发言，来代表你们的心情。"我马上感觉到这位律师不光是感觉到他的责任，也意识到自己代理宣读第一位外国律师作为日本法院审判中的辅佐人发言的意义。他作为第一个代表外国辅佐人发言的律师，也应该算日本法制史上在这方面的第一人了。我真心地感谢他。

为了了解日本的辅佐人制度，畑中和夫律师向我做了详细的解释，我在他的办公室复印了日本民诉法有关条款以便进一步了解这一诉讼制度。

此后，在北海道、新潟、福冈这些案件中，及第二批起诉的山西原"慰安妇"受害者案件二审时，我都是作为辅佐人身份参加了诉讼。

2002年10月7日，我陪原告范明增和王成伟两位大爷到新潟地方法院出庭。日本临港集团的代理人、律师在法庭上询问时带有挑衅及侮辱地向范明

原告、律师与支援会的人员进入新潟地方法院参加结审。前排从右至左，右二起，范明增、王成伟、范明增之子、康健、支援者。

2002 年 10 月 7 日摄于日本新潟

增提问：“听你们说劳动多么多么艰苦，而且你们说不能洗澡，还得了疥疮。还说是这样的皮肤病，伤害了你们。但是据我们了解，你们中国人，一生就洗两次澡，一次是出生时，一次是死后。从这个角度来说，不能洗澡对你们也不算是有什么很特别的吧。”八十多岁的范明增老大爷没有明白日本临港集团的代理人这番问话的潜台词，他很认真地回答说：“什么洗澡？我们也不是你说的那样，我们那个时候没有条件洗澡啊。有条件谁不愿意洗澡啊。”作为辅佐人我明显感觉到，日本临港集团的代理人的这番问话意在侮辱中国人，同时用此手段来掩盖当年的罪恶。

庭审结束后我向两位原告说明后，两位老人家非常气愤，我们当即向日本律师表示，要对日本临港集团及其代理人的这一行为提出抗议。次日我们向法官递交了书面意见，抗议被告公司的代理人在法庭上用侮辱人的话来提问受害者。之后我们为此还开了记者会，支援团体的人帮我们把抗议书送交临港集团及其律师，虽然该公司及其律师拒收，但在之后的审理过程中，被告代理人没敢在法庭上再发表蔑视原告的言论。

负责这个案件的审判长片野悟好法官，在 2003 年 1 月 27 日还到当年中国劳工做苦役的港口现场做了勘验。法官让当年的受害者王俊祥在现场讲述，并演示了怎么样披着麻袋干活，还原当时被虐待的情景。法官还要求被告日本政府及临港集团代理人也要到场。勘验那天，支持原告方的日本支援团体成员去了五十多名，日本政府代理人去了五六名，临港集团去了一人。虽然日本多家法院受理了有关战后索赔的案件，但鲜见有主审法官到现场勘验。片野法官的这一做法，在日本引起了很大的反响，日本媒体也有报道。

这个案件在十几次开庭之后，于 2004 年 3 月 26 日做出一审判决，判决书在事实方面全面认可了原告方的证据，在日本政府及临港集团应承担的责任方面部分支持了原告的主张。这个判决虽然没有全面支持原告的诉讼请求，但是在判决书中认定日本政府、日本公司共同策划实施了强掳中国劳工的行为，并且使用了中国劳工受到很残酷的虐待这样的词句。判决书中特别举例，当时临港气温很低，可是中国劳工却穿着单衣，而且吃的食物很差，所以是很艰苦的。法官把现场勘验的情况，新潟当时的天气情况，中国劳工的饮食情况，都做了排比似的阐述，得出结论是：对中国劳工是很残酷的。对于日本政府及临港集团公司提出原告的主张已经超过了诉讼时效及“国家无答责”的抗辩，新潟地方法院一审判决中认为：当年中国劳工受了那么残酷的虐待，在战争结束后，日方又匆匆忙忙地把劳工送走，没有做任何处理，并且还掩盖事实，在国会上做不诚实的陈述（指时任首相岸信介和日本外务省官员 1958 年在其国会上掩盖强掳中国劳工事实的那番讲话），并且还销毁资料（指日本政府下令销毁劳工调查报告），这一系列举动都阻碍了原告行使诉权，如果是这样来阻止原告的诉权，这是不公平的。从法律公平的角度来说，原告应当有权利，此案没有超过诉讼时效。该判决也没有全面支持原告方的请求。对于原告要求被告赔偿每人 2500 万日元的请求，只判令被告赔偿每位原告 800 万日元，由日本政府和临港集团共同承担，没有判公开赔礼道歉。

做出判决的当天，日本时任官房长官福田康夫，马上发表讲话，称这是一个太严厉的判决了。当天就表示要上诉，当然临港集团也提起了上诉。二审是到东京高等法院，如果我继续担任原告的辅佐人，还要向二审法院申请。新潟律师团及时向东京高等法院提出了由我继续担任辅佐人的申请。临港集团的代理人及日本政府的代理人知悉后，向法院提出反对我作为辅佐人的书面意见。他们的理由是：由于康健律师在一审法庭上的发言，很严厉，不合适。想必在二审的时候还会说这样的话。其书面意见中还引用我的一段发言：当年的侵略战争，给中国人造成严重的伤害，并且在战争结束后一直没有解决，那种伤害是刻骨铭心的，至今未解决，这是不能允许的。

这种借口十分无理！我在法庭说的都是事实，并且表达了受害者的看法，但是东京高等法院的法官却同意了临港集团的代理人和日本政府的要求。我认为法官的这一做法体现出日本政府的意志。此时，正好也是山西一桩“慰安妇”案件的二审开庭，日本律师同样申请我在该案件中担当了受害者的辅佐人。“慰安妇”案件唯一的被告就是日本政府，在这个案件中日本政府的代理人也提出了反对我担任受害者的辅佐人，理由和新潟临港劳工案件中日本政府及临港集团的理由相同。显然劳工案中的被告日本政府及日本公司，与“慰安妇”案中被告日本政府的代理人串通一气，目的就是要阻止中国律师在那里发声。因为作为中国律师，没有什么顾虑，在法庭上发表的观点更为直率。

为这件事，新潟劳工案的日本律师团组织了日本市民签名，抗议东京高等法院的决定，原告也对此提出抗议，同时组织人签名，坚决要求由我继续作为辅佐人。僵持了几个月之后，东京高等法院的法官才被迫同意。

2007 年 3 月 14 日，东京高等法院对新潟劳工案做出二审判决，对于中国劳工被强掳及奴役这一基本事实方面，接受了新潟地方法院的一审判决，但以超过时效及“国家无答责”为由，改判为日本政府及新潟临港集团不承担责任。原告们又上诉到日本最高法院，2008 年 7 月 4 日，日本最高法院未经开庭，直接驳回原告的上诉。

新潟劳工诉讼案虽然最终败诉，但新潟地方法院及东京高等法院对中国劳工被强掳被虐待的事实全面认定，其中新潟地方法院认定新潟临港集团（战时为日本港运业会新潟华工管理事务所）对中国劳工实施了残酷的虐待；日本政府在战后销毁资料，并在答辩（注：指在国会）中表示中国劳工是根据合同自愿的，没有强掳及强制劳动，甚为不诚实。虽然该法院仅以二被告对中国劳工违反安全保护义务为由，判令其共同向每位原告赔偿 800 万日元的精神损害抚慰金，但这毕竟是日本法院首次追究了日本政府及相关日本公司在战时所施违法行为的法律责任，因此，该案的审理及判决中对中国劳工被强掳及奴役的事实认定，对日本政府及相关日本公司的法律责任追究均具有划时代意义。

在北海道札幌地方法院出庭的时候，我也是作为原告的辅佐人出庭的。北海道中国劳工讼案的被告除日本政府外，还有七个公司，三井、三菱都在其中。在札幌地方法院即将结审的时候，我在法庭发表了意见，主要是谈及日本政府及相关日本公司责任的问题。在过去开庭谈到这些问题时，日本政府及相关日本公司的代理人在法庭上往往都是不吭声，不辩论，只是庭后提交书面意见。而旁听的人是看不见书面意见的，法官也不可能宣读他的书面意见，被告在书面意见中都是推卸责任。

在这次庭审我发言完后，日本政府代理人马上站起来，反驳说："你们中国的总理周恩来曾经说，在那场战争中，日本国民也是受害者，因此中国放弃了索赔的请求权。既然说日本国民是受害者，那我们日本国民也可以向中国提出索赔。"日本政府代理人的这番发言，令人震惊，稍有一些基本法律常识的人都得不出这样的结论，稍有一点正常思维的人，都说不出这样的话。日本政府的代理人在法庭上做这样的狡辩，太失法律家的风度了。

我当即就申请发言，得到法官允许后，我表示："中国政府曾经有过这样的表态，那是指日本国民是军国主义的受害者。但作为参加侵华战争的人对中国国民来说就是不折不扣的加害者，这是两个性质不同的问题。当年日本政府发布动员令，日本国民参军侵略中国，对中国国民来说就是加害者，当然就应该承担责任。日本国民有受军国主义之害的一面，但是如果参加了侵略战争对中国国民做出了伤害，就是加害者。作为中国人在自己的国土、自己的家园无端遭受了日本的侵略，遭受到日本侵略者的侵害，本案的原告被抓到日本做苦役。当年日本是武装入侵中国，并非应中国邀请，是你们自己闯进来的，日本侵略军在中国烧杀抢掠。作为法律家来说，日本政府代理人的观点明显故意混淆了事件性质，是对法律的曲解。”我一口气说完了反驳意见。

在法庭上通常是坐着发言的，当时听完日本政府代理人那番谬论后，我不由得站着发表了上述意见。我的发言结束后，当时在法庭上旁听的四十多人一下子都鼓起掌来。法庭上是不允许鼓掌的，中外法庭都一样，但这次法官并没有制止。日本有人一直在利用“日本国民也是受害者”这句话把自己装扮成受害者，推卸战争责任。从那次开庭以后，我再在国内听到有这种言论时就感觉很不舒服。日本国民是军国主义的受害者，对中国国民来说，从法律角度看，你们侵略中国就是加害者。我们没有必要搞糊涂账，日本有一部分人就是利用这个说法混淆事实，推卸责任。这不是民族情绪的问题，而是对基本事实的判断。

2001 年 7 月，东京地方法院对刘连仁案件一审判决胜诉，中国的媒体对该判决广泛报道，许多劳工或其亲属主动找到我们，要求加入在日本的诉讼。不像我们过去做调查时，一个地方一个地方地去查找劳工了。日本福冈律师团知悉后，考虑可以追加原告，也就是在张宝恒大爷那批原告起诉后再追加原告。

那时在福冈地方法院以日本政府及三井矿山株式会社（本文简称“三井公司”，2008 年该公司更名为日本焦炭工业株式会社）为被告的劳工诉讼刚起诉一年多。三井公司自 1943 年 7 月至 1945 年 8 月，强掳奴役了 5650 名中国劳工，分别在该公司 10 个作业场所做苦役，这期间 1023 名中国劳工被折磨致死。

劳工幸存者杜宗仁大爷等人与我取得了联系，他们集中居住在河北涞水县，当年一起被强掳到三井公司官浦坑做苦役。涞水县距离北京比较近，我们就请杜宗仁老人家从这些劳工中请出几位现在八十岁以下，身体状况还可以，有可能到日本法院出庭的，我们先作初步调查。

按事先的约定，这些大爷到了北京，我看到有一位老大爷还是跛腿，看样子也有八十岁了。我说我们想请八十岁以下的人来，这样方便到日本法院出庭。杜大爷说：“这个老刘千，我们不让他上车，他就是要来。我们当时包了辆车，他就上车跟来了。”刘大爷一看我有些犹豫，赶紧说：“姑娘、姑娘，千万别不让我参加，我就想出这口气呢！我不会给你们添麻烦的。你放心好了，我虽然腿瘸，我不会给你们添麻烦的。”他使劲说着类似的话。听着老大爷的渴求，看着老大爷焦急期待的眼神，我不好再说什么了，就请大爷和其他人一起进了我们的事务所。

这次调查，是我们和日本律师一起做的，以往都是我们中国律师先调查，再把调查笔录给日本律师，然后翻译成日文，日本律师再来调查。这次是追加原告，日本律师考虑要节省时间，我们就一起来进行调查。

由于同时有五位老人家来我们事务所，为避免老人家等的时间太长，我们就分了几组，大家分头做调查。给刘千大爷做调查的是日本律师池永满、秋月慎一，我也在场。当时我主要考虑刘大爷的年纪大了，我想听听他能不能说清楚事实，如果说不清楚，就不一定请他出庭了。没想到他讲述得特别清楚，当说到被日本监工砍断大腿的遭遇时，他放声痛哭。

他说当年被抓到日本以后，在三井宫浦坑，煤窑有好几百米深，劳工们下去以后都不让穿衣服，光着身子围着兜裆布。每天都是两班倒，一干就是十几小时；吃不饱饭，每天都非常饿，饿得实在难以忍受，有时在下工路上看到扔在路边的橘子皮就赶紧捡起来放到嘴里嚼。有一次收工回到工棚，饿得睡不着觉，突然一只老鼠跑到他的胸口，他下意识地一把抓住，在工棚里偷偷烤了后几个难友分着吃了。当时真是饿急了，能吃上点肉，真是不容易啊。由于吃不饱，体力很差，在一次快收工的时候，他累得实在很难受，想直一直腰，就是这个本能的动作，他刚一伸腰，日本监工就把斧子朝他扔过来了，还骂他。刘大爷在日本就听会几句日语，一句就是“八嘎”（混蛋），再一句就是“亡国奴”，还有就是“苦力”。对中国劳工，日本人天天就是这样称呼。随着日本工头“八嘎”的骂声，躲闪都来不及，斧头就砍到刘大爷的腿上，当时他就倒在地上。刘大爷当时没有穿衣服，腿上全是血，加上身上的汗，矿井地上到处是煤及渗水，煤渣子和脏水就混到伤口里。刘大爷疼得想哭都哭不出声了。其他劳工看到后，就想扶他上井，但日本监工不允许，要等到收工才能上去。又过了一段时间，收工后，他才被工友们扶上去。出了坑口，也没有治疗，就回到工棚里。那天晚上，疼得他哭又哭不出来，觉得自己要死了，第二天受伤的腿就肿得很粗了，这时候来了个管事的日本人，说带他去医院，实际就是三井宫浦坑旁边的小诊所。

到了诊所，医生让他上床上，把他的四肢都捆起来，没有打麻药，刘大爷当时就觉得跟要杀他似的，他就大声喊，日本医生不让喊，就把他的腿抻抻，在伤口那里放了纱布条，简单做了处理，就让同来的劳工把他搀走了。过了几天，工友给他找了个木棍，让他拄着。到诊所换药时，那个日本医生看到他，一脚就把他的棍子踢掉，他一下就趴到了地上。那个日本医生不让拄着棍子，让他爬进诊所。

刘大爷说："我当时也是二十来岁的小伙子啊，真想跟他拼命。但是我拼不过他，我得活下来，要报这个仇啊。医生是该给人治病的，还这样侮辱我，虐待我，我就是咬着牙，忍着，也要活下来。"

就是腿伤成那样，没过一个星期，日本监工就让他到伙房做饭。几个月之后，他才可以不用棍子，能够自己站起来了。一直到回国，他也是瘸着腿。从日本回国后，回到了家乡涞水，刘大爷也没有敢直接回家，只是让同去的难友回家报个信，让他哥哥来接他。他哥哥一见他，兄弟两人抱头痛哭啊。去日本前还好好的，回来腿怎么成这样了？！

刘千大爷跟我们说："伤后七八年了，伤腿打不了弯，不能蹲，只能伸直却不能着地，上厕所只能用一条腿，家里人在厕所给我支了条木棍，让我扶着。经过好长时间才慢慢能弯了，但还一直瘸着。"

日本律师听了他的痛苦经历，就提出给刘千大爷的腿拍个照，作为证据，当时我在现场，大爷说："不行，妇女不能在场。"我就退出去了，让另一位男律师来给大爷拍。大爷说得到厕所去才能拍，日本律师也跟着去了厕所，看到大爷的大腿鼓起了一块，一看就知道有问题，但是普通相机照出来的效果不是特别好。日本律师就和我商量，应该带着大爷到医院拍个 X 光片。我就把和日本律师商量的意见告诉了大爷，大爷点点头。我就带着大爷到了邮电医院（现在改为协和医院附属医院），到那里拍 X 光片。

路上大爷跟我说："姑娘，我真不想去医院，日本（律师）人让我去，我不好意思不去。"我说："大爷，没关系，拍片子不用您出钱，我给您出。"

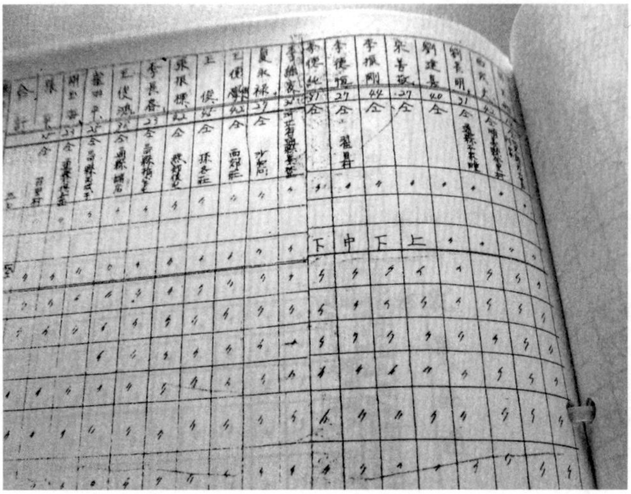

三井矿山株式会社日比制炼所报告书封面及部分劳工名单。该作业所奴役的133名中国劳工，其中的132名是北京籍，分别是从通州、顺义等县及北京市区被强掳的。

我以为大爷舍不得花钱。大爷说："我这辈子就不想去医院，一去医院就想起了在日本的那些事。"大爷道出了不愿去医院的原委。"没关系，这是咱们中国的医院，北京的医院。"我安抚着大爷。那天是星期天，只有急诊医生值班。到了X光室，医生让他上床，大爷就是不上，脸色也变了。我问大爷怎么了，他大声说："我不上这个床。"我明白是怎么回事了，马上对大爷说："这是咱们中国的医院，这是咱们中国的床。"医生在一旁糊涂了。

我向医生简单介绍了一下大爷的情况，医生很是同情，帮着我做大爷的工作，半天大爷同意了。上床后，大爷的表情很痛苦，一脸哭相。他对我说："你走吧，你走吧。"我知道大爷还是不想有妇女在场。但是医生怕老人从床上摔下来，不让我离开，就暗示我站在大爷的头那边，这样大爷就看不见我了。拍完后，我帮大爷收拾好，在屋外等报告，大爷的心情慢慢平复下来。医生看到片子很吃惊："老人家你的腿怎么这样啊？明显的畸形愈合。""日本人给我害的！"大爷气愤地回答。医生更加不明白了。我就跟医生简单讲了大爷腿被日本人伤害的情况。医生听后也很愤慨。

两位日本律师看到X光片也感到很震撼，受了那么大痛苦，还没有得到有效的治疗，当即表示希望大爷到日本出庭作证。后来池永满律师把这张 X 光片复制了一份，作为证据交到了福冈地方法院法庭。

刘千老人家的这张 X 光片也是我们 2014 年代理刘千的继承人和其他原告，在北京市第一中级人民法院起诉日本焦炭工业株式会社（2008 年更名前为三井矿山株式会社）的证据之一。

去日本福冈地方法院出庭做证人，要办护照、签证。刘千大爷的女儿出嫁到了北京，还有个儿子在涞水跟他生活。他儿子听说刘大爷要到日本去作证，就是不同意，把大爷的户口本藏了起来。事后我们才知道刘大爷的儿子担心日本人杀了他父亲。当年日本鬼子的残暴行径给中国人留下的阴影，延续到后人。刘千大爷怎么和儿子说都不行，只好到村委会那里给我打了个电话，我又找到他女儿，请她回去帮着想想办法。

他女儿回去后，编了个谎，把户口本拿到手了。但是她的弟弟还是不许爸爸离开家。他女儿很聪明，到邻村给村委会打了个电话，让村委会的人把她爸悄悄接出来，带到另外的村子里，她女儿再把老人家带到了北京，在办理护照、签证期间老人就一直待在北京。

刘千大爷的儿子知道父亲到北京后就和我联系，对我说："如果我父亲在日本被害了，你们中国律师得赔我。"我向他做了很多解释，但他还是将信将疑。

到福冈后，我们在松冈肇律师的事务所做庭前准备。松冈律师是位老律师了，曾经在工会工作过，他是当时这个福冈律师团的事务局长，就是我们习惯叫的秘书长。松冈律师拿着日本外务省的劳工名簿复印件问刘大爷："你看看有认识的人吗？你自己的名字你认识吗？"大爷一下就认出了自己的名字，放声大哭起来。

当时松冈律师很吃惊地问我："怎么回事？怎么回事？没有冲撞他啊，怎么看着名簿就哭起来了？"刘大爷对着我说："康律师，看到这些名簿，就想起我当年的那些事了，就想起当年的刘千了，那是活生生的啊，当年我也是个漂亮的小伙，最后我一辈子都是瘸腿。当年我们那么多难友就死在那儿了。当年的那些事就在我的眼前啊，我受不了。恨得我啊，恨不得咬他们。"我赶快通过翻译把刘千对我说的话告诉了松冈律师，松冈律师这才明白是这些档案触

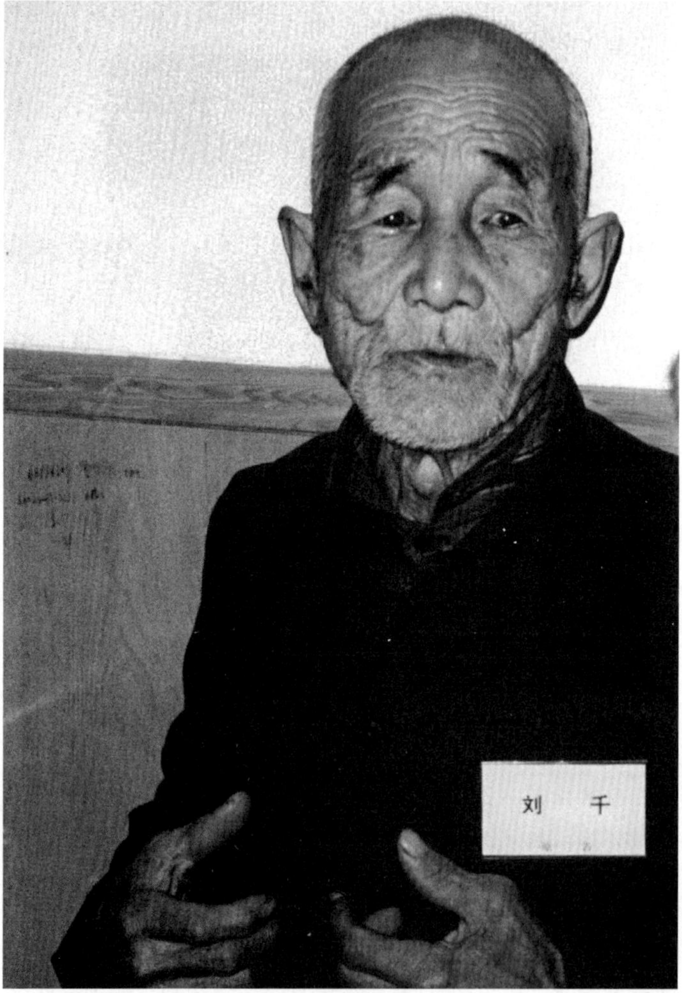

刘千，1944 年被强掳到三井三池矿业所宫浦坑做苦役。

2001 年 3 月 18 日摄于北京

动了刘大爷心中多年的伤痛。

开庭前，我们向刘大爷说明了被告三井公司答辩意见的大意。当听说三井公司在答辩中称："不知道你们这些事，听说你们在中国也生活得不好。"刘大爷特别气愤。

日本法庭的布局和中国法庭差不多，原被告各自坐两边。在向原告做证人询问时，原告坐在审判区中间，面向法官，这和我们中国法庭不一样。开庭后，三井公司和日本政府的代理人很冷漠地坐在那里。刘千大爷在说到他痛苦经历的时候，他一下站了起来，冲到被告席——三井公司的代理人面前说："你还说不知道我们受到多大苦，我来了，我就让你看看我的腿是什么样！"我担心刘大爷摔倒，着急地说："别动、别动。"刘大爷仍然激动地说："我刘千的腿是被你们砍断的，你就是给我一座金山也换不来。你还说我们到这里就是为了要钱来了，你们有没有良心啊？要这样，咱们换个个儿，我把你的腿砍断，我给你座金山，你干不干？！你要干我马上就砍你。"大爷前倾着身子怒斥他，三井的代理人就往后躲，上半身整个都仰过了椅子背。日本法庭上没有法警，也没人制止。

我在原告代理人一侧就座，只能不断地提醒说："刘千、刘千，请你冷静、冷静点。"大爷说完后，拖着受伤的腿回到自己的座位。三井公司代理人哑口无言，是他的冷漠激怒了受害者，中国受害者才做出了这样的反应。看到刘千痛苦的表情，听到他诉说当年的遭遇，法庭旁听席上许多人都禁不住流泪。

2002 年 4 月 26 日，福冈地方法院对此案做出一审判决，认定日本政府与日本公司共同策划共同实施了强掳中国劳工的行为，中国劳工被抓到三井公司在残酷的环境下，从事重体力劳动，身体和精神方面受到侵害。但只是判三井公司补偿每位原告 1100 万日元，没有判日本政府赔偿。

诉讼判决的当天，三井公司马上表示上诉。

一审判决后，我们向福冈地方法院又提起了第二批劳工诉讼。第二批诉讼的被告除日本政府外，还有三井公司与三菱公司（战时为三菱矿业株式会社，战后几经演变为三菱综合材料株式会社，本文简称"三菱"或"三菱公司"），45 位劳工幸存者作为原告（第一批诉讼系 15 位劳工幸存者）。

伍

与日本公司的交涉

从参与“慰安妇”案及劳工案，到诉讼结束时，我已经将近五十次去日本了，不是去法院出庭就是到相关日本公司交涉。战时曾奴役中国劳工的日本公司绝大多数非常傲慢、无理、骄横，甚至可以说是有些野蛮。他们对待中国劳工的这种态度，跟我们看到他们要来中国做生意时的表现截然不同，给我印象最深的有这样几次。

在福冈地方法院以日本政府及三井公司为被告，提起的第一批损害赔偿诉讼二审判决后，我们曾带着刘千、张宝恒两位原告到位于东京的三井公司总部与他们交涉。到东京时，福冈的律师和福冈支援会的人员是跟着我们一起去的，那次中央电视台的记者也去做了现场采访。在去之前，福冈的律师事先已与三井公司打了招呼，告诉他们，我们要去东京面谈，这是我们的诚意，也是出于礼貌。三井公司总务部的一位中年男子和一位年轻人，在通往公司办公大楼一层门口的广场上拦住了我们，不许我们进，生硬地表示不接待，在门口就僵持了二十多分钟。在这种情况下，我们就在门口的小广场上举行了集会，中国受害者打出了条幅，向过往的人群展示，要求三井公司承担责任。

福冈律师团及支援会与原告与三井矿山株式会社交涉，被拒门外。在三井公司门前示威抗议。从右至左，刘千、张宝恒、支援者、日本律师。

2004 年 5 月摄于日本东京

三井公司的人站在旁边，仍然不让我们进。日本律师及支援会的人员纷纷向三井公司的人员提出，这个大楼不仅仅是三井一个公司，你们没有权力阻止我们进入大楼。与我们一起去的日本律师有五六位，其他就是福冈及东京支援会的成员了，一共有二十人左右，中国人就是我一个律师与两个原告。支援会及日本律师在前面开路，我和两位原告在中间，身后还有支援会的人员，大家一起往大楼走，三井公司的人就阻拦，但他不可能挡住这么多人，就这样半推半拥地向前走，一直进到大楼。到了一层电梯门口，三井公司的人挡在电梯门前不让我们上电梯，日本律师就和他们交涉："你这个电梯也是公共的，你没有理由阻止我们上电梯。"他们也不说话，就堵在电梯口不让进。三井公司的人看到中央电视台的人一直在拍摄，就态度特别恶劣地阻止，电视台的摄像把他的这些粗鲁行为都拍下来后，为了让我们能进入办公场所，就放下了摄像机。

这时，电梯正好有人从上面下来，这就由不得他们了，门一开我们就拥了进去。这么多人，不可能一起上电梯，我们几个中国人，还有中央电视台的记者，日本律师一起进了电梯，那两个三井公司的人也跟着我们进来了。在电梯里就真是面对面了，三井公司的人就低着头，一声不吭。现在回想当时的情境，他们也挺尴尬的，但当时顾不得想这些，目标就是进入三井办公区与他们交涉。日本律师和支援会的人，站在电梯按钮旁边，把控着按钮，直接按到了三井公司那一层。

三井公司是那种弹簧玻璃门，那两个三井的人，出了电梯马上就站在门前，大声说："不许进！"在整个过程中刘千、张宝恒两位大爷听不懂日本人的话，我们也不想刺激这两位老人，就没有把三井公司人的恶言恶语翻译给他们听。但是通过双方的表情和先前的过程，他们大概也明白了是怎么回事。刘千就问我："是不是不想让我们进？忒不像话啊！"我对大爷说："日本律师和支援会的人会与他们交涉的。"到三井公司的门口，刘千看到三井的人堵住门，样子恶狠狠的，老人家就急了，一下就冲到前面，指着三井的人就说："你忒不像话啊。我是当年被你们抓来的劳工，给你们出了牛马力，你们这个大楼也是有我们的血汗的，你凭什么不让我们进。看着你那么年轻，你做的事忒不像话啊！"刘大爷的声音很大，翻译把刘千的话当即翻译给三井公司的人听，他们一脸尴尬，但还是背靠着门就是不让进，和我们面对面地对峙。

这时候福冈律师团一位年轻的日本律师从人群后面走到三井公司的人面前（在与这位律师的交往中，我知道他的爷爷当年也是侵华日军，在爷爷去世后，他整理遗物时发现了一幅"武运长久"的条幅，上面有很多人的签字，问了他父亲才知道，爷爷是侵华日军。他知道后很吃惊，爷爷在世时根本没有和他讲过这些事。他觉得爷爷做了对不起中国人的事，很不应该，这些事情不应该再拖延下去。这位律师一直很积极地参加受害劳工诉讼律师团的活动）。他用很平静的表情，和三井的人说了几句，翻译还没来得及翻给我们，他就突然转过身来，向后倒向三井公司总务部那个人的身上，那个人就躲，一躲自己就把门顶开了，好聪明啊！门是你们自己推开的。我们一下就进去了，在三井公司的前台，我们开始交涉，对三井公司当年的恶行及现今推卸责任的做法进行谴责，他们公司的人员就是不吭声，三井高层的人就是不出来，三井就采取这种特别抵触的办法。刘千、张宝恒两位大爷就在那里控诉、谴责，翻译近乎同步翻成日语，让在场人员了解两位老大爷讲述的内容，支援团体的人也在那里用日语谴责他们。作为中国律师我也表明了我的意见：“不要以为不见面就能逃避责任，这是不可能的。要是聪明一点，就应该主动来和劳工谈，你们今天的做法是非常错误的。”当时大家说话的语速都很快，在楼上将近有半小时，该说的也都说完了，我们就退出了三井公司办公区。

三井公司当时在北京还有代表处。在日本拒绝见劳工，我们就到中国和你们交涉。我曾分别带着刘千、马得志、李良杰等三位中国劳工去了三次，连续三年，每年一次。三井公司的人员同样也是不见。第一次甚至连门都不开。三井公司在北京的办事机构在东三环燕莎对面一栋写字楼，他们的首席代表也是日本人，我记得很清楚，他所在的房间是 918 室，很有意思的巧合。事先已通知他们我们要去，但我们上去后，他不出来，还把门反锁着。既然这样，我们只好把敦促书贴在他们的房门上，随行的记者也拍了下来。第二次去，他们开门了，但首席代表躲了，留下中国雇员，中国雇员也不敢接，说首席代表不让接，我们就把敦促书放在桌上了。第三次去，又不开门了，我们就在走廊里宣读控诉书，随行的劳工讲述三井公司在战争时期迫害劳工的事实，大楼里的物业及保安人员都来了（可能三井代表处的人在里面给保安打了电话），我们在说这些事实时，保安的人只是听着，也没有说什么。这次我们照旧把敦促书贴在他们门上，也交给了保安一份，让他们把敦促书转交给三井公司的代表。

在日本与新潟临港集团交涉的时候，该公司也是非常抵触。第一次交涉不让进，派出两个人，是总务部的，说只能谈五分钟，支援会佐藤茂老先生说：“五分钟能谈什么啊？不管怎么说，中国人这么远来了，你从礼貌的角度也应该请他们进去啊。”但临港集团的人还是不让我们进。你不让进，我们也不走，我们就在门外示威，新潟支援团体的人员拿着喇叭在那里不断宣传，来往的行人都能看到，临港集团的人为了避免更多的人了解他们当年奴役劳工的事实，就同意我们进去谈。

因为有支援会的人员和我们一起去，临港集团只准我和一位劳工幸存者和劳工遗属及翻译，还有支援会的三位代表进去。到了一层的小会议室，在里面谈了不到二十分钟。该公司代表就说他只能转达，什么也不能回答。

新潟临港集团在上海的南京西路设有代表处，回国后，我也曾带着劳工一起去上海找他们交涉。和这些日本公司打交道的经验告诉我们，你很礼貌地通知他们，他们根本就不见。这样我们事先就没给他打电话，也没有通知，直接就去了。正好他的首席代表在办公室，我们进去后便说明了来意。他表示，你们事先也不联系，这样不礼貌。我当即反驳："你公司连这么重大的人权侵害都不承担责任，能称为礼貌吗？"劳工张文彬的儿子张一宪将要求解决问题的敦促书交给这位首席代表，他说他不能接。我们告诉他，你不接我们就给你贴到门上。他愣了一下说要请示。我请他当面请示，他想了一下还是收下了。但是收下以后，一直没有回音。

后来我们再次去新潟临港集团交涉，那是 2007 年二审期间，与原告张一宪及一位劳工幸存者邢念芳一起去的；加拿大抗日战争史实维护会会长列国远女士也赶来新潟支持我们的活动。新潟的律师按惯例事先已给临港集团寄去书面材料，告诉该公司我们约谈的时间及所谈内容。新潟临港集团委托他的律师回复，主要的意思是：不接待。而且不许到他们门口去，不能踏入他们的建筑物内,也不能踏入属于他们的土地范围内,如果踏入就是违法,一副蛮横的姿态。

我们没管他这一套，还是去了。就在该公司大楼门口，新潟支援会及律师团的成员和我们一起拉着条幅，参加者从不同角度在那里讲述劳工的受害事实及临港集团的责任，劳工在说，律师在说，支援会的也在那儿说，过往行人都能看到，日本的媒体也在那儿拍摄，这是在马路边啊。临港集团的人后来受不了了，就主动让我们进去，但仍然限制人数。这次不让进会议室，就在一层大厅谈，而且不允许媒体进入，记者只能在一层的玻璃门外面等候。据说，新潟临港集团的社长还是日中友好协会新潟支部的支部长，一个日中友协基层组织的负责人，居然在对待劳工问题上是这种态度。他不是从基本的人性，从中日两国国民的正常关系出发，而是只考虑自己的利益。他们所说的日中友好，是为了获取利益而打出的招牌，与我们所说的中日友好是有区别的。

2008 年，我与劳工代表又去了临港集团的上海代表处，他们还是不见。我们将敦促书贴在了代表处的门口。

三菱公司同样是这样。三菱公司在诉讼中，初期对历史责任方面，是赤裸裸地抵制。三菱公司曾在答辩中称：法院不应成为评判历史的平台，原告方面把东京审判的材料作为证据来用是不合适的。有人认为（实际就是他们自己和少数某些人）东京审判实际是战胜国对战败国的不公正处理。如果法院同意将东京审判的材料作为证据使用，并且依此裁判的话，那将给日本国民至少造成一百年以上的精神负担。这就是三菱公司在答辩状中对历史事实的认识，也是这种错误认知支撑着该公司长期坚持推卸法律责任的错误立场。

在日本，就是有人用这样一种观点来歪曲历史，欺骗日本国民，并且还蛮有市场。该公司在诉讼中对事实基本上就是回避。我们去交涉，他们同样是连大门都不让进。三菱公司的总部也在东京，我这里说的三菱是指三菱综合材料株式会社，战争时期是三菱矿业株式会社，1944 年 6 月至 1945 年 8 月，曾在其 12 个作业场所（含 3 个承包及控股的关联作业所），奴役 3765 名中国劳工，在此期间 722 名中国劳工被折磨致死。该公司总部设在东京，距皇宫很近，是个交通方便的地段。

三菱公司与日本政府一同分别被中国劳工诉至日本东京、札幌、福冈、长崎及宫崎地方法院。三菱公司在法庭上不直接发表答辩意见，仅提交书面意见。前面提及的该公司否定东京审判、推卸法律责任的答辩状，公众并不知晓，只是参与本案的律师和法官看到，原告知道一些，更多的人都不了解。我们在 2006 年的时候曾经组织了八十多人去日本。这八十多人一起到了三菱公司总部的办公大楼的外面。这个大楼不是三菱公司一家使用，也有许多其他的公司。由于三菱公司拒绝与劳工面谈，日本律师及支援团体和我们一起就在大楼外面进行讲演，向公众讲述劳工被虐待的事实。我们打的条幅，都是劳工受害的照片，让人一看就明白这些日本公司当年的所作所为，是非常残忍的。我们在外面讲演了二十多分钟。这时，三菱公司派了三个人出来，分别是总务部、法务部的年轻职员，表示同意我们进去，但是只能在一层公共的会客区谈，限制我们只能派五位代表，我们就商定了由我、一位劳工、一位劳工遗属，加上高桥律师、翻译一起进去。起初他们要求不能长谈，只限十分钟。我们拒绝这一无理要求，要是如此限制我们就不必谈。看到我们这样坚决，他们稍做出退让同意谈半小时。这样我们每个人大概说了五六分钟。三菱公司的人说，他们什么都不能表示，只能是转达。我们就说："你如实转达也可以，凭着你的良知，转达的时候你要谈出你的见解。"他还是不做任何表示，面无表情。就这样，我们与三菱公司进行了法庭外的第一次交涉。

三菱在中国的代表处设在上海静安区一栋写字楼里，记得我带着劳工及遗属先后去了五六次。同样的，该公司人员也是不让进。第一次去，我们事先通知了他们，说明了时间及谈话内容。当我们到三菱公司代表处所在的九层后，该公司职员拒绝我们进入，也不接收劳工的书面意见。三菱公司这种举动，劳工们当然很气愤了。既然他们拒绝接受劳工的书面意见，我们只能将该意见书贴到他们门上。我们当时没带胶水，就到旁边的公司去借。一看那一层都是带有三菱字头的公司，但不是三菱综合材料的，是三菱的其他公司，但他们还是同意借给我们胶水。我们就把意见书贴到代表处玻璃门上了。

第二次去的时候，他们让我们进了，但是推说首席代表不在，只让下面的中国雇员来接待，我说："那不行。我们此次就是要和首席代表来谈的。"我们就在办公区等候，僵持了十几分钟，首席代表从里面一间办公室出来了，脸涨得通红，让我们在靠近门口的小接待室谈。我和两位劳工还有翻译，我们四个人和他谈。他一个劲儿地擦汗，当时是初春，并没有那么热。首席代表对我们的要求就是不回应，只有两句话："我什么都不能回答你，我只能转达。"我告诉他："你转达也可以，如果不转达，就是失职。你是代表处，有义务转达。"他答应了。

再去三菱公司交涉，是我们与日本律师一起去的。与东京的高桥融律师去过，还与福冈的池永满和福留英资律师去过。当然，每次都有劳工及遗属参加。只有两次见到首席代表，其他几次首席代表都回避。

这些日本公司的举动说明了什么呢？他们有脸来中国做生意，但没脸正视历史事实并承担责任。做生意的时候想到中国了，该承担历史责任时则完全是另一副面孔。

其他相关日本公司都类似，根本不见。唯独日本冶金工业株式会社的社长，见了我们。那是在大江山劳工案二审与日本冶金工业株式会社和解谈判期间，可能是因为有这个契机，他才同意见我们。但那位社长很有意思，提出只见中国人，不见日本人，连翻译也要是中国人。当时翻译正好是中国人。我、劳工、翻译三个人，见到了这位社长。日本有的媒体在报道时说中国人这样野蛮、那样不好，在我们和这些日本公司的交涉中，我感觉到，他们的那些举动才是真正的野蛮，出自骨子里的粗野。

陆

与日本国会议员的沟通

我们在诉讼之初，日本国内的媒体很关注，但是日本国会议员的关注度并不是很大。之前在“慰安妇”案件诉讼时，有一些国会议员，特别是少数女性国会议员曾经写过提案，要求对“慰安妇”问题处理和解决，但是人数比较少，该提案在日本的国会一直没通过，据说这个提案也没有成为废案。参与“慰安妇”案件时，日本律师曾与我一起和几位日本国会议员见过面。

劳工案件呢，最初也就是见过一两位议员。2001年刘连仁案件一审胜诉，特别是福冈劳工案件之后，新潟劳工案件一审胜诉，越来越多的日本议员开始关注这件事情。2006年10月29日至11月3日，我们组织的八十位劳工和劳工遗属（同去的还有翻译律师及助手，共计八十八人赴日）到日本后，引起了更多关注。我们也加大了与愿意听取和能够体会中国受害者讲述受害经历的日本议员的沟通。特别是民主党，以人权委员会为核心的一些议员，成立了有关战后遗留问题的小委员会，其中还设立了有关中国劳工问题的小委员会，细川律夫担任干事长，他在民主党执政后曾担任厚生劳动大臣。

我们最初见的日本国会议员，总的感觉还是有一定的良心，愿意面对历史事实。劳工、日本律师及我本人对他们寄予很大的希望。后来我们和日本议员见得次数多了，人数也多了，可以说各党派的都有，如自民党、公明党、共产党、民主党、社民党等。共产党的党首志位和夫，民主党的前党首土井多贺子，社民党的党首福岛瑞穗，公民党的副代表等，我们都拜访过。其中共产党、民主党及社民党的部分议员在对待这些历史问题上更积极些。特别是有些年轻的议员，如民主党议员近藤昭一，他曾经当过记者，而且还会说一点中文。在民主党执政的时候，曾担当过环境副大臣。他的立场非常清楚，态度特别明朗，近藤先生认为历史问题不能回避，应当早日解决。但持这种观点的议员在日本国会中仍是少数。

与自民党议员古贺诚的见面，我印象比较深，古贺诚曾任自民党的干事长，也担当过日本遗族会的会长，还担当过财团法人的日中友好协会（日本有两个日中友好协会）的会长。我们与他见面时表示：对他关心这段历史的举动表示赞赏；希望他能发挥作用，敦促执政党尽快早日解决历史遗留问题。他表示也希望早日解决，但他表态后马上又跟日本律师说了几句：他们遗族会想组织战死在中国的日军遗属，到中国区祭拜他们的亡灵；如果不解决，遗属们想到中国去祭奠一下战死在中国的亡灵，这些都难以实现。他的这些话是用很小的声音说的，我问翻译后才知晓是上述内容。虽然这位先生是日中友好协会的会长，但其考虑解决历史遗留问题的出发点及目的与我们明显不同。我们是为了正视历史事实，加害者向中国的战争受害者真诚地谢罪并赔偿；而他们解决问题的目的，是为了战死在中国的日军遗属到中国去祭奠那些侵略者的亡灵。不分历史是非，面对受害者，面对战争罪行的时候，没有丝毫的愧疚，更谈不上忏悔。作为自民党成员，还算是持比较友好态度的议员都是这样的立场。

我们也曾拜访过自民党议员高村正彦，他曾任外务大臣等职。安倍二次任日本首相时，高村正彦先生担任了自民党的干事长，他曾是一位律师。刘连仁案件一审判决后，我与东京的律师曾一起到他的事务所去过，向他说明中国劳工的诉求，希望其支持。当时他没有正面回应我们的要求，只是表示，在《中日联合声明》签订的时候这些问题已经解决了，中国政府都放弃了。我理解他言外之意就是认为日本政府及相关日本公司不必向中国劳工承担赔偿责任了。

媒体报道他近几年来访中国的时候，又表示说要面对历史事实，和中国建立友好关系什么的。我不清楚这番表态有没有实际的内涵，日本该如何面对历史？如何面对其发动的那场侵略战争给包括中国人在内的亚洲多国国民造成的损害？如果既不向受害者谢罪也不给受害者赔偿，能称为面对历史吗？能建立真正的友好关系吗？

对于当年的那场战争，日本有些政治家曾表示要反省。我注意到，他们往往省略了关键词——侵略。他们只是说“日中战争”“太平洋战争”。日本教科书及有关中国劳工和原“慰安妇”受害者诉讼的判决书，同样在表述中隐去“侵略”二字，实际就是在回避战争责任。当年日本是主动入侵中国，持续 14 年的侵华战争，给中国国民带来深重的灾难，为保卫自己的家园，中国国民自卫抵抗。因此侵略国对于被侵略国的法律关系就是加害与被害关系，“侵略”二字直接指向的是问题的实质。如果真诚地直面历史，就应当准确、完整地表述当年日本发动的那场侵略战争的性质，向被侵略国的国民真诚谢罪，并承担赔偿责任。遗憾的是，鲜见日本的政治家能直面发动侵略战争的国家责任，更是回避对被侵略国国民的重大人权侵害的具体问题。这就是目前日本政坛的主流。

虽然日本有些国会议员多次明确表示应当解决强掳劳工及“慰安妇”问题，可能是他们的力量还不够，在国会上也不能形成主流的声音。我认为，虽然有一些议员对历史问题表现出一定的关注，但是在日本占主导地位的仍然是对历史问题采取回避，甚至有意歪曲事实的立场。在强掳中国劳工问题上一度引起日本国会议员比较广泛的关注，是在我们组织八十多人去日本后。

柒

八十人赴日本

2006 年 10 月，我们曾经组织了八十八人（包括律师及翻译等）去日本。这个行动的起因是在 2005 年的时候，中国法律援助基金会和中华全国律师协会共同成立了一个民间对日索赔诉讼专项基金。这个专项基金来自民间的捐款。在此之前，从 1995 年开始到 2005 年，中国的原告及律师等到日本出庭的往返费用，基本上都是日本的律师和日本的民间支援团体自己捐款或募捐来的。二十多件讼案，数百位原告，并且原告需多次去日本法院出庭，所需费用是很大的。这其中包括劳工案、“慰安妇”案、毒气弹案、南京大屠杀案、平顶山惨案及细菌战受害者索赔案等。中国方面那时候还没有捐款。起初我们在国内做调查使用的绝大多数费用也是来自日本方面的捐款。我内心很是过意不去，总是觉得不能什么都让日本律师来承担啊。为此，我们在使用中特别珍惜，尽量节俭。之后 1997 年、1998 年我到海南和其他地方调查，就由我自己来承担调查费用。

为中国老百姓做事，国内却没有支援者或资金支持，真是一件很遗憾的事。我一直想推动建立基金，经过中华全国律师协会努力，终于在 2005 年下半年，与中国法律援助基金会共同商定设立民间对日索赔诉讼专项基金。

此前，中央电视台曾把对日索赔的情况做了许多报道，在社会上引起了反响。2005 年春夏之交，天津的一位苏姓房地产商看到了有关报道，就通过电视台联系到我们事务所，来电话表示愿意捐款支援。当时我还在日本，事务所的同事以为这个人就是说说而已。因为前几年，我们碰到过类似的事，有的基金会主动找到我们，提出愿意支援，但需要我们把有关的材料准备好，让我们去募捐，募捐后把钱放到他们基金会，他们留 30%。我非常明确地告诉他们，不参加这样的募捐，也不会提供材料。

自 1995 年 8 月至 2003 年，中国劳工陆续在日本东京、札幌、京都、新潟、群马、长野、福冈、宫崎、山形、长崎、广岛、金泽等 12 家地方法院，以日本政府及相关日本公司为被告提起了 15 件损害赔偿诉讼。我不同程度地参加了 11 件，其中的 6 件讼案，我只参加调查工作，在札幌、京都、新潟及福冈起诉的 5 件讼案，我不仅进行调查，还作为原告的辅佐人多次去法院出庭。对劳工的调查涉及的地区较广泛，面也很大。当时在调查的受害者中还要选出身体尚可，能够去日本法院出庭的人员作为原告。确定是原告后涉及的人稍微少一些，即使这样，也是百人以上了。所以，我为此占用和牵扯了大量的时间和精力，以致很少有时间办理通常的案件。律师事务所是没有国家拨款的，一切费用都是自己承担。在调查时看到劳工、原“慰安妇”受害者生活困难，又不忍心不施以援手。随着诉讼的进展，原告不断增加，我感到压力越来越大，日本律师也感觉压力倍增。

我从日本回来，所里的同事告诉我天津的那位商人来电的情况，我没太在意。他虽然留下了电话，让我们与他联系，我也没给他回电。过了大概一个星期，他让公司秘书打来电话，正好我又没在办公室，事务所的同事就让他第二天再来电话。次日，我知道这个情况后，还是没有主动回电话。不是我有多大的架子，是真不想把时间花在一些扯皮的事上。第二天电话又来了，这是他的第三次电话。公司的秘书转告我说，公司的负责人很关注这个事，想进行援助，希望我到天津去谈。我没有答应，因为不知道他们真正的想法，只是说：“我没有时间去天津，如果你们觉得有必要的话，请来北京谈。”秘书后来回复说，公司负责人答应来北京。

记得我们是约在国贸附近的一个写字楼见面。果然这位公司老总苏先生来了，我不知道他是什么情况，就听他先讲。苏先生坦率地表示，看了中央电视台播放的对日索赔的报道，一直关注着对日战后索赔的事情。他说作为一个中国人，有责任要关注，不能忘了那段历史。他愿意捐款以尽绵薄之力，别的也帮不上忙。说实在的，我没想到一个经商之人，还这样关注对日索赔的事。即便有些触动，我内心还是比较平静的。他接下来直截了当地问："需要多少钱？"这一下我就真不知该怎样说了，因为我也不知道多少钱合适。

我就把以前对日诉讼总的情况简要向他说了说，介绍了为出庭往返日本的费用是日本律师及日本民间支援团体人员承担的。当时我对这位商人是否真心关注此事还是有所保留的。他再次强调："我愿意帮助你，你看需要多少钱？"我想了想说："如果你愿意帮助我，那就每个月帮助我们几千块钱，解决诉讼的一些日常费用吧。"我就把以前诉讼中有关的日常情况进一步做了介绍。人家能帮助解决一些调查费用和日常开支，我就很感激了，并没想要一个民营公司承担多少钱。没想到，他平静地说："我可以捐款一百万。"当时我一听，很震惊，此前还没有碰到过这种情况，我心中突然涌起一股暖流，不是因为他能给我们多少捐助，而是他真诚的行动让人感动。他又表示要把钱捐给我的事务所，由我直接支配使用。我向他表示不能直接接受，并向他介绍了将设立民间对日索赔专项基金的事情。他说对基金会不是特别信任，坚持把钱直接给我们，由我自行支配。他说："你怎么用都可以。"我还是表示不能接受，并对他表示，如果不捐给民间对日索赔诉讼专项基金，那我就不能接受他的捐款了。在此情况下，他便同意捐给中国法律援助基金会作为对日索赔诉讼专项基金了。

过了一个多月，全国律协正好组织在天津开律师论坛会，我就请法律援助基金会的负责人一起到了天津。与这位苏先生见了面之后，我就去参加律协会议了，没参与他们的具体交谈。后来，基金会的人员及苏先生分别告诉我，他们已经以几方名义签署了协议：一个是捐款人，天津的这个房地产公司，接受捐款的是中国法律援助基金会及中华全国律师协会共同设立的民间对日索赔诉讼专项基金，另外，把我也算作一方了。听基金会的人讲，把我算作一方，是那位捐款人苏先生坚持的意见。但是我没有签，因为不想在这个钱的问题上具体介入，还是由基金会管理。律协参与对该专项基金管理确定的原则是，基金存放在法律援助基金会，律协监督使用，范围限于赴日参加诉讼来回的航空及陆路交通费，以及国内调查和专题研讨会。律协对这个基金的使用还设立了一个专门小组，对基金的使用进行审查。每次使用前都要申请立项、报告、审批、票据审查、报销。最终审批的是律协的秘书长，之后还要报法律援助基金会。

天津这位苏先生，从捐款之初，就一直不让我们对外提他的名字，他是真正的不为名利，只是用自己的实际行动来表示着一个中国人应尽的责任。我由衷地敬佩他，不是因为他捐了多少钱，中国现在有钱的人很多，鲜见有此作为的。我是敬佩这位苏先生那颗对民族尽责之心。

前面提到的，为了推动日本法院和日本主流社会对历史问题能有一个清醒的认识，我们在 2006 年的 10 月份组织了八十名劳工和劳工遗属到日本表达诉求的活动，先去了东京，后来又分组去了福冈、新澙、山形、群马等地，开展这次大规模活动也是苏先生提议的。他说：“看到原告们一次一次去日本，一次一次无功而返。对日本政府和有关日本企业没有触动，干脆你们组织一百人去日本吧，给日本有关方面造成一定的影响，促使日本社会从上到下，能有一个认识。”还表示由他来承担费用，我对他说：“你已经捐出了那么多钱，别再出了。”不过我觉得他的提议很有道理，就向律师协会做了汇报，希望组织一百人去日本的活动能够使用专项基金中苏先生的那部分捐款。

经过一番研究与咨询，依据捐赠合同中的特别约定，在没有违反基金会管理办法的前提下，解决了这次百人赴日计划的经费问题，让我们长舒了一口气。但后来我们计算了一下，从 2005 年到 2006 年期间已经有多位原告与律师前往日本，在整个对日索赔诉讼专项基金中，一直先使用的就是天津这家公司的捐款，如今其剩余的捐款只怕已不够支付百人赴日的费用了。

我们和中国及日本的旅行社联系，旅行社答复说，如果单是作为旅游，这些经费是够的，但是他们一听说我们赴日的意图和参加人的情况，都挺紧张，表示这种情况他们要全程陪同，日本协作的旅行社也要全程陪同。加上我们提出到日本后住的宾馆要方便我们进行活动，这就不能选择旅行社日常联系的位置比较偏远的宾馆了，费用又要增加。再加上那么多劳工幸存者和遗属，八十岁左右的就有三十多人，如此多高龄老人，安全问题就显得愈发重要，整个活动都要包车，在日本包车又是一笔昂贵的花销。最后，再三考量，依据经费的情况我们决定将人数缩减为八十八人，其中包括四位律师，两位助手，两位翻译。凤凰卫视也派了两位记者全程随访，他们是自担费用。

我们事先做了二十多幅条幅，把调查中的劳工幸存者因当年所受摧残造成的伤痕和残疾的照片印在条幅上。条幅是用防雨布做的，每个条幅两米长，一米宽，一共二十多幅，连接起来有好几十米长，每个条幅都按顺序编上号，装好袋，事先做了分工，由劳工遗属分别带着。在人员安排上，考虑到有不少高龄老人，故我们把劳工和遗属岔开安排，五六个人一组，每个组都由劳工遗属当负责人，两三位遗属带两三位劳工，基本是劳工和劳工遗属一对一安排，从北京出发到返回，都要结伴而行。

许多人是第一次去日本，怕他们走丢了，所以细致到上下车的注意事项，活动中谁挨着谁，房间的具体安排，安全的细节及行李的标记等问题，都一一沟通确认了，以防万一。工作对象大都不识字，八十多人的签证材料，填写项目相当繁杂，每个人的相片、护照、户口簿及相关证明文件，要逐一对应填写，这些琐碎的事务都是我们事务所行政主管任芳带着几个年轻人完成的。签证手续办理得很快，日本律师都感到很惊讶。我直接通过航空公司预定了机票，赴日人员分别从河北、河南、山东、山西、湖南、江苏、上海、浙江等地来到北京集合，我们统一安排了住宿，包车去机场。整个准备工作用了两个多月的时间，安排还算比较周密。

这次八十多人去日本，在日本当地造成了比较大的影响。现在回想起来，当时的这些做法，真是够大胆了。在日本进行的示威活动，事先通过日本律师向日本警方做了申请，获得了批准，是合法的活动。日本有关方面也做了认真的准备，支援会那边主要是由涩谷广和先生、永村诚朗先生负责，日本律师主要联络的负责人是高桥融律师、森田太三律师。高桥律师是劳工案的律师团团长，森田律师是事务局长，这几位先生是日本方面这次活动的主要负责人。

到了东京以后，我们先去了日本的最高法院。中国来的八十多人再加上日本的支援团体，就是百人以上了，在日本最高法院的外围形成了一个半包围圈，以受害者本人和条幅上的受害证据向日本民众充分展示。日本律师和支援团体也准备了宣传车，用喇叭向市民宣传，声势浩大。

在东京高等法院附近，我们也组织了一次游行。东京高等法院地处日本的政治中心，距国会较近。我们国内一行与日本支援会的成员在日比谷公园集合，按照事先确定的路线，经高等法院再到国会和参众两院会馆。中国来的八十多人，加上日本的律师，当地支援会，北海道、群马、新潟、福冈、山形、京都等地支援会的代表，游行队伍有近两百人。我们拉开事先准备的图片条幅，各地支援团体也都打着条幅，队伍浩浩荡荡地出发。日本警察在游行队伍前面开路。一路走，一路高呼口号。支援会还联系了宣传车，一直伴随着游行队伍，支援会的人员用喇叭讲述中国劳工受迫害的事实，让更多的日本市民听到、看到并了解这些历史事实。

从东京高等法院到日本国会大厦对面的议员会馆，距离不远。游行队伍向前挺进，我在队伍外面照相。到了国会大厦附近，我看到队伍中田春生老大爷向我招手，看他表情很不舒服，就赶紧过去问他："大爷您怎么了？"他说："我想哭。"我以为他不舒服了，就让他到路边休息一下。他说："不是。我没想到，我还能活着在这个地方喊出我当劳工的时候想喊却根本不敢喊的话。要求三井谢罪、赔偿！"我说："田大爷你如果难受就出来歇歇。"他说："我不，我要在队伍里。"我明白大爷为什么如此痛苦。

田春生老大爷在十四岁的时候，与父亲一起被日本人强掳到日本，到三井三池矿业所万田坑做苦役。他是山西人，原来姓姬，叫姬春生。家乡遭灾就剩下父子两人，逃荒到了河南后被日本人抓了。被强掳到日本后，父亲被迫下煤窑干活，他因为年少，有时下煤窑，有时在地面上做一些杂工。父亲由于过度劳累，没过多久就得了重病，在临死前，父亲把他托付给了另外一个姓田的难友，那位难友是河北徐水县人，年纪和他父亲差不多，当时都是四十多岁。他父亲交代好后，就离世了。

田大爷告诉我，在异国他乡，身边唯一的亲人去世了，他觉得自己没法活了。然而，他的父亲没有看错人，养父对他很好，处处关照，一直到战争结束

八十多位劳工及遗属到日本向日本政府及相关日本公司表明索赔的诉求，日本民间支援者到场支持。

2006 年 11 月摄于日本东京

日本民间支援团体与中国劳工和遗属，在鹿岛建设株式会社门前向公众说明当年鹿岛公司奴役劳工的罪行。讲演者为支援团体负责人涩谷广和。

2006 年 11 月摄于日本东京

回国。由于他从山西出来时一路讨饭，记不清路了。回到国内后就跟他的养父到了河北徐水。他的生父、养父及他自己，都是劳工，都是在三井公司做苦力。他的养父回国没有多久也去世了。田大爷曾痛苦地对我们说："挨打是经常的事，挨骂就不用说了，根本就不把劳工当人。"这次到日本他是福冈诉讼的原告，因为他在原告劳工里相对年轻，也为了让他在出庭前先熟悉一下有关情况，当我请他参加这次活动时，他不假思索地答应了。

到了东京后，这种阵势勾起了他对当年很多的回忆，心情非常激动。田大爷对我讲："走在这里，我想起了我爹，我就觉得我爹也跟着我一起走。"听田大爷说这些话，我也挺难受的。我说："要不大爷您出来休息会儿再走。"还是那两个字："我不！""康律师你别笑话我，我想忍着，忍不住我就得掉泪了。"我说："没关系，你心里不舒服，想哭就哭吧，哭出来心里好受点。"说完这句话我马上转身离开了，再和大爷待一秒钟，我也会哭出来了。我急忙离开去招呼大家，去照相，当我再偷眼看大爷时，大爷还在走着，跟大家一起喊着口号，一路走，一路在抹眼泪。我担心大爷出事，就远远地看着他，说实话，我真想陪着大爷走，替他分担点什么，但我真不敢靠近大爷身边了，我怕自己失态，毕竟我还要领着大家往前走啊。

这支由中日两国国民组成的特别队伍，让好多日本市民驻足观看。游行队伍到了日本国会大厦对面的议员会馆后，除了自民党以外，民主党、社民党、共产党的部分议员都站在会馆外面，他们身着正装，斜挎着绶带，很正式地接待这些中国劳工，并且表示对劳工的支持。劳工代表向这些议员递交了书面诉求。日本多家媒体报道了这些活动，引起了一些震动。据说，民主党专门研究劳工索赔有关问题的小委员会，也是这次活动后促成的。

三菱公司在诉讼中一直是回避事实，推卸责任。这次赴日八十多人中，也有当年被三菱公司强掳的劳工及遗属。我们事先已告知该公司，要求与其面谈。到了三菱公司办公大楼，三菱还是不见面，同去的八十多人就一起在三菱的门口抗议。最后虽然见了，但之后没有任何表示。这也就是前面"与日本公司的交涉"部分所提到的，我们与三菱公司法庭外的第一次交涉。

之后又到了三井公司。在三井公司门口也做了同样的讲演活动。上次到三

中国劳工及遗属在三菱综合材料株式会社办公楼前示威，抗议该公司拒绝接收中国劳工的书面要求。

2006 年 11 月摄于日本东京

日本共产党及民主党部分议员在议员会馆门前，接待中国劳工及遗属前来递交给日本政府的敦促函。

2006 年 11 月摄于日本东京

井做敦促活动时，三井公司的人拒绝见劳工及律师，这次同意见了，把劳工、遗属、中日律师和支援会成员共十几位人员请到公司一个大的会议室里，接待者还是上次那位用身体阻挡着不让进大楼、不让进电梯、不让进三井公司门的那位总务部代表。这次不但让我们进去了，还让大家坐下来谈。当时我们就表扬了他："现在有进步。你的这种态度是好的开端。当年对中国劳工的那种侵害的行为，不是你们现在这些人具体实施的；由于当年的侵害一直没有解决，现在你们公司要对此承担责任。应当面对这个事实，不应再坚持战争时期的立场。"听到我们的话，他挺高兴："是，我们已经有一些改变了。"这样，我们之间谈话的气氛就显得相对轻松了。谈了半个多小时，表达了劳工的诉求后，我们就离开了。

在日本期间，我们每天晚上都和日本律师、支援团体碰头交流，各个组汇总情况，安排第二天的行程。日本律师和我们通力合作，加上支援团体的有效跟进，整个活动都有条不紊地进行着。分组在东京活动时，也由几位日本律师领着，分别再次到议员会馆见议员；还到一些日本党派那里反映诉求；对一些被告公司也去做了敦促。之后，参加福冈诉讼的劳工由福冈律师和支援会的人员引领着接去了福冈；新潟、群马、长野、山形的原告也分别到了当地参加活动，在当地又掀起了一个个小高潮，当地的媒体也纷纷做了报道。

我留在东京，与日本律师一起跟比较重要的日本议员再次交谈，希望他们推动劳工问题的解决。各地大规模的宣传，律师与议员的深入交谈，加强了日本有关社会层面的关注。

这次活动，多数劳工遗属是初次出国，七八十岁的人就占了近一半，回来后我还真有点后怕。这么多人，没有任何意外的事情发生，连日本律师都说难以想象。作为牵头人，我当时没有考虑别的，只是义无反顾地把这些受害者组织起来，一心一意地到日本去追讨正义，追讨尊严。

捌

诉讼中的成败

中国劳工及原“慰安妇”受害者在日本法院的诉讼，2000 年之前日本相关法院做出的判决连基本事实都不确认，直接以超过时效，个人不具有国际法意义上的主体资格及“国家无答责”为由，驳回原告的诉求。原告及我们中、日律师和日本支援团体并没有退缩，从 2000 年开始，中华全国律师协会对日本相关法院的不当判决都发表了声明，同时公开表示对中日律师的支持。面对这种判决，受害者虽然很气愤，但他们表示：只要自己活着，就要和他们斗争。原告的这种坚定信念，也时刻激励着我们。

经过中日两国律师的不懈努力，日本支援团体的坚定支持，在 2001 年 7 月 16 日，刘连仁案件的判决出现了一些转机。刘连仁起诉的是日本政府，东京地方法院一审判决刘连仁胜诉，原告要求日本政府赔偿 2300 万日元，法院全额支持，并对刘连仁被强掳为劳工的事实全面认定。但是，并未判令日本政府对其在战争时期强掳中国劳工承担责任。判决是以刘连仁逃到了深山，在 1945 年战争结束之后，日本政府与日本公司没有任何人寻找他，不管其死活，以致刘连仁浪迹荒山十三年之久，直到 1958 年才被猎人发现。刘连仁走出深山的时候，都不会说话了。法院是以日本政府战后救助不力，判令其承担责任，我觉得法官还是给日本政府留了面子。不管怎样，毕竟支持了原告的诉求，算是胜诉。

刘连仁案宣判的那天，我和刘焕新（刘连仁的儿子）都在，宣判前我们并没想到能胜诉。法官宣判完毕后，律师及旁听席支援会的成员都情不自禁地相互握手或鼓掌，赶紧走出法庭，把胜诉的消息告诉在门口等候的其他支援者。当时大家都特别高兴、特别兴奋，支援会的迟永伯子甚至喜极而泣。虽然我没有表现得太过动情，但内心的欣喜是无法形容的。这份判决让我看到了这位日本法官的良知和勇气。遗憾的是，刘连仁老大爷没有看到这份判决，他在判决的前几个月已经去世了。

虽然法官在判决中没有追究日本政府战争期间的法律责任，但在判决中确认了强掳中国劳工的事实，对正在审理的其他劳工案件将起到不可估量的积极作用。判决的当天，日本政府就表示要上诉。

在此之后，2002 年 4 月 26 日，福冈地方法院对刘千、张宝恒等十五位原告起诉三井公司和日本政府案件，做出一审判决，法官从公平和正义的角度没有支持日本政府和三井公司对原告诉求所做超过时效的答辩，判决确认了日本政府与相关日本公司所属的业会共同策划共同实施了强掳中国劳工，迫使其在残酷的条件下从事重体力劳动的行为，但没有判决日本政府承担责任，只是从违反安全保护义务的角度判令三井公司向原告每位补偿 1100 万日元。不过，认定了对中国劳工的强掳行为，这一点还是很有意义的。

2004 年 3 月 26 日，新潟地方法院做出一审判决。这个判决特别值得关注的是，东京地方法院在刘连仁案判决中是以日本政府战后救助不力判令其承担责任；新潟地方法院判令日本政府和新潟临港集团承担责任的前提是，首先确定了日本政府、日本公司共同策划了强掳中国劳工的行为，中国劳工在日本遭受了非常残酷的虐待。在有关中国劳工遭受残酷虐待这一事实方面，全面支持了原告一方的举证。

新潟律师团的律师不仅在诉讼中列举了原告的陈述，还查出了 1944 年、1945 年这两年新潟地区的天气预报记录，记录显示当时冬天的气温很低，雪下得很大，有时甚至达一两米深，在这种情况下，中国劳工穿的是单衣，还要承担高强度劳动。法官在判决中确认：虽然供给一天三顿的饭食，但其内容只是一顿两个馒头，有时再加点萝卜缨子咸菜的程度，其分量及营养都不充分，对于从事码头装卸的工人，至少要提供一天三千千卡以上分量的伙食，才能保持营养平衡。

法官确认了原告方这一系列证据后，做出的结论是中国劳工受到很残酷的虐待，并且确认了中国劳工的死亡率很高。判决书中还确认，在战争结束后，没有对劳工做任何的道歉、任何的说明，反而匆匆忙忙把劳工送走，销毁资料，在国会上做不诚实的陈述（即安倍的外公时任日本首相岸信介对于刘连仁被发现后在国会所做的陈述）。这一系列的行为一定程度上阻碍了原告行使诉权。因此，如果以超过时效来阻止原告行使诉权的话，显然是有失公平和正义的。

法官是在上述确认的基础上，以日本政府和新潟临港集团违反了安全保护义务，判决日本政府和临港集团共同向每位原告补偿 800 万日元。这个判决虽然未达到原告主张赔偿的 2300 万日元的诉求，但是该判决重大的突破就是，排除了时效问题，追究了日本政府及公司战争期间的责任。时任日本政府的官房长官福田康夫在判决的当天就发表讲话，说这是太严厉的判决，不能接受，表示要上诉。临港集团在判决的当天也表示上诉。

上述几个判决的宣判，我都参加了，当时那种热烈的气氛，激动的心情，真是难以言表。

还有一个案件，即中国劳工在广岛地方法院以西松建设为被告的诉讼，我没参加此案。该案一审判决劳工败诉，2004 年 8 月，广岛高等法院二审改判中国劳工胜诉，这是日本唯一一家高等法院在战后索赔案中做出支持受害者诉求的判决。

近十年的努力，终于推动整个劳工诉讼向前走了一大步，太不容易了！

回想在最初案件的一审中，日本公司对事实根本不答辩。有了这些称得上胜诉判决后，日本政府和有关公司在二审的时候，就开始对事实加强关注，甚至还找了假证人。如中国劳工在山形地方法院以日本政府及酒田海陆运送株式会社（简称“酒田公司”）为被告的诉讼，该法院一审判决确认了中国劳工被奴役遭受虐待的事实，但以请求权已放弃为由驳回了原告的诉求。在仙台高等法院二审期间，酒田公司找了证人出庭作证，试图证明他们对中国劳工没有那么残酷。这个日本证人说是跟中国劳工一起劳动的，但在法庭询问后证明，这个日本人是在中国劳工 1945 年底已经离开了日本之后，才到酒田公司的，根本没见过中国劳工，更不可能与中国劳工一起劳动，法官没采纳他的证言。

除了明目张胆地找人做假证之外，还有一些公司对事实狡辩，其中古河机械在答辩状中称：“中国人说当年在这里受到了虐待，那是在战争时期，我们日本人饮食也很缺乏，日本人的条件也很差，相比起来，中国劳工在这里还能一天吃三顿饭，我们有些日本人连三顿饭都没有。”当然，代理原告方的日本律师，举证反驳了被告的狡辩。法院在判决中引用古河机械的答辩意见，同时引证并确认了一个事实：中国劳工不仅死亡率高，而且很多人因为严重营养不良，得了夜盲症，有的还角膜溃烂。中国劳工是在营养极度不良的情况下，才出现这种情况。如果说日本国民当时条件也很差，但是没有看到日本国民当年出现夜盲症这方面的记录。

这其中，在日本港运业会七尾华工管理事务所（现名称为七尾海陆运送株式会社，简称“七尾港运”）做苦役的 200 多名中国劳工中，有一百多名患了夜盲症，其中七十名角膜溃烂，甚至出现了双目失明，或单眼失明的情况。这就是由于严重营养不良所导致的。

也有日本公司在答辩中称：“中国人说在煤矿底下很艰苦，我们日本人同样也在底下做工啊。”代理原告的日本律师同样举证反驳了该公司的辩解，并获得了法院的支持。法院在判决中确认：中国劳工做工的地方，最低的地方高度实际只有 50-70 厘米，只能蹲在那儿或跪在那儿，不可能直起腰干活，十几个小时的劳作，是怎样一个情况，不可想象。这些事实都在判决中得以详细认定。

在 2000 年之前被告日本政府及相关日本公司的答辩，基本是以超过时效、个人不具有国际法方面的主体资格及“国家无答责”为由抗辩。后来逐渐有法院判决支持或部分支持了中国劳工的诉求，即使未支持原告诉求，在事实方面也支持了原告方的举证，确认了加害与受害这一基本事实。曾有被告以中国政府在《中日联合声明》中已放弃赔偿（包括个人）作为抗辩理由，但即使未支持原告主张的判决，多数法官也并不认为中国国民个人的请求权在《中日联合声明》中已放弃。

新潟地方法院的一审判决中表示：

从“宣布放弃对日本国的战争赔偿要求”这《日中联合声明》第五项的字句里，难于直接解释为中华人民共和国（政府）放弃包括个人的受害赔偿……关于中国国民个人受损害对被告国家的损害赔偿请求权，尤其是根据违反保护义务（安全考虑义务），这义务不履行的损害赔偿请求权，难于解释为由于《日中联合声明》被放弃。

在2005年之前，东京、福冈、新潟、广岛等多家日本地方法院及高等法院，做出的一审、二审判决中，均未支持日本政府的“请求权放弃论”的主张。

2005年3月18日，东京高等法院在郭××、侯××为原告的山西第二批中国“慰安妇”诉讼案判决中，首次支持了日本政府的“请求权放弃论”的主张。但此时该理由还未被日本相关法院普遍接受。

2007年1月15日，日本最高法院决定将于3月16日对日本公司西松建设就中国劳工提起索赔诉讼的上诉案进行专题辩论，而辩论焦点即是中国公民是否已放弃了对战争损害进行索赔的请求权。

为便于公众了解这次辩论的背景及用意，我曾于2007年1月29日写了一篇文章。

“请求权放弃论”出笼的背景

——日本国最高法院拟开庭专题辩论的用意

目前在日本国各法院审理的，日本侵华战争中的部分中国受害者诉日本政府及相关日本公司的索赔案件中，已有八件在日本国最高法院（不含最高法院已裁决的案件）审理中。在这八桩案件中，有七件是中国受害者不服日本相关高等法院的二审判决而提起上诉,有一件是强掳中国劳工的日本公司西松建设，不服广岛高等法院判令其向中国劳工给予补偿的判决而提起上诉。尽管我们早已提交要求开庭审理的书面意见，但日本国最高法院并未对中国人上诉的案件安排开庭审理。而是在近日（2007 年 1 月 15 日）决定，对日本公司西松建设提起上诉的案件开庭审理，并决定就中国政府是否已代表中国公民放弃了索赔请求权一项进行辩论。

那么，我们就十分有必要对日本国最高法院为何仅对日本公司西松建设提出上诉一案开庭审理，且决定以中国公民的请求权是否放弃为辩论的焦点予以关注。

一、“请求权放弃论”出笼的背景

1. 对“时效”“除斥”及“国家无答责”的否定。

自 1995 年 6 月起，中国部分受害者陆续在日本东京、札幌、京都、长野、福冈、新潟、群马、山形、宫崎、金沢等多家法院，向日本政府及相关日本公司提起了损害赔偿之诉。涉及大屠杀案、无区别轰炸案、遗弃化学武器和炮弹案、731 细菌部队活体试验及投放细菌弹案、“慰安妇”案及强掳劳工案等共计 27 件。作为加害者的日本政府在 2002 年前的诉讼中一直回避事实，仅以超过了时效及“国家无答责”等作为抗辩理由，推卸责任。相关日本公司亦与日本政府持同样的态度。日本法院在 2000 年之前做出的判决，也是简单地依从日本政府的主张，判决中国受害者（原告）败诉。

经中日双方律师、学者、日本民间支援团体以及原告们的努力，2001 年 7 月 12 日，东京地方法院在刘连仁劳工诉讼的一审判决中，首次以公平、正义的法律基本原则，否定了日本政府“时效”“除斥”的抗辩理由，支持了中国劳工刘连仁的诉讼请求。之后 2002 年 4 月 26 日福冈地方法院对中国劳工诉日本政府及三井矿山的损害赔偿案，2004 年 3 月 26 日新潟地方法院对中国劳工诉日本政府及新潟临港集团损害赔偿案，2003 年 9 月东京地方法院对中国部分受害者以日本政府为被告的遗弃化学武器和炮弹案，2004年7月9日广岛高等法院对中国劳工诉日本西松建设公司的损害赔偿案等判决中，均适用了“公平”与“正义”这一法律基本原则，否定了日本政府及相关日本公司以超过“时效”和“除斥”期间来作为推卸责任的抗辩。此外，2003年1月15日，京都地方法院在中国劳工诉日本政府及日本冶金工业株式会社损害赔偿案中，虽然未支持中国劳工的诉讼请求，但该案的判决第一次否定了“国家无答责”的适用。之后，在东京高等法院、福冈高等法院及新潟地方法院的多件判决中，均同样否定了日本政府坚持的“国家无答责”这一主张。另外，目前各法院已做出的判决中，均认定了中国人（原告）举证所证明的受害事实。

从上述事实中可以看出，对日索赔诉讼是在缓慢地前进，承认原告主张的潮流，已在逐渐形成。

2.“请求权放弃论”的出台。

然而就在这个时候，日本政府从2002年底即中国人对日索赔诉讼开始了7年之后，在各个诉讼案件中又提出了一个新的主张，即“原告们的个人赔偿请求权已通过条约被放弃了”，这就是“请求权放弃论”。

① 日本政府以《日华和约》为依据，提出中国人请求权已放弃的主张。

1952年4月8日，日本政府与台湾当局签订了《日华和约》。该和约承认了《旧金山和约》的原则。有人认为个人赔偿请求权的问题在《旧金山和约》中已解决，但该和约在文字上无此体现。

② 日本政府认为，与中国政府签署的《中日联合声明》是在《日华和约》已解决了战争赔偿问题，所以其后不能将赔偿要求问题旧事重提的基础上签署的。因此，中国人的战争赔偿请求权早已因条约的签订而放弃。

二、对“请求权放弃论”的反驳

1.中国并未签署《旧金山和约》，并非该和约成员国，因此，该和约对中国无约束力。

2.《旧金山和约》中并未绝对放弃个人的请求权。

日本政府在西伯利亚被扣留的日本人诉讼及原子弹受害者诉讼中均表示，日本政府一贯主张，这里（指《旧金山和约》）放弃的不是个人的请求权，而是政府代替个人向他国请求赔偿的权利（即外交保护权）。但在同类的中国人作为原告的诉讼中，日本政府却做出相反的解释，这种双重标准的做法显示出日本政府对待责任问题是极不诚实的。

3.《日华和约》是无效的且当时即是有限使用。

当年日本政府与台湾当局签订的《日华和约》的附属于和约的交换公文中限定，《日华和约》只能适用于中华民国当时和将来实际支配的地域。所以，《日华和约》本身已确定了不能适用于中华人民共和国。

另外，1972年，中日两国恢复邦交，一个中国是前提，日本政府是在承认这一前提下与中国恢复邦交并签署了《中日联合声明》。该“声明”第二条规定：“日本国政府承认中华人民共和国是中国的唯一合法政府”。现日本政府又以其与台湾当局签订的《日华和约》来进行抗辩，这一做法已违反了其在《中日联合声明》中所表明的立场。

4.《中日联合声明》并未放弃个人的请求权。

1972年，中日两国政府签署的《中日联合声明》第五条规定“中国政府为了中日两国人民的友好，放弃对日本国的战争赔偿要求”。

众所周知，因战争而产生的求偿主体为国家、团体及个人，这是基于受害的特点。个人或团体的财产不可能简单地以国家财产替代，个人的权利同样不能无条件地完全由国家代为处置，且权利的放弃应当明示。中国政府在《中日联合声明》中并未明示代表中国公民放弃了赔偿请求权。

因此，前述所引证的在2005年之前，东京、福冈、新潟、广岛等多家日本地方法院及高等法院，做出的一审、二审判决中，均未支持日本政府的“请求权放弃论”的主张。

三、日本法院的动向

2005年3月18日，东京高等法院在第二批中国“慰安妇”诉讼案判决中，首次支持了日本政府的“请求权放弃论”的主张，该判决认为：1952年《日华和约》缔结时，中华民国政府是“正位政府”，与日本缔结的条约是有效的。关于战争赔偿问题是适用国家间的，不是限定在部分地域适用的，因此包括中国大陆在内的中国全境，都可以适用《日华和约》。东京高等法院的这一明显违反法律，并带有挑衅的判决，向世人显示了日本司法界的一个危险信号。近日，日本国最高法院提出的“请求权放弃”这一辩论议题，正是在这一大背景下产生的。

四、结论

作为当年发动那场惨绝人寰的侵略战争的责任者——日本政府，在战争结束后，始终未能真诚地反省，更未承担完全不容推卸的战争责任。中国部分受害者在有良知的日本律师和日本国民的帮助下，到日本国的法院提起诉讼，希望通过法律途径，解决这一重大历史遗留问题。这一做法，实际也给日本政府及相关日本公司提供了一个体面纠错的机会。遗憾的是，日本政府及相关日本公司毫不珍惜这一机会，而是想方设法、不遗余力地推卸责任，在一个一个的借口接连被推翻后，又搬出了“请求权放弃论”。一些日本的法官，为免除日本政府及相关公司的责任，不惜引发外交风波，公然践踏《中日联合声明》中确定的一个中国的立场，以与台湾当局签订的《日华和约》来推断中国人的请求权已因条约的签订而被放弃。若这一借口得到了日本最高法院的不当支持，对日本政府来说，将是最彻底的、无后顾之忧的结果，可以从根本上将中国人提起的各件诉讼全部封杀，从而从根本上免除了日本政府及相关日本公司的战争责任。毫无疑问，我们应当对这一公然无视法律的做法予以强烈的谴责。

2007年4月27日，日本最高法院同一天做出有关中国劳工及“慰安妇”五个案件的判决，两个“慰安妇”案、三个劳工案，均判决中国原告败诉。主要就是以“请求权放弃”为理由。虽然日本最高法院的判决对事实全面认定，但还是坚持该判决用《旧金山和约》的框架，来解释《中日联合声明》。判决中认为《中日联合声明》没有违背《旧金山和约》的原则，因此《中日联合声明》第五条中国政府放弃赔偿，包括了个人在内的索赔请求权。简单讲，日本最高法院的这一判决理由，至少一是违反了公约只对成员国有约束力的原则；二是违反了权利的放弃应当明示的原则。

中国不是旧金山公约成员国，在 1951 年 8 月 15 日中国政府授权周恩来外长发表声明，明确表示："……美国政府不让其他曾受日本侵略损害的国家向日本要求赔偿，有其不可告人的隐衷，就是为保存日本的赔偿能力和履行义务能力，继续供给美国独占资本的榨取。……中华人民共和国中央人民政府再一次声明，对日和约的准备、拟制和签订，如果没有中华人民共和国的参加，无论其内容和结果如何，中央人民政府一概认为是非法的，因而也是无效的。"该公约至今对中国也没有约束力。对于台湾当局和日本协定的所谓《日华和约》，中国政府严正声明：坚决反对，绝不予以承认。

战争损害包括国家、个人及法人，《中日联合声明》通篇没有对中国国民个人要求赔偿的权利做出放弃，所放弃的只是国家方面的赔偿。这本是显而易见的事实，日本最高法院的这一判决理由，似乎体现的是日本政府坚持回避侵略历史、推卸法律责任的政治立场。因此，该判决更像一份日本政府的文件。此后日本相关法院对于中国受害者提起的损害赔偿诉讼，均以"请求权放弃"为由，免除了日本政府及相关日本公司的法律责任，并以此在日本关闭了司法解决的大门。

不过，从律师的角度看，虽然在日本的索赔诉讼都败诉了，但法院对事实均予以认定，而对事实的认定为下一步的解决奠定了基础。从这方面看，是败中有胜。前期在日本相关法院的整个诉讼还是非常有意义的。

玖

已有的和解是苦涩的和解

日本民诉法没有集团诉讼的制度，法院的判决只对起诉的原告有效。由于起诉前已知战时至少有 38935 名中国人被强掳到日本国做苦役，若按照日本一般共同诉讼制度，则只可能解决少数有机会起诉者的诉求，而参与中国受害劳工诉讼的中日律师，期待的是通过诉讼推动解决当年被强掳的全体劳工的赔偿问题。因此，在进行调查准备起诉时就向可能作为原告的被调查人说明了诉讼目的。虽然是个人起诉，但不仅是劳工一个人的问题，原告的立足点就不能仅仅考虑到原告个人权益的解决。在和原告取得共识后，提起了诉讼。

诉讼是很耗费精力的，中日律师及日本民间的支援者们在这十几年的诉讼中都付出了很大的代价。诉讼期间，我们从来没有排斥以和解的方式来解决问题，基本每个案件的主审法官都曾提出过和解建议。对于法官的建议，相关日本公司表现消极，日本政府则一律拒绝。此外 2000 年之前日本东京地方法院（由于最初的诉讼是在东京提起，1997 年底后才陆续在其他地方法院提诉）的判决，连基本的事实都没有认定，即支持日本政府或相关日本公司的抗辩，以个人不具有国际法意义上的主体资格、超过了时效等，驳回了中国劳工及“慰安妇”的诉求。对此，原告及中日律师和日本支援者当然不能容忍。上诉、律师团声明、抗议活动、中华全国律师协会发表声明等都没有停止过。这时出现了一个特别因素。

1999年8月，美国加利福尼亚州议会通过一项法案，规定：该法案适用于战时的奴役劳工，诉讼时效延长至2010年，欧洲和亚洲的受害者都可以在此期间起诉在美国设有分支机构的日本企业。加州有了这样的立法，中国劳工就有了在美国起诉日本公司的可能。在2000年初的时候，美国律师费舍及杨立律师（华裔）主动与我及日本律师联系，希望跟我们合作，选择并代理几位劳工代表到美国加州去起诉。当时我与合作的日本律师团的律师意见是，希望在美国及日本两地的诉讼能够相互呼应，起到推动的作用。首先考虑的是在美国起诉三菱公司。这一系列因素，使相关日本公司感到了压力。

在中国劳工对日索赔中的另一个以新美隆律师为代表的日本律师团代理的起诉日本鹿岛建设株式会社（简称“鹿岛公司”）案件，1995年6月28日在东京地方法院起诉。1997年12月，该法院即以已超过时效等为由，直接从法律论角度判决驳回原告诉求，对事实部分都未予认定。中国劳工反抗残酷虐待而发动的“花冈暴动”就是该案所涉事实。

提到花冈暴动，就必须谈到这次暴动的领导人——耿谆。耿谆曾任中国抗日军队的上尉连长等职，在1944年5月，耿谆率部参加洛阳保卫战，在战斗中耿谆腹部等多处受伤，不幸被敌军俘虏。1944年8月至次年6月，耿谆和近一千名中国战俘和平民成为日军强掳的劳工，在日本秋田县花冈町为日本企业鹿岛组做苦役，受尽了苦难。由于日本政府和奴役劳工的企业鹿岛组的残酷迫害，先后共有418名劳工命丧日本，史称“花冈惨案”。

1945年6月30日，不堪忍受欺辱的劳工们，为捍卫民族尊严，在耿谆率领下，700余名中国劳工发动了“花冈暴动”，反抗日本人对劳工的欺压，震撼了整个日本。暴动遭到日本军警的残酷镇压，当场有115名劳工惨遭毒打和凌辱、虐待致死，耿谆等12名暴动主要成员被捕入狱。1945年9月11日，耿谆竟被战后的日本秋田县法院无理判决死刑（后改判为无期徒刑）。二战结束后，1946年，东京审判的附属法庭横滨国际军事法庭对BC级战犯审判中认定：“花冈惨案”是日本违反国际公约迫害战俘和劳工的典型案例，分别判处河野正敏、伊势智德等罪犯绞刑、无期徒刑和有期徒刑。后来因冷战的格局形成，实际都没能执行，没有几年罪犯全都释放了，此事不了了之。

然而，无论如何，战后横滨法庭审判的时候就有强掳中国劳工的内容，特别是鹿岛公司花冈作业所的中国劳工不堪忍受虐待而由耿谆率领所举行的暴动，确实在日本产生了震撼。部分中国劳工受害者也到了当时的横滨法庭作证，鹿岛公司花冈作业所当时中国劳工的死亡率将近 50%，900 多人中有 400 多人死亡。

1984 年，“花冈惨案”的幸存者开始与鹿岛公司进行交涉，1989 年 12 月，幸存者聚会北京，向当年残酷奴役他们的鹿岛公司发出公开信并提出谢罪、赔偿、建立纪念馆等三项要求，就此拉开了中国受害者追究日本企业战争责任的序幕。1990 年 7 月 5 日，鹿岛公司和花冈受害者发表了《联合声明》（日文名为《共同发表》），主要包含两个内容：

1. 鹿岛公司承认了中国劳工被强掳到日本被迫接受高强度劳动的事实，认识到自己应负的责任，向中国劳工幸存者及遇难家属表达了深切的谢罪之意。

2. 承诺通过协商尽快解决该问题。

声明发表后，鹿岛公司迟迟没有解决问题的实际行动。1995 年 6 月 28 日，耿谆等 11 名花冈事件的幸存者及遗属，向东京地方法院起诉鹿岛公司。1997 年 12 月 10 日，法院以原告的诉请已超过诉讼时效为由，做出了驳回中国原告一切诉求的一审裁决。1997 年 12 月 12 日，耿谆等 11 名中国原告向东京高等法院提起上诉。这期间，出现了中国劳工到美国起诉的契机，东京高等法院审理此案的法官也认为应该通过和解的方式解决花冈案件，鹿岛公司便稍微改变了一些策略，开始同意和劳工谈判。

我们听到了花冈案件在做和解的信息，而且听说中国红十字会也介入了。中华全国律师协会就和红十字会联系，表示如果在法律问题上需要律师提供帮助，律师协会十分愿意。当时红十字会答复说现在还没有到那个程度，事情就这样搁置了。

一直到11月底的时候，有人告诉我，鹿岛公司与原告的和解协议即将签字，但很保密，不知和解的内容。没过多久，国内报道了和解之事，说是鹿岛公司给予了赔偿。这时那位此前曾告诉我和解消息的人再次与我联系，说在看到的和解协议中并没有“赔偿”这个词，而且鹿岛公司在和解当日还发表声明说当年已予以劳工最大限度的照顾。那两天也有媒体采访我，让我对花冈和解谈谈看法，我回答：希望记者能够看一下和解条款，因为我没看到所以不方便发表意见，但我听到从日本传来的信息，还有一些中国方面参与这些活动的人告诉我，和解条款中根本没有任何“赔偿”的字样或表述。

2000年12月初，我在东京参加对女性侵害的国际法庭即有关“慰安妇”案件的民间审判活动期间，有三位在日本的中国青年找到我住的九段会馆，他们把鹿岛公司和原告签的和解协议条款给我看了，的确如前所述，条款中根本没有赔偿及谢罪的字样，也没有承认原告受虐待的具体事实。只是双方共同确认了1990年7月5日的《联合声明》，鹿岛公司则表示上述《联合声明》并非承认自己负有法律责任，但从人道出发，愿意拿出5亿日元（仅对鹿岛公司花冈作业所的九百多名劳工，折合给付每位劳工约两万人民币）。还是人道主义的给付，不是赔偿。和解条款中还约定，原告及其他劳工及其遗属须确认：有关花冈事件的所有悬而未决的问题已全部解决，包括放弃今后在日本国内以及其他国家和地区的一切请求权，并保证，今后本案原告（11人）等以外的人向鹿岛公司要求补偿等情况发生时，利害关系人及本案原告等负有出面阻止的责任，不给鹿岛公司造成任何负担。

看完和解协议后，我问那三个年轻人：“中方的那些劳工代表都同意吗？”他们说耿谆不同意。我听说过耿谆，但没见过他。他是诉鹿岛公司案件原告团团长，团长不同意，和解协议就通过了？几位年轻人也觉得有问题，但不知详情。他们问我，作为中国律师怎么看这个条款。我告诉他们：如果当事人接受了，我不好说什么。但是作为办案律师应该尽可能向当事人提供一切帮助，让当事人充分了解这个和解条款的内容，并且应该在这里提出一些保留的条款（鹿岛公司就提了，比如：并非承认自己负有法律责任、给付的金额不是赔偿等）。我们中方应该在和解中说明一下被告的侵害事实，对于鹿岛公司所称出于人道主义的基础，我们可以做出不认为是人道主义的表述或对鹿岛公司此项表述持保留意见，等等。和解协议设立了要求中方接受人有责任劝说其他人接受和解附随义务，这样，不劝说就成了不履行条款，非常不合适。三人听了我的意见后也表示认同。

原告究竟是在什么情况下接受了这样的和解，我很纳闷。这次到日本后才知道，日本对花冈和解评价很高，认为具有划时代意义，今后将以此为目标。也了解到鹿岛公司在和解后当日即在媒体上单方面发表了《关于花冈事案和解的声明》，主要内容为：

1. 鹿岛公司在当时根据日本国政府的内阁决议（向日本内地输入劳工），曾在花冈使用过中国劳工。因为是在战争时期，这些劳工所处环境十分艰苦，尽管本社诚心诚意予以最大限度的照顾，还是出现了许多人因病亡故等不幸之事，对此，我们向来深感痛心。

2. 在高级法院建议和解之后，本社在不承认诉讼的法律责任的前提下，进行了和解协商（注：推翻了 1990 年 7 月 5 日，鹿岛公司和花冈受害者双方发表的《联合声明》；不承认违法行为，不承担责任，更遑论谢罪了）。

3. 本社主张解决这个问题，其对象应包括在花冈从事劳动的 986 名全体人员，该主张得到了法院和控诉人（注：即原告，二审时依日本民诉法称为“控诉人”，就是上诉人）的充分理解，并且由于中国红十字会的参与使得具体实施上有所保证。

4. 本社捐出法院建议的金额，设立“花冈和平友好基金”。本基金的捐出不含有补偿、赔偿的性质。

这就是鹿岛公司对花冈和解的基本意思表达。不认罪，不承担责任，不含有补偿、赔偿性质的基金。看了鹿岛公司的声明，我理解了花冈诉讼案原告团长耿谆老人为什么不同意这个和解了。但这个和解是怎么形成的呢?

在日期间，我也见到了与我们合作办理劳工案件的几位日本律师，主要是东京律师团的律师，他们当时也认为这是个划时代的和解，希望以后都按照这个模式来做。我听了他们的见解后说：我不这样认为，尽管我不是花冈案件的参与人，但我看到了这个案件的和解条款，感觉很不公平，至少对于中国受害者来说，鹿岛公司不承认加害、不谢罪、不赔偿、不负法律责任，只是从人道主义出发而捐出资金。鹿岛公司当年对中国劳工的重大人权侵害，便以这纸给付每位劳工两万元人民币的所谓人道主义捐出而了结。这样还能称为和解吗？我当时就向日本律师表示：花冈案件没有中方律师参与，既然咱们是双方合作办理劳工案件，作为中国律师，希望以后的和解不要做成这样。东京的律师听到我说的这番话，感到很吃惊。对于他们的“划时代作用的和解”，我颇有异议。我详细讲述了在调查时听到劳工遭受虐待的痛苦感受，言明如果谈和解首先应当诚实面对历史事实，真诚地向受害者谢罪，在此前提下进行赔偿，才是真正的和解，才有实际意义。

回到北京后，大概 12 月底，中华全国律师协会的工作人员通知我，花冈和解那个律师团的新美隆律师将带队来北京，在抗战纪念馆向关注这件事的人说明和解情况。律师协会就派我和时任律师协会副会长的于宁参加。我记得是 12 月 28 日或 29 日到了抗战纪念馆，参会的有原北京市的副市长白介夫，他是当时抗战史学会的会长，抗战纪念馆的张馆长，红十字会的对外联络部的部长张虎，中方参加的其他人我不太认识，记得其中有一位一直关注花冈诉讼的作家李旻。日本方面有新美隆律师、田中宏教授及其他几位支援会成员。

在这个小型座谈会上，新美隆律师高度评价了他们所促成的花冈和解，依旧是“划时代”的那套说法，并称参加诉讼的劳工普遍接受。最后他希望大家有什么问题可以提问。他说完后我就提出了关于和解协议中的那个附随义务的问题。如果当事人在充分了解和解协议内容后能够接受这样的和解，别人不好说什么。但是既然大家都那么关注这个案件，关注案件所涉及的事实，为什么在和解协议中没有对事实有所表述？另外，为什么没有赔礼道歉？没有谢罪？而且还对接受和解的受害者这一方设立劝说其他受害者接受和解的义务，这个条款是很不合理的。为什么中国劳工一方不对此条款提保留意见？我当时也很注意自己的语气，很客气地表述了我的意见。发言之前先感谢了日方对中国劳工诉讼所做的努力和帮助，之后才对和解条款的内容提出质疑，旨在充分讨论。

新美隆律师听完我的提问，表现得非常不冷静，激动地说：“你不了解这些事实，你也没有这方面的经验。我们这个做法，现在只能这么做，而且是很有意义的。”他的声音很大，翻译为了真实表达他的意思，声音也很大。出于职业关系，律师对于不同意见应当有一定承受力，分析、思考、辩论，贯穿在办理每件法律事务的过程中，这也是律师工作的常态。当时我对和解协议提出问题，只是作为律师同行间的讨论，并不想对别人有什么不恭。虽然不是一个代理人团体，但都是参与劳工案件的律师，为了把事情做好，坦率交流、讨论只会有利于诉讼工作。

然而新美隆律师的激动表现，出乎人们意料。当时在场的中国人，都感觉十分无理。会议主持人、抗战纪念馆馆长马上就出来制止说：“你不用再说了。”但新美隆律师还要继续讲。张馆长再次制止了他：“你不用解释了，今天的会就到此。”于是，这个会就成了日方表达了对和解的高度评价，我也发表了质疑的看法，没有继续提问，也没有讨论。除日方外，在场的中国人均未对此次和解予以高度评价。这一结果，至少提示了在和解中需特别注意的问题：要考虑尊重事实，维护受害者尊严，不能没弄清楚事情原委就盲目地接受或唱赞歌。会议结束后，一些与会的中方人员到我面前，表示支持我的意见。

第二年的二月份，我到京都去参加中国劳工诉日本政府及日本冶金工业株式会社案件（大江山劳工案）的出庭。京都地方法院的法官也提出和解劝告，并希望按照花冈和解的模式来做。作为原告辅佐人，我在法庭上明确表示：原告方不能接受花冈和解的模式。在法庭上我讲述了原告们的感受及诉讼目的，一定要承认事实，在此基础上向中国劳工谢罪及赔偿，才能达到真正的和解。

与鹿岛公司和解是劳工索赔案的第一件和解，我认为当事人与日本律师的沟通还不够，原告碍于情面有些想法不能直率表达，这都是需要总结的。因此，虽然我不赞成花冈和解条款，但只是在法庭上表达了大江山劳工案不能按花冈和解的模式这一立场，并未公开批判花冈和解。

两年后的秋天，我参加了北京大学历史系组织的一个历史问题的座谈会，耿谆老人也来了。在这段时间里，我一直听到传言，说他被日本律师骗了，还发表了一个声明。原来只是感觉这个和解条款存在问题，但又似乎并不那么简单。从律师的专业角度讲，我也特别想知道这个和解协议为什么要这样签？作为同行我更是难以相信律师会去欺骗当事人。因此，我很想亲自问一下老人和解的过程以及他对和解条款的看法。在北京开会期间，按事先约定，耿谆老大爷回到北太平庄附近的一个招待所后，我们在他的住处和老人家进行了交谈，陪同耿老的王留柱也在场。

耿谆老大爷开口就说："怪我自己，我太轻信了，太没脑子了，有些话真难以启齿。"耿老的讲述就从自责开始，他说：日本律师一开始给他们看的和解条款和最后签的是不一样的，即使是开始看到的条款，也有他们不能接受的，即其中没有谢罪的表述。当时日本律师跟他讲还会往前推动的。由于有以前诉讼的经历，感觉日本律师还是很努力地在帮助中国劳工的，所以他很信任，就在空白纸上签了名。他没有在和解协议上签字，是授权日本律师签的。

和解协议签订之后，日本律师告诉他们，和原来的草案差不多，比原来草案往前进了一点。当时他听了后就表示：那就很好。他也没有看，就参加了座谈会。等到会后他一看到和解条款，按当时媒体的报道——大爷晕倒了。耿老对我说的是："天旋地转了，没想到上当了，我真是上当了，我上我自己的当了！我怎么那么轻信，我们提出的三条要求（谢罪、赔偿和建立劳工纪念馆）没有一条兑现。这个和解条款对我来说就是屈辱。"耿谆老大爷说他此后发了声明，不接受这样的和解，他说不阻止别人领取和解金，但是他决不会去领取的。听了耿谆老人家的亲口讲述，我有了一个坚定的信念：在之后的和解环节中，我作为参与案件的中方律师，不能掉以轻心，不能让受害者再遭受新的屈辱。

花冈惨案在中国及日本都有较大影响，耿谆等花冈惨案的劳工幸存者起诉鹿岛公司的损害赔偿诉讼，是中国劳工在日本索赔的第一起诉讼，而花冈和解在劳工索赔讼案中也是最令人遗憾的。

紧接着大江山诉讼（被强掳到日本冶金工业株式会社大江山作业所的中国劳工诉日本政府和日本冶金工业株式会社）的和解又提出来了。那是在2003年1月15日大江山案件一审败诉后，原告上诉到了大阪高等法院。二审的时候，按照日本律师介绍，日本冶金工业株式会社经营比较困难，按照日本再生法的规定，由银行对企业注入一部分资金，来维系运转。在一定时间内如果企业的经营状况能改善，就恢复正常经营，如果不能改善则进入破产程序。再生法就是给企业一个缓冲、救助。如果该公司破产，将会影响到被该公司奴役劳工的赔偿。这种情况下，法官提出和解劝告。

我们要求解决该公司曾奴役的全体劳工的赔偿问题，该公司当年奴役的劳工实际为两百人。由于该公司被银行监管，因此涉及和解金额还需征询银行的意见。为此，日本律师和我一起找了给日本冶金工业株式会社注入资金的日本瑞穗银行。该银行主管人员表示，不能接受这么多人的索赔。我们回来后进行了认真商议，目前六位原告均是幸存者（其他的都是遗属），如果我们放弃这次和解机会，被起诉的日本公司真的破产，六位幸存者的诉求也会再度拖延。中日律师向原告讲明了实情，与原告取得共识，六位幸存者的赔偿问题能得以解决也可以，对日本政府的诉讼则继续进行。

在此情况下，就开始了与日本冶金的谈判。谈判之初，日本冶金坚持要按照花冈和解的模式，一个人给付两万多人民币。我们明确表示，如果按照花冈模式，就不必再谈，必须要对事实确认，谢罪，赔偿。但被告表示不同意在和解协议中写明事实，不同意谢罪，给付的是和解金，并且与原告的和解代表全面解决。我们当然不能接受这些条件。为此，僵持了半年多。代理原告的日本律师在此期间做了很多的努力，最后同意我们的最低要求，将一审判决认定中国劳工被虐待事实写入和解协议；关于金额，给付六位原告每人 350 万日元，当时折合人民币 20 多万；不使用“和解金”，而采用“解决金”一词，表明是针对中国劳工被奴役被虐待事实的解决金，不是和解金；关于是否为“全面解决”一节，日本冶金要求写明这个和解是全面解决，我们不接受，最后和解协议表述是日本冶金“期待全面解决”，我们加上“期待”这个词，只是表达日方期待，而我方并不认可。日本冶金接受了这一表述。我们还明确表示，这个和解还是留有很大的遗憾，和解之后，如果你公司仿效鹿岛公司在和解后发表违背事实有辱中国劳工的声明，原告方将立即把支票退回，撤销和解协议。该公司接受了原告方的要求。这样，在法官主持下签了和解协议。该协议的效力只溯及六位原告，没有阻碍其他当事人的诉权。

这个与花冈不一样的和解，我们原来准备在中国广泛宣传一下，让关心对日索赔的人们都能知晓。日本律师、中央电视台的记者、日本支援会的人和我，一起到了河南原告的家里。原告当着大家的面表示，他们在世时希望不要公开此事。电视台的记者听到他们的要求后就不再拍摄了，在征得原告同意的情况下，记者们一直都在现场。作为律师，充分尊重委托人的意见，是起码的职业操守，委托人不同意公布，我们肯定不会公布的。和解后，我们没有在中国媒体做任何有关本案和解的说明。

这个和解可评价的是对事实做了一些表述，另外给付的表述是解决金，不是和解金，更不是鹿岛公司所称的捐出；日本公司认为（期待）是全面解决，我们没有认可。这就给以后其他没有参加和解的劳工及遗属留有解决问题的余地。这个和解很大的遗憾就是只解决了六位幸存者的问题，未能全体解决。我们坚持不同意在和解协议中认可此为全面解决，就是考虑到最次也要给未参加本次和解的人保留机会。

之后谈到和解时，我们达成一个共识，还是要坚持对一个公司做苦役的劳工全面解决，而不是只对原告的解决。之后的其他诉讼期间的谈判，一直本着这样一个方针在做，但是都没有谈成。

在劳工案诉讼中不断有法官提出和解劝告，被告日本政府一如既往地拒绝，相关日本公司对法官提出的劝告只是敷衍，因此没有在诉讼期间再达成和解。虽然如此，宫崎、长野、群马诉讼的法官在宣判后仍然当庭公开表示了希望和解的意见，这一举动是少见的。2007 年 4 月 27 日，日本最高法院对三个劳工诉讼做出终审判决，其中对中国劳工诉西松建设的判决书最后有一段表述，希望日本的有关方面，在可以接受的程度内来解决，这段表述就是常说的附言。此后西松公司有所转变，同意与劳工谈，我认为这可能与日本最高法院的判决有关，也可能与当时在日本沸沸扬扬的该公司政治献金有关，西松公司拟借与中国劳工的和解消弭其负面评价带来的影响。

不管出于什么原因，对于该公司同意谈判的举动还是应当回应的。2008 年双方开始初步谈判，2009 年上半年进入实质性谈判。西松公司当年奴役中国劳工有两个作业所，一个是位于广岛的安野作业所，一个是位于新潟的信浓川作业所。有关安野作业所劳工的案件我没有参与，我参与了有关信浓川作业所劳工的诉讼。西松公司是先跟代理在安野作业所做苦役的日本律师开始谈的。

小野寺律师、高桥融律师、松冈肇律师等就找到了西松公司，向西松公司提出：要和解就应该一起来谈。但是西松公司不同意，他们的理由是安野劳工的代理人不同意合在一起谈，要求分别谈。我们考虑分开谈也可以。

2009年6月份，我到了日本。记得6月19日与日本小野寺利孝律师、高桥融律师、松冈肇律师、森田太三律师等一起和西松公司的律师见了面。西松公司的律师明确说，他们和安野劳工的代理人谈得差不多了，他们主要的意见就是，按照花冈和解的模式，分别来谈。我当时明确表示：不能按照花冈和解的模式。西松公司的律师听后还很吃惊。我就把拒绝这一模式的理由向他做了说明，但是我们要求还是应当两个作业所合并来解决。在解决中即使安野接受花岗的模式，我们也不能接受。我知道安野劳工诉讼的代理人和支援团体，都是做花冈劳工诉讼的那一批人，他们很认可花冈和解的模式。我们认为这样做对中国人来说，是很屈辱、很苦涩的和解。与我们合作的日本律师也支持我的意见。当时我们就约定，6月23日日本律师再来北京，和中国法律援助基金会和中华全国律师协会共同商量怎么来谈判。如果谈判成功了，怎么样来管理相关基金。这些都是要正式写入和解条款里的。

见了西松公司律师后的第二天我返回了北京。在从机场回家的路上，我就给中华全国律师协会会长、对日索赔小组的组长于宁打电话，也给法律援助基金会的秘书长打了电话，把在东京和西松公司谈的情况以及与日本律师交换意见的情况，向他们做了通报，并就6月23日日本律师来北京，三方一起开会，征求他们对会期的意见。律协的领导和法律援助基金会的领导都表示马上调整工作，同意6月23日在北京会谈。

但是到了6月21日，我突然听到另外一个信息，有关部门说要由另一个××基金会来接手这件事。为什么会有这个变故？我们不太清楚。我随即向律师协会和法律援助基金会的领导汇报，律协和法律援助基金会的领导表示，如果是这样，就由××基金会来做，我们就不便参与了。我马上向日本律师做了通报，小野寺律师听到这个信息，感觉很吃惊，表示他们从来没有向中国方面提出这样的建议，为什么会出现这样的变故？我告诉他，由于目前这种变故，我们律协的领导和法律援助基金会的领导就不便介入了，原定的23日商谈会也就没有必要开了。多头介入是不合适的，为了避免混乱，日本律师可以直接找 ×× 基金会商量后续事宜。

小野寺律师回复说：这个情况太突然了，他还是要来北京，进一步了解情况。小野寺律师到了北京后，要求见有关部门负责人，答复是负责人出差了。小野寺律师又要见律协的领导，也未成功。小野寺律师就到我们事务所问了一下情况，我也不清楚，不知如何答复。小野寺律师讲，22 日在准备到北京前，南典男律师从北京回日本后向他讲了一些情况。南典男律师主要是承办遗弃化学武器和毒气弹案件的，他到了中国的相关部门，见到了有关部门的负责人，谈到化学武器的事，希望中国方面给予支持。在谈话中他也谈到了和西松的和解谈判已经很有眉目了。当时在场的中方人员用中文进行了交谈，南典男律师听不懂中文，但个别词中有西松、×× 基金会，他觉得是在谈西松的事。在这么多年的合作中，一些单位固有的名称，双方都能听出来了。南典男律师分析，出现 ×× 基金会中间的介入，很可能和这次谈话有关。

小野寺律师到北京只是把信息交换了一下，第二天就回东京了。不管怎么说，×× 基金会也是中国的一个机构，我们可以服从这个安排。但到了 9 月份，日本律师又给我发来电子邮件：西松公司说，代理安野劳工谈判的那些人向西松公司提出，要求把给付劳工的和解金放在日本，由日本的基金会来管理。西松公司遂提出信浓川和解的钱也应该放在日本，他们认为钱放在 ×× 基金会不合适。我回复说：这个问题应当和 ×× 基金会联系，日本律师表示已经和 ×× 基金会联系了，该基金会对此不表态。日本律师希望我作为代理人发表个声明，表明不接受把钱放在日本的做法，可是有关 ×× 基金会接管的事情，我不能随便发表声明。后来考虑这个问题还是需要解决，我就提出由原告来发表声明，日本律师也觉得合理。在征求了原告的意见后，我草拟了声明，原告认可后，声明就发表了。原告明确表示不同意和解基金由日本方面管理。这样我们就得以继续往下谈。

安野和解协议很快就签字了，和解的基金就由日本的一个基金会来管理。安野和解后，于 2009 年 10 月份在北京红十字会宾馆举行了说明会。参加那次会议的日方人员主要是内田雅敏律师，还有支援会的林伯耀和田中宏。中方有劳工遗属、学者及律师等。在说明会上，我也向他们提出了质疑，指出为何和解条款还是花冈和解的模式？他们没有正面回答，反而让我解释一下大江山和解为什么要那样做。我当时就向参加会议的人员，包括劳工代表做了说明，解释了大江山和解为什么没有公开，和解中我们的争执点在哪儿，为什么要签。我特别说到，当年的花冈和解可以用缺少经验来解释，这么多年过去了，在这么多人都批判花冈和解的情况下，作为帮助中国劳工的代理人，还按照花冈和解的模式做，实在令人遗憾。

在会上，日方人员对中华全国律师协会及中国律师在中国劳工索赔诉讼中的作用提出了疑问。其实从 2000 年开始，除了在日本的诉讼外，我们已经积极地在做国内诉讼准备。由于我参会并不代表律师协会，因此当时我从一名律师的角度，对此质疑做了简要说明。

此次会后，我再三向与我们合作的日本律师表示，在安野和解协议中把“中国人的请求权已经放弃”写进了和解条款，这一点比花冈和解更倒退了。签署这样的和解协议意味着承认中国人的请求权已放弃，在此前提下，西松公司在和解条款中将其重大人权侵害的责任转变为人道主义给付和解金就顺理成章了。如同花冈和解条款那样，对中国劳工设立了附随义务，即要说服别人来接受本和解，并保证本人永远在任何地方、任何时间都不能向西松公司再提出主张。希望在信浓川的和解条款中，接受安野和解的教训。

对有关信浓川作业所劳工的和解协议，我和小野寺律师反复说，再不能出现这种情况了。小野寺律师表示，西松公司方面说了，和解条款一个字都不能改（这也是西松公司坚持将安野和信浓川两个作业所分开谈和解的用意，利用一个和解压制另一个作业所的劳工）。我说：“一个字都不能改，那叫什么谈判？和解本身双方都会有妥协，但妥协不能只是要求中国劳工方面退让，这种立足点从根本上就是错的。如果西松公司有诚意解决问题，首先要站在受害者立场考虑。我们作为受害者的律师反而去考虑如何满足加害者的利益，这样的和解算什么解决问题啊？就等于趴在地上捡起西松公司扔在地上的钱，不捡还不行，捡起来还要感谢你。”在这个问题的认识上原告和我与日本律师产生了分歧。日本律师通过劳工联谊会的一些人士找到部分劳工遗属，说服他们接受西松公司的和解条款，有一部分人就同意了。最初与西松公司谈判的原告就此发表了声明，表示不接受这样的和解协议。

声 明

西松建设（株）代表取缔役近藤晴贞先生

二战期间，你社与日本政府共同策划、共同实施了强掳及奴役中国劳工的不法行为，迄今你社也未就当年对中国劳工实施的不法侵害行为承担责任。

为此，中国劳工在日本的法院提起诉讼，要求你社与日本政府就当年的不法侵害行为向中国劳工谢罪、赔偿。

日本相关法院在一系列的判决书中，均认定了当年你社与日本政府共同策划、共同实施了强掳及奴役中国劳工的不法行为，并给中国劳工造成了严重的侵害。虽然最终没有判令你社承担责任，但其免除你社责任的理由，是明显有悖于法律基本原则的。

几个月前，你社曾有意以“和解”的方式，与中国劳工了结这一重大人权侵害的历史遗留问题。对于你社的这一举动，我们予以认可，并委托了中日两国律师与你社谈判。

令人遗憾的是，你社坚持将日本最高法院 2007 年 4 月 27 日做出的认为中国人“请求权已放弃”的这一不当判决写入本次“和解条款”。

我们绝不接受认为中国人索赔的“请求权已放弃”这一错误判断，也绝不接受带有救济色彩的“偿金”。为此，我们曾通过所委托的律师向你社表明了这一立场。

你社既然拟与中国劳工和解，就应怀揣诚意。从目前“和解条款”的内容中，我们看不出你社的诚意。

你社提出“和解”可能有着多方面的考虑，我们认为，你社至少有可能希望用和解的方式，卸下历史重负，我们对此亦能接受。但依你社目前暧昧的对待历史事实及责任，拿出一点小钱用以了断重大人权侵害责任的做法，我们绝不接受。目前你社的这一举动是不可能卸下历史责任包袱的，更不可能消除中国受害者对你社及日本政府的不信任。相反，会进一步加深裂痕。

近日，从我们所委托的律师处，得知你社将坚持这一没有诚意的“和解条款”，为此，我们向你社郑重地声明：

1. 鉴于你社缺乏诚意，我们不接受你社提出的“和解条款”。

2. 如果你社持该“和解条款”与原西松·信浓川作业所部分中国劳工或其遗属签订，则应在“和解条款”中明确表示所涉之拟“解决”的信浓川作业所中国劳工人数及金额均不包括我们，并应在施以救济的所谓“偿金”总额中，扣除我们这部分人员的金额。否则将视为你社对我们的合法权益实施了新的侵害，我们必将追究你社的责任。

3. 为了维护我们的合法权益，我们将继续与你社进行斗争。

西松信浓川案·中国劳工原告　韩英林

原告　李恕继承人：陈福梅、李玉芝、李刚

原告　李祥继承人：李迎红（鸿）、李迎刚、李迎江、李迎芳、李洪勤

原告　侯振海继承人：侯建国、侯秀英、侯东格、侯书英、侯玉娥、侯运龙

原告　郭真继承人：郭增福、郭俊青、白艳红

劳工　霍增田继承人：霍金锁、霍金林、霍金柱、霍金山、霍玉花、霍玉英

劳工　翟文印继承人：翟玉旭

2010 年 3 月 22 日

实际一开始谈判的时候，原告是委托人，律师是接受委托代理 5 位原告去谈的，谈判的主体应该是律师代理的原告；不是原告的人并不是与西松公司谈判的委托人，而最后与西松公司签和解协议的时候，没有一个原告签字。我觉得这个和解协议中最大的问题就是把“中国人的请求权已经放弃”写进了和解条款，使用的是“偿金”一词，含有救济的意思，表明是在这种情况下，给予的一种补偿。

2010 年 4 月份，信浓川和解达成的当天，许多媒体都报道了，并说中国的原告接受了这个条款。中央电视台记者要求电话连线直播采访我，我答应了。记者问：“听说原告都接受了这个和解，你怎么评价？”我说：“原告没有一个人接受和解，这个和解是没有原告的和解。另外，这个也不是赔偿。和解条款中用的是‘偿金’，是有救济色彩的。这个和解我们不能接受。”这段直播在当时引起了一些反响。有人说：康健要挑动民族情绪，康健在撒谎。然而，事实胜于雄辩。我认为有必要让公众了解和解条款的内涵，于是写了一篇文章：《以请求权放弃为前提的“和解”——评西松・信浓川“和解”》。人民网第二天就全文发了，《中国法制报》也发了。这篇文章翻译成英文在北美一个比较热的刊物《焦点日本》上也发表了，后来还翻译成日文，在日本的《战争责任研究》刊物上发表了。为了便于理解，在翻译成英文和日文时，我把文章标题做了改动，全文如下：

一个被全体原告拒绝的“和解”
——评西松・信浓川“和解”

2010 年 4 月 26 日，日本西松建设株式会社（以下简称“西松公司”）与几位中国受害劳工遗属签订了和解协议。此举被一些媒体表述为“西松公司与中国劳工原告达成和解”，“西松公司向 183 名中国劳工受害者支付赔偿金”。

然而事实是，西松・信浓川受害劳工案全体原告，也是在 2009 年 6 月被双方确定作为与西松公司谈判的全体代表，并未与西松公司签订任何和解条款。

其根本原因是，西松公司坚持要在信浓川“和解条款”中写明中国人“请求权已放弃”的内容，且不允许原告在和解条款中表明不接受“请求权已放弃”这一错误结论的立场；西松公司为表明其不应承担法律责任的强硬立场，刻意将其本应向中国受害者支付的赔偿金，换以“償い金”之词暧昧处理；且同时无理要求接受“和解”者需承担帮助西松公司今后为此案免被他人再度追究责任的义务。

全体原告拒绝接受西松信浓川“和解条款”的立场得到多方人士的支持，包括加拿大亚洲二战浩劫史实维护会。

一、西松·信浓川劳工案和解的提起

1944年被强掳至日本新潟县西松公司信浓川作业所做苦役的其中5位受害劳工：韩英林（于2010年6月7日病故）、侯振海（现已故）、郭真（现已故）、李恕（现已故）、李祥（现已故）（除韩英林外，其他4位受害劳工原告于诉讼期间去世，其原告地位由其遗属继承，并获日本法院确认），于1997年9月18日在东京地方法院起诉日本政府及西松建设、间组、铁建建设等公司，要求被告在中日两国媒体上就强掳并奴役中国受害者的事实公开谢罪，并向每位原告赔偿2000万日元。

2003年3月11日，东京地方法院做出一审判决，未认定加害事实，以超过时效为由驳回原告的诉求。

原告即提出上诉。2006年6月16日，东京高等法院做出二审判决，对每位原告的受害事实予以详细认定，并认定日本国家和日本企业强掳及奴役中国受害劳工的这一共同不法行为成立。但仍以超过时效为由驳回原告的诉求。

原告遂上诉至日本最高法院，2007年6月15日，最高法院第二小法庭驳回原告上诉。

2009年，西松公司高层因违法政治献金问题事发，被日本司法机构追究责任，公司高层随之重新组合。该公司从经营策略等多方面考虑，于2009年5月表示，希望与中国受害劳工以和解的方式解决历史遗留问题。对此，中国受害劳工给予了积极的回应。2009年6月，笔者以原告中方代理人身份赴东京，和同为原告代理人的日本律师共同与西松公司的代理人谈判。西松公司的代理人当时表示，要以“花冈和解”为模式来处理本案。对此，笔者当即明确表示：不应以“花冈和解”为模式，因为“花冈和解”主要特点是奴役中国受害劳工的鹿岛公司回避加害事实、回避责任，对中国受害劳工以救济的方式了断法律责任，且将其施以救济所设立的基金冠以“友好基金”的桂冠。“花冈和解”对第三方（包括不接受此和解的受害劳工及遗属）还不适当地设立了限制权利（包括向加害企业鹿岛公司索赔的权利）的条款等。

鉴于信浓川和解谈判是因原告提出的索赔诉讼而起，因此，在与西松公司谈判初期，双方即确立了本次谈判以诉讼原告作为受害者一方代表的原则。

几个月后，西松公司在抛出和解条款时，坚持将日本最高法院于2007年4月27日认为中国人请求权（即对日索赔权）已放弃，可给中国人适当救济的这一错误判断写入和解条款，以此作为与中国受害劳工签订和解协议的前提。

作为与西松公司进行谈判的原信浓川作业所中国受害劳工代表（即全体原告），明确表示，不应将这一由日本最高法院单方面解释《中日联合声明》所做出的错误结论写入和解条款；如果作为互相让步，则应将中国受害劳工原告不接受请求权已放弃的立场，也同时写入和解条款，可作为双方各自表述；或将这一有争议的内容挪至“确认事项”中。西松公司对原告方面的意见断然拒绝。

二、西松公司坚持将中国人“请求权已放弃”作为和解前提的用意

自中国受害者（注：指在日本发动侵华战争期间的中国受害者），在日本法院陆续向日本政府及相关日本公司提起二十多件损害赔偿之诉后，日本相关法院在2007年4月26日前做出过多份判决，均未认定中国人已放弃了索赔请求权。

2007年4月27日，日本最高法院对西松·安野劳工案做出判决（简称4·27判决），认定中国政府在1972年与日本签订的《中日联合声明》中，已全面放弃了包括中国国民在内的索赔请求权。中国外交部发言人在日本最高法院做

出判决的当天，即发表了措辞强硬的声明，明确表示“日本最高法院就《中日联合声明》做出的解释是非法的、无效的”。

在4·27判决做出后，中日法学界及史学界部分学者围绕该判决进行了讨论研究，大家共同认为，该判决以中国并未参加的《旧金山和约》为框架，单方面解释《中日联合声明》，做出中国人对日索赔“请求权已放弃”的判断，明显违背了国际法的基本原则，日本最高法院认定中国人索赔“请求权已放弃”的结论是不能成立的。今后如何纠正此错误判决，是摆在中日双方推动切实解决战争遗留问题的一大课题。

日本最高法院在2007年6月驳回本案西松·信浓川劳工案原告的诉求时，并没有说明任何理由，仅是简单的几行字表明驳回上诉，在裁定中根本没有涉及“请求权已放弃”，东京高等法院对西松·信浓川劳工案做出的二审判决亦随之生效。而东京高等法院在二审判决中，详细认定了韩英林等五位原告的受害事实，并认定了日本政府与西松公司等相关日本加害企业对中国受害劳工实施了不法行为。该法院以超过时效及除斥期间为由，判决受害劳工败诉，并未认定中国人丧失了索赔的请求权。同为原告代理人的日本律师亦认同这一事实。

西松公司如果真心与本案的中国受害劳工和解，如果一定要引用一份日本法院的判决作为“和解条款”的导引，那么理应援引东京高等法院对本案做出的二审判决。但西松公司却坚持援引并非针对本案的4·27判决，其中缘由不言自明，因为正是这份4·27判决认定中国人丧失了对日索赔的请求权。

2009年10月23日，西松公司与其所辖的安野作业所部分中国受害劳工及遗属达成的安野“和解条款”中，也加入了中国人请求权已放弃的内容。

西松公司坚持在本次信浓川“和解条款”中再次加入4·27判决认定中国人请求权已放弃的内容，其用意就是要力图创建一个确认中国人已丧失索赔请求权为前提的“和解”模式，帮助日本方面逃避重大人权侵害、违反国际法的法律责任。

这一“和解”模式还会产生另一效果，即尽管中国外交部发言人多次对日本各级法院于2007年4月27日及以后做出的这一错误结论提出谴责，但因有中国受害者接受了此和解模式之协议，亦即接受了“请求权放弃”的结论。这一事实的形成，对此后一系列战争遗留问题的解决势必会造成不利的影响。

三、原告被强行拉入西松公司划定的“和解”圈

西松公司坚持将4·27判决中有关“请求权放弃”的内容写入“和解条款”，且无视对等原则，拒绝在该条款中同时表示原告不接受“请求权放弃”的立场，亦拒绝原告作为妥协的让步将这部分内容挪至“确认事项”之中的正当要求。

据原告委托的日本律师讲，西松公司社长明确表示：“和解条款”（注：即2009年12月的定稿）一个字都不能改，律师在“确认事项”中愿写什么写什么，反正西松公司社长不在“确认事项”上签字。西松公司社长的这番表白，既显示出该公司对其加害事实没有真正反省和谢罪之意，也显示出该公司清楚知晓“和解条款”与“确认事项”的法律地位是有着不同意义的。

全体原告，也是在与西松公司谈判之初确定的全体代表，于2010年3月22日发表声明，拒绝接受西松公司无诚意的“和解条款”，并在“声明”中明确表示：“如果你社持该‘和解条款’与原西松·信浓川作业所部分中国受害劳工或其遗属签订，则应在‘和解条款’中明确表示所涉之拟‘解决’的信浓川作业所中国受害劳工人数及金额均不包括我们，并应在施以救济的所谓‘偿金’总额中，扣除我们这部分人员的金额。否则将视为你社对我们的合法权益实施了新的侵害，我们必将追究你社的责任。”

然而，西松公司在2010年4月17日向日本媒体披露“和解”信息时，仍将原告拉入其“和解”圈内。

为此，笔者作为原告中方代理人，于2010年4月19日向西松公司发出抗议书，但西松公司未作回应。在2010年4月26日成立的“和解条款”中，西松公司仍将已公开声明拒绝其“和解条款”的原告拉入其“和解”圈内。致使出现西松公司在尚未解决其战时强掳及奴役劳工事件中的问题时，现今又实施了对中国受害劳工新的人权侵害事实。

西松公司力推这一存在诸多问题的“和解”模式，刻意制造已“全面解决”

该公司强掳及奴役中国受害劳工遗留问题的假象，其目的就是甩小钱买断重大人权侵害的法律责任。该“和解”模式的后果是：中国人请求权放弃已成事实，只要有部分中国受害者签字接受“和解”，战争遗留问题即“全面解决”，哪怕这部分人并未受到全体受害者的委托。从法律角度讲，只有被明确授权者才有权代为签署协议。但目前成立的西松·信浓川“和解”并非如此，而是将已明确拒绝该“和解条款”的受害者及尚未找到的受害者，均纳入该“和解条款”的约束范围之内，并被强行认为他们的索赔问题已“全面解决”。这种做法显然有悖于法律，显然不尊重受害者的人权。

西松公司向信浓川中国劳工受害者给付每人不到 5 万元人民币的小钱，便轻松搪塞了其重大人权侵害的法律与历史责任，而中国受害者方面付出的沉重代价则是依信浓川“和解条款”第六条第一项之规定，“……确认对方在日本国内以及其他国家和地区放弃一切对申诉人（注：指西松公司）的请求权”，从此失去话语权。

四、和解条款中的“救济”，并非是对司法权利的救济

西松·信浓川“和解条款”的前言中，引用日本最高法院 4·27 判决认定中国人已丧失诉讼的请求权，同时又指出“我们期待包括上告人（注：指西松公司）在内的有关方面为救济本案受害者的损失做出努力”。

根据 4·27 判决的原文所示，该判决提及的“救济”显然不是司法层面的救济。在司法领域中所称的“司法救济”，其含义是指对当事人权利的救济，即对当事人权利的保护。至于在司法层面之外所称的救济，《现代汉语词典》解释为“用金钱或物资帮助灾区或生活困难的人”。

日本最高法院 4·27 判决中已明确认定中国人丧失了诉讼的请求权，即已丧失了通过诉讼请求司法救济的权利。因此，该判决中表示期待西松公司等相关方面对中国受害劳工的“救济”，当然不是指司法救济。从而该“救济”的含义也不可能是指在司法层面对中国受害劳工权利的救济，只能是带有人道色彩的救济了。

五、“偿い金”不等于“赔偿金”

“偿い金”一词不是法律用语，在日本该词属生活用语，内涵范围较广，有感情色彩、偿还所欠的意思。

“赔偿金”一词是法律用语，内涵明确即指用向受损害者支付金钱方式承担责任的意思。“赔偿金”这三个字，在日文中是用与中文相同的汉字表示，其内涵也与中文相同。

1995年，日本政府在各方压力下，为处理“慰安妇”问题曾设立了亚洲女性基金。

鉴于日本政府认为有关“慰安妇”问题，在日本与受害国签订的和约中已解决，因此，不能以赔偿或补偿的名义向受害者支付金钱。遂在1994年8月通过媒体公开发表的设想中，使用的是“慰问金”一词，从而遭到多方的批判。日本政府为坚守其不承担责任的立场，遂找出“偿い金”一词替代“慰问金”。之后“偿い金”一词多次在时任日本内阁官房长官等政要人士发布的该基金构想、呼吁文等文件中出现。

日本政府在该基金中，将对“慰安妇”受害者的赔偿责任暧昧表示为对受害者的包括医疗在内的“道义”援助，展现出人道救济的色彩。“偿い金”一词依亚洲女性基金的宗旨成为“援助”的替身，而频频出现该基金的公文之中。

正是由于日本政府无诚意承担责任，因此亚洲女性基金遭到亚洲多国绝大多数受害者及相关团体的抵制和批判，现该基金已解散。

如果西松公司诚意和解，如果有向中国受害劳工谢罪并赔偿的意思，为什么不使用中日两国有着相同文字表示且内涵单一而明确的“赔偿金”？

本案出现在西松·信浓川“和解条款”中的“偿い金”，是呼应“和解条款”前言中4·27判决的旨意，其坚持强调中国人已丧失索赔“请求权”，目的就是要推卸法律责任，因此，其在向中国受害者支付金钱的用词上，极力回避使用“赔偿”这个意味着承担责任的专有名词。

因此，不论从“偿い金”一词在亚洲女性基金的用意及在西松信·浓川“和解条款”中的用意来讲，“償い金”绝不是支持此“和解条款”者所称之“赔偿金”。

值得一提的是，在东京简易法院进行确认的“和解条款”有效文本是日文，并非中文，因此，日方所提供的“和解条款”中文译本，将“償い金”一词，译成“赔偿金”，将产生误导中国人的后果。

六、接受“和解”者及其代理人承担的附随义务

西松·信浓川“和解条款”第六条第二项规定“对方（注：指中国受害劳工或其遗属）及对方代理人……今后（在）对方以外的人对申诉人（注：指西松公司）提出赔偿要求时，无论是否是第五条第七项的文件提出者，都有责任解决，不使申诉人有任何负担”。

“和解条款”第六条第二项的内涵是，今后凡有人对西松公司就其奴役中国受害劳工之事提出赔偿要求时，尽管提出索赔要求的人没有接受本次“和解”，但作为接受本次“和解”的人及其代理人，都有责任出面解决，不使西松再有任何负担。通俗讲，就是西松公司花小钱找了帮手。

该条提及的第五条第七项的主要内容是，中国人权发展基金会对要求支付“償い金”的人，在向其说明了本“和解”的宗旨后，接受“償い金”的中国受害者，要签署一式两份文件，即承认本“和解”的宗旨，中国人权发展基金会将其中一份文件交付西松公司。

七、“和解条款”与“确认事项”的法律地位不同

伴随着西松·信浓川“和解”，出现了两份文件。一份是由双方当事人签订的“和解条款”，另一份是由双方委托日本律师签订的“确认事项”。2009年10月23日成立的西松·安野“和解”亦与此同样。

一个“和解”行为为什么要同时出现两个文件，在此有必要分析一下这两份文件的地位与效力。

1. 从形式上看，“和解条款”是由西松公司与西松·信浓川受害劳工遗属签订，并经过东京简易法院确认。“确认事项”则是由各自委托的日本律师签订，未经东京简易法院确认。

因此，从形式上已展示出“和解条款”具有司法文书的地位，而“确认事项”不具备司法文书的地位。

2. 从内容上看，“确认事项”是双方对“和解条款”部分关键内容持不同立场的各自表达及解释。但“确认事项”中做出的部分解释实际已超越了“和解条款”文本的表述。

而经过东京简易法院确认的“和解条款”中，并未涉及“确认事项”这一文件在本次和解案中的地位，甚至未涉及其是否存在。因此，由双方委托的日本律师签订“确认事项”的法律效力令人质疑。即使日本律师的行为可能被当事人事后追认，但由于该“确认事项”未经法院确认，因此，其在法律上的地位是不可能与“和解条款”相提并论的。

结论是显然的，从形式上看，“和解条款”应当处于上位，而处于下位“确认事项”是不具备超越“和解条款”文本内涵的法律效力的。

八、结束语

笔者作为原告中方代理人，参与了多件在日本法院提起索赔诉讼受害劳工案及“慰安妇”案，十几年诉讼历程，与数百位受害者的接触，从受害者的控诉中，强烈地感受到那罪恶的战争，给中国人造成的痛苦与伤害是极为严重的。

日本政府及相关日本公司，至今也未向受害者承担责任。作为律师，有责任帮助受害者实现他们维护尊严、维护人权的基本愿望。

与西松公司近一年的谈判交涉中，信浓川案原告在坚持立场的同时，为促成真诚的和解而付出巨大的努力，与笔者共同多次透过日本律师坦率地向西松公司“和解条款”提出意见。例如，在信浓川“和解条款”初稿中援用安野“和解条款”中谓，西松公司承认负有“历史责任”的字样，但由于该项文字表述并未对应西松公司强制及奴役中国受害劳工的行为而显得空洞。在原告与笔者的努力下，西松公司才同意将侵害事件发生时间在“和解条款”第一条中表明为“第二次世界大战中”，将“劳动”改为“苦役”。

西松公司最初提出将其本应显示承担责任的基金名称，定为与“安野和解”相同的“和平友好基金”。原告与笔者对此认为，本次和解所涉及的是西松公司重大人权侵害的责任问题，基金名称一定程度上折射出关联事件的性质。因此，不同意仿效“安野和解”“友好”基金的字样，并对基金名称提出两个方案，一是“历史责任基金”，二是“和平基金”，西松公司最终接受了“和平基金”的表述。

对于信浓川“和解条款”中也出现了“谢罪”及“深刻反省”的字样，华东政法大学国际法教授管建强在其2010年3月9日撰写的《信浓川和解案问世前的建言》一文中指出“这些条文虽然明确地记载了日本企业的谢罪，但是在为什么谢罪方面，和解中缺乏日本企业自身的说明。换言之，谢罪条款中‘企业对被害人实施了强制劳动并获得相应的利益……’等文字没有表述的情况下，即使向被害人谢罪实属逻辑混乱”。

在西松·安野及西松·信浓川“和解”成立前后，赞成这一“和解”的人士认为，鉴于受害幸存者已高龄，能让他们在有生之年得到一些经济“补偿”，不管怎样对他们都会有心理安慰的。

笔者认为，这些人士思考问题的基点，混淆了一个原则，即作为加害者一方，当年实施的加害行为，对受害者的身心乃至一生已造成严重的侵害，加害者理所应当就此向受害者承担赔偿责任。如果仅从让受害者得到金钱方面考虑，则完全可以用社会募捐的方式来实现援助，并不应以此为由而放弃要求加害者承担赔偿的责任。金钱援助与赔偿责任是两个范畴的问题，不应混淆，若将之相混淆，就会让加害者轻松地逃避责任。

在得悉信浓川案原告（含劳工幸存者）公开表示拒绝西松无诚意的“和解”之后，海内外华人对原告在自身经济环境紧迫下仍然坚持维护人权、维护受害者及中华民族尊严的行为表示尊敬及支持，并给予部分经济援助，这一举措体现的是维护人权，互相扶持共抗强权的共同理念，与西松公司的救济有本质区别，也证明用社会募捐的方式来实现援助是可行的。

也有人认为，德国在2000年设立的“记忆·责任·未来基金”，所补偿劳工的金额较西松更低，却受到赞赏，而“西松”的基金却受到批评，似乎对日本方面不公平。

笔者认为，持这一观点的人士，忽略了德国在战后从国家立法到一系列行动，都非常明确地表示正视战争责任。从而在对待历史及战争责任的各项举措上，要远远强于日本，这是国际公认的。本案所涉之西松“和解”的前提，是西松公司回避责任，所施以的“償い金”带有救济色彩，因此，西松“和解”的基金无法与德国“记忆·责任·未来基金”相比。

担任中国劳工索赔案原告代理人的日本律师曾提议，以设立基金的方式，一揽子解决对中国劳工的赔偿问题。笔者作为参与劳工案的中方律师与各位原告，对此提议表示赞同，为此，中国劳工索赔案103名原告，于2008年11月5日向日本政府及相关日本公司提出了“全面解决战时中国人被掳至日本做苦役9事件”的提案。

该提案的核心内容，就是以诉讼外和解的方式，设立基金，一揽子解决强掳及奴役中国劳工这一重大人权侵害问题。

笔者并不否认和解是解决战争遗留问题的方式之一，和解也意味着有所妥协，但妥协不意味着放弃基本原则。作为责任者一方的日本政府及相关日本公司应当正视历史事实，承担责任，向中国受害者谢罪并赔偿，这是和解中不可妥协的基本原则。

受害者当年被强掳到日本做苦役，被剥夺了一切自由，遭受了残酷的虐待。因此，日本政府及相关日本公司，应当诚意地向受害者谢罪，并承担赔偿责任。

目前西松公司施以救济色彩的一些金钱，便草率了结其重大人权侵害的责任，这种敷衍受害者的做法，完全违背了原告进行索赔的原意，因此是不能接受的。

由于西松“和解”存在诸多问题，因此，以在日本相关法院提诉的十三件劳工诉讼案的原告为核心，联合了更多的劳工受害者及遗属，近日成立了“二战中国劳工联合会（筹）”。该组织的宗旨是，为维护近四万被掳往日本做苦役的中国劳工受害者的合法权益，坚定不移地要求日本政府及相关日本公司谢罪、赔偿。

此外,国际劳工组织(ILO)已多次向日本政府发出劝告,敦促其对战时强掳、奴役劳工及强迫妇女充当性奴隶(“慰安妇”)这一罪行，向受害者谢罪、赔偿。

自2007年起，美国、荷兰、加拿大、欧盟等国家及日本一些地区的议会，通过议案，敦促日本政府对原“慰安妇”受害者谢罪、赔偿。

近日获悉，美国加州因修建高速铁路招标，而拟立法审查投标公司在二战时期的行为。

上述一系列事实证明，日本在二战期间所犯罪行及应承担的责任，一直为国际社会所关注，是不可能逃脱的，也不可能随着时间的推移而风化的。日本唯一的选择就应当是诚恳地向受害者谢罪并赔偿。

中国劳工对日索赔案中，已有的与三家日本公司的四次和解，都有很多的不足，让中国受害者接受起来非常苦涩，有一种打掉了牙再咽到自己肚里的感觉。所以，已有的“和解”不能称之为和解，日本公司暧昧了事实和责任，有的和解协议甚至还强加于受害者须劝说他人接受和解的附随义务。我认为真正意义的和解，应当是加害者首先坦率地面对历史事实和责任，在此基础上向受害者谢罪，并向受害者支付赔偿金。对于赔偿的金额应当在能表达谢罪诚意的范畴内考虑。这样才有可能实现真正意义上的和解。

西松和解后，接着就是准备与三菱谈判。我坦率地向日本律师表明，尽管西松和解在日本有人说是上了一个台阶，但在中国国内，虽然有人接受了和解，但没人对此给予高度评价。希望在以后的和解中，我们绝不要搞成这样。日本律师同意我的意见，我们对此取得共识。

2011年准备与三菱谈判之前，以曾在日本相关法院起诉的中国劳工原告及遗属为主体组成了二战中国劳工联合会，联合会下面有三菱劳工分会及相关公司的劳工分会。建立这一劳工团队，是为了便于在以往诉讼的基础上与相关日本公司继续交涉。我们和日本律师达成共识，不能按照以前的路子，相关日本公司一定要承认事实，谢罪，这方面是不能打折扣的，对于具体的赔偿金额可以讨论。依据中国劳工及遗属和中日律师的共识，我们起草了给三菱公司的“要求书”。

2011年6月，我和劳工联合会两位劳工代表崔广廷、刘仕礼及两位劳工遗属卜瑞旭、潘英，还有翻译耿春梅一行六人去东京，与小野寺利孝律师一同面见了三菱公司的中野律师。中野律师表示可以向三菱公司转交中国劳工联合会三菱劳工分会这次提出的要求书。但这次只是与三菱公司律师接触，并不是开始实质性谈判。该“要求书”主要内容是，要求三菱公司承认当年与日本政府共同策划实施了强掳中国劳工并使得中国劳工遭受残酷虐待的罪行，为此向中国劳工谢罪。在承认事实并真诚谢罪的前提下，赔偿每位劳工10万人民币。当时提出这个金额，是考虑到美国对于二战期间被关押的日本人曾赔偿每人2万美元；在日本法院诉讼期间，曾提出的全面解决劳工问题的提案也是以赔偿每人2万美元为基础。赔偿谢罪应是日本政府和企业共同的责任，二者之间应当是连带责任，现在只是跟日本企业谈，暂按二分之一计算，1万美元不到10万人民币，取个整数按10万来提出。

日本政府在战争结束以后，还给每家曾奴役过中国劳工的日本公司很多的补偿，虽然当年日本政府的这一做法有为逃避战争赔偿而转移资产之嫌，但包括三菱公司在内的相关日本公司毕竟因奴役中国劳工而双重获益，既无偿盘剥了中国劳工又从日本政府处得到补偿。从这一角度来说，要求其赔偿每位劳工10万人民币不算高。从当时综合情况看，也是比较符合现实的。此时，国内出现了一些新组的团队，组织了一些不同的活动，而故意贬损其他团队人员的活动也不断浮现，并且有人还主动向三菱公司传递了一些信息，这些举动一定程度影响到我方与三菱公司的谈判。

三菱公司获悉这些信息后表示：你们中国人都不统一，我们没法谈，待你们中国人统一以后我们再谈吧。三菱公司这一观点也不无道理，谈判对象的意见不统一，自然没办法启动谈判。通过各方努力，2012年12月，劳工联合会代表与其他几个团队的代表在北京一起开会，交换意见，求同存异，共同与三菱公司交涉。商定次年3月在石家庄再次开会，拿出一个统一的解决方案。

2013年3月31日，在石家庄召开了有关三菱劳工的五个团体会议，大约有四十多位劳工代表参加。会上大家取得共识，发表了一个声明，向三菱公司提出了共同的要求，该要求书基本是以2011年6月我们向三菱公司提交的解决要求书框架为基础提出的，中国的媒体对此广泛报道。这次会议还是比较成功的，如果能够真正按照这个路子走的话，对中国劳工受害者来说，可以称得上是真正意义上的和解——承认事实、谢罪、赔偿。

根据这次会议的决定，在5月13日我带领二战期间三菱公司中国劳工受害者五个团体的代表，一位八十八岁的三菱公司中国劳工幸存者、七位劳工遗属和家属怀抱亲人的遗像，在三位律师的陪同下，到日本驻中国大使馆，递交了一份致日本首相安倍晋三的敦促函，敦促函上要求日本政府：

1. 必须承认加害事实，承担历史责任和法律责任，向所有受害者谢罪。

2. 作为谢罪的诚意，向中国劳工进行赔偿。

3. 日本政府与相关日本加害企业共同出资，在日本建立正确记载二战期间强掳、奴役劳工史实的纪念碑，要求全面解决劳工问题。

在日本使馆一个小时左右的会谈中，几位劳工代表逐一进行了陈述。日本大使馆派出三名外交官负责接待，明确表示将包括书面材料、受害者口头表达的痛苦和迫切的要求如实向上司和日本政府转达。

在向日本驻华使馆递交敦促函的当天，我们又去了上海。到上海的第二天，去了三菱公司驻上海代表处。这之前，我已事先书面告知三菱公司代表处。遗憾的是，三菱公司上海代表处派出两位日本职员挡在门口拒绝劳工代表进入，推说首席代表不在。我说那就找你们的副代表，他们说副代表也不在，并且拒收五团体代表的书面要求书。几位劳工代表就在门口与三菱公司的职员讲理、交涉。三菱公司代表处这两位职员坚持不接受，让劳工代表跟三菱公司在日本的总部联系。劳工代表一直在门口讲他们的亲属在三菱做苦役的事实，对三菱进行谴责，质问其为何不肯面对。七名劳工代表很严厉地指出，作为三菱综合材料在上海的代表处，有责任向公司总部反馈中国劳工的要求。劳工代表就在走廊里宣读要求书，并质问三菱在如此情况下有什么脸面在中国做生意。

经过三十分钟的较量，三菱公司代表处的职员才勉强接受了要求书，说可以暂时保管，然后向总部转达。当时凤凰卫视、中国青年报及部分日本媒体的记者也在场，目睹了当时的情景，并将交涉的过程在媒体上发表。日本富士电视台就在那个楼里面办公，他们听到后也来到现场，开着机器把全程拍了下来。此后，三菱公司还是不做回应。

虽然与三菱公司的谈判从 2010 年就已启动，但由于三菱的敷衍，始终没有进入正式谈判，中国劳工方面一次一次地给三菱公司写出要求、方案，他们只是接下来，却根本不回复，一味应付拖延。

到了 2013 年 11 月份，五个劳工团体在北京共同委托日本律师与三菱公司谈判。在此之前，日本方面参加与三菱公司谈判的人员已经形成了统一的团体，建立了一个联络会，希望中国方面也能统一。在五团体委托日本律师之前，我们中方律师早就接受了五团体之一劳工联合会的委托，我们已经是他们法庭外交涉谈判的委托代理人。在五团体的活动中，我们一直尽力把各个团队联合在一起，到上海与三菱公司交涉，包括到日本驻北京大使馆交涉，都是我们带着五个团队的代表去的。

2013 年 11 月 19 日，在红十字宾馆召开会议，参与中国劳工与三菱公司诉讼的两个日本律师团队中的几位律师来了，他们是小野寺利孝律师、高桥融律师，稻村晴夫律师、犀川治律师，参与花冈诉讼及在长崎对三菱诉讼的内田雅敏律师、川口和子律师，还有推动花冈和解及西松和解的支援会成员田中宏教授，在日华侨林伯耀。在与三菱和解谈判之前，内田雅敏律师、川口和子律师和田中宏、林伯耀在东京与鹿岛公司及在长崎与三菱公司的劳工诉讼中是一个团队，分别是律师和支援会的成员。在这两个案件中都没有中方律师，他们没有和中方律师合作的经验，似乎也不愿与中方律师合作，他们为什么这么做，不得而知。

在会议准备过程中，为了节约经费，我们提出了一个会议场所可以免费使用，但是有的团体人员不同意，坚持要在红十字会宾馆召开，为避免影响会议的召开，我们只好同意了他们的选择。对于会议议程的安排，我们提出：既然是在中国开会，就由中国律师和劳工代表共同主持。另一个团队人员不同意，提出主持人得是日本律师，并且是与他们团队联系的日本律师；主持会议的劳工代表也是他们那个团队的。会议当天拿出了自行制定的议程，在那个议程上没有中方律师发言，我们认为这种做法有问题，但小野寺律师说这都不是原则问题。考虑到日本律师的几个团队在劳工案件进行过程中也有一些分歧，大家能坐在一起不容易，也就勉强应允了。但我们几位参加会议的中国律师觉得这是个不好的苗头。

由于中方各团体在解决劳工索赔过程中的一些原因，尤其是对花冈和解不同的认识，到最后签委托书的时候，一些长期与办理花冈和解的日方团队保持联系的劳工遗属在会上明确宣布，我们只委托日本人，不委托中国律师。在这种情况下，劳工联合会的代表提出了反对意见：联合会的代表已经委托中国律师了，与三菱公司谈判没有中国律师，我们不能放心。如果仅委托日本律师我们就不签了。协商因此僵持不下，无法形成共同的意见来委托律师进行谈判。劳工代表对我说，不同意只委托日本律师，不谈就算了。当时参加会议的中方律师也有五位，我们考虑如果因为委托人的问题僵持下去，与三菱的谈判总是不能启动，这次日本律师也就白来了。从大局出发，我们单独与劳工联合会的代表沟通，说服他们，还是和日本律师签委托协议，作为中国律师我们不会放任不管，我们与日本律师也是合作关系，肯定还会参与。我们解释："因为中国律师和你们已经签了委托书，尽管我们不在一线跟三菱谈，但是每一步，我们都会跟进的，在法律链条上，我们是必然要参与这件事情的。"在我们的劝说下，劳工联合会的代表与另外四个劳工团队和日本方面组成的代理人团签了委托协议。协议签好后，代理人马上与三菱公司联系，约好了 12 月 2 日在东京见面商谈。我们觉得能达到这种成果也是挺好的。对于下一步在中国的起诉，我们仍然继续准备。

在这期间，又出现了一个分支，有人听到了五团体委托日本代理人团与三菱公司谈判，11 月 22 日就给三菱公司的律师发了个邮件，声明他们是独立的，任何人不能代表他们。他们不会委托日本律师，他们要自己谈，并且不接受五团体提出的谈判方案。对于突然冒出的新声音，三菱公司的律师也感觉很惊讶，有些真假难辨，于是把邮件转发给了和我们合作的日本律师。日本律师也有些不解，好不容易五团体联合了，不管怎么样，还是先跟三菱谈。12 月 2 日，日本代理人团向三菱公司交了委托手续，但是三菱公司不承认这是正式谈判，只是说先见面。

2014 年 1 月 31 日，正好是中国的大年三十。日本律师与三菱公司再次接谈。春节期间日本律师给我们反馈回来和谈的情况，我一看，三菱公司还是推卸责任，他们的理由是，在日本拿到的都是胜诉判决，没有承担责任的基础。他们难以承担赔偿责任，在这些问题上还要顾及其他公司的感受。显然还是推脱、推托、推拖。用日本法院的判决推脱责任；把问题推托给要顾及其他公司的感受；用推拖的办法等待劳工一个一个消亡，找个什么机会就把责任免了。这就是相关日本公司的策略。

拾

在中国国内起诉

1995 年，中国劳工及原“慰安妇”等受害者在日本东京地方法院以日本政府及相关日本公司为被告，就战时遭受侵害提起了损害赔偿诉讼，拉开了中国战争受害者对日索赔的序幕。

由于我们掌握的证据尚不充分等原因,那个时候没有考虑在中国国内起诉。而 2000 年前日本法院对于中国劳工、原“慰安妇”等受害者的判决中，连事实都不认定，直接以超过时效、个人不具有国际法意义上的主体资格为理由，从法律论角度驳回了原告的诉求。由于有关大屠杀、无差别轰炸及“慰安妇”等诉讼的被告只是日本政府，而国内法院以外国政府为被告审理，在国际法方面存在限制。劳工诉讼案件的被告除日本政府外，相关日本公司也是该项不法侵害责任的承担者，相关日本公司与日本政府应当是连带责任关系。因此，为改变当时的不利状态，我们就考虑到要在中国的法院起诉日本公司。

经过几年在日本的诉讼经历，我们逐步了解和掌握了更多的证据材料。2000 年初，美国律师费舍和杨立拟在美国起诉三菱公司，我和日本律师都觉得如果能形成一个合力，美国、日本、中国的诉讼能够共同进行的话，可能有助于推动劳工问题的解决。就是在这一背景下我们准备在中国法院起诉。2000 年的二三月份，我们开始就法律适用等专业问题进行了讨论。全国律协几次召开讨论会，请了一些法学家来论证，中国政法大学、北京大学、中国社会科学院法学所的专家，从国际法、国际私法、民事诉讼法及中华民国法等方面，多角度论证了在中国起诉的可行性，也提出了很好的建议，让我们增强了信心。

参与推动在中国法院起诉的中国社会科学院法学所的谢怀栻先生，在当年日本战败后，他作为法学家代表，到台湾接管当地的法院，并担任了一定的职务，他是中国民法界的泰斗；还有梁慧星先生，中国政法大学的江平教授等，他们一起在全国律师协会与律师进行了几次论证，谢怀栻老先生非常坚定地支持在中国国内起诉，另外几位先生也认为非常有必要。除了正式的讨论，谢怀栻老先生还给我们具体指导，我们也多次到他家去讨教。我非常感谢这位老先生和其他法学家的帮助。后来，我国法学界的一些学者相继发表文章论证在中国国内起诉的可行性。在此，非常感激法学界在对日索赔方面开展的理论研究。此后，我们就考虑成立一个律师团，在劳工比较集中的地方——河北石家庄，进行诉讼。当时选择的原告都是劳工幸存者（原告中也有在北京居住的），向河北高级法院起诉了熊谷组（株）、住友石炭矿业（株）、住友金属矿山（株）、鹿岛建设（株）、日铁矿业（株）等五家日本公司。

2000 年的 12 月 27 日，我们去河北高级法院递交起诉书。在这之前，我们没有通知更多的媒体，只是通知了当时很关注此事的北京晨报。晨报的记者、河北的电视台记者，在现场做了拍摄、报道。法院收了材料，也给我们出了相应的手续，但是说这个案件比较复杂，他们要研究，不可能按七天的限期给回复，可能时间比较长，要我们耐心等待。我们对立案庭的说明表示理解。当天从石家庄返回北京的路上，日本朝日新闻的记者不知从哪里找到我的手机号码，拨通我的手机，询问我们在河北高级法院起诉的有关情况，表现出对这件事的关注。因为事先我们没有准备开记者会，我就简单答复他：我们只是递交了起诉，详细的要等法院给我们通知。第一次在国内起诉，我们就一直等待着。直到现在也还没有下文。

既然是这样，在日本的诉讼我们继续进行。2000年之后对相关日本公司的诉讼又提起了八件，中国劳工在日本一共提起十五件诉讼，超过一半是在2000年之后提起的。2007年4月27日，日本最高法院做出终审判决，认为《中日联合声明》中中国政府已经全面放弃了请求权（包括个人），以中国人请求权已经放弃为由免除了日本政府及相关日本公司的责任。日本法院做出这样的判决之后，我又开始思考是否还应该在中国国内起诉，因为当时还有劳工案件正在日本诉讼，所以就想把日本的诉讼做完了再说。

2011年3月1日，日本最高法院对最后一个劳工案做出了终审裁判，驳回了中国劳工的诉讼请求。这样，中国劳工对日索赔的诉讼，在2011年3月份就全部终结。日本的最高法院就是以诉讼请求权已经放弃为理由，关闭了中国劳工问题在日本司法解决的大门。

前面说过，2014年的1月31日，也就是中国的大年三十，中国劳工委托的日本代理人团与三菱公司正式接洽，结果令人失望。三菱立场强硬，表示在日本已经胜诉，即便和解也要仿照之前的经验，暗指花冈和解及西松和解。看来中国劳工方面还是缺少谈判的筹码，这就更加坚定了我们在国内法院起诉相关日本公司的决心。其实在2014年底，趁着国内法院的开庭都结束了，有一段相对宽松的时间，我已经开始起草起诉书。1月31日收到日本律师邮件时，诉状初稿还没有完成，春节也没有过好，一直在准备诉状，直到节后，前后用了两个多月的时间才起草完毕。

春节后，日本律师反馈与三菱公司的会谈纪要，约定2月27日磋商具体的谈判方式及和解方式等，我们考虑到三菱公司实际上已表露出，即使要谈也是按照花冈和解、西松和解的路子，2月27日的磋商无非是要把这个模式确定下来。日本代理人基本上是接受花冈、西松和解的模式的，与三菱的磋商又没有中方律师直接参加，全权委托日本代理人团，如果他们与三菱确定了花冈、西松和解模式，中方律师代理劳工联合会的受害者又去反对，就会引发很多问题，等于劳工方面通过日本代理人团已经接受了三菱不合理的要求，之后再委托中国律师在中国法院起诉，很容易被认为是出尔反尔。所以我们一定要在2月27日之前起诉。

本来约定2月8日和日本律师通过网络开会，准备在会上通报我们的想法，但那天恰逢东京暴雪，交通中断，日本律师告诉我们会议被迫取消，后来我通过电子邮件将起诉时间告知日本律师。2月19日，日本律师和我们举行网络会议，我再次向日本律师通报决定在中国法院起诉。尽管之前我已给他们发了邮件，日本律师听后还是很吃惊，当时他们就提出来起诉推迟到与三菱谈判破裂后再做，至少推迟到2月27日之后。我们表示不能接受这一建议，并详细阐明了理由。日本律师表示，如果这样，按照日本的习惯，只要一方诉讼，另一方就不谈了，这样谈判马上就会搁置。我表示，从目前看，即使谈也对中国劳工不利。日本律师表示很担心。但是我们说，你们可以将我们要起诉的信息转告三菱公司。20日日本律师就转告了三菱公司。其实开会时虽然起诉书已经完成，但诉前还有很多的准备工作，所有准备工作完成最快也要到2月26日。就是在这种情况下，我们还是提前向日本律师乃至三菱公司做了通报。我们之所以能冒着这么大的风险，就是觉得如果待诉前准备工作全部完成后，2月26日再告诉日本方面，他们就会觉得我们是在搞突然袭击，就会有误解。因此，我们还是冒着风险事先告知他们准备哪天起诉。2月20日，日本律师转告三菱公司的律师后，21日三菱公司就马上回复：即使起诉也愿意谈。与我们合作的日本律师当时感觉很惊讶，也很高兴。这可不是日方的常规啊。他们也觉得这个起诉对三菱是有触动的，对谈判起到了推动作用。

2月26日上午九点，我们受原告委托的五位律师，李海彦、董一鸣、邹强论、王晨和我，陪着部分原告张世杰、崔书平、刘国莲、郑长钧等，向北京市第一中级人民法院递交了诉状。那天虽然阴天，严重雾霾，但年近九旬的劳工幸存者张世杰老人在儿子的陪伴下，早上七点多就带着轮椅坐车从家出发，按时来到法院。老人家由于在2013年脑出血，出院后记忆力明显下降，但一谈起当年被三菱公司奴役之事，仍是滔滔不绝，痛苦万分。他说：在中国法院起诉期盼已久，虽然行动不方便了，还是希望亲自到法院递交诉状。中日两国约二十几名记者在法院门口等候，我简短告诉他们在法院门口不开记者会了，若有需了解的问题，可于十一点到我的律师事务所谈。之后我们与原告进入立案庭，记者是不能进入的。一位女法官在立案窗口接待了我们，张世杰老人家双手颤

战时被掳往三菱矿业崎户矿业所做苦役的劳工幸存者、原告张世杰，在律师陪同下向北京市第一中级人民法院立案庭的法官递交诉状。从右至左：张世杰之子、张世杰、李海彦、康健、法官。

2014 年 2 月 26 日 摄于北京

抖地拿着起诉书，亲自交给了法官，这位法官也是双手接过诉状，经法官许可，我们律师将这一时刻拍摄下来。之后我们又按照立案的要求，几位律师分别将相关资料逐一登记交给法官，有几位律师还将登记表拍了下来留作纪念。虽然大家在立案庭并未多说什么，只是按照立案的程序有条不紊地工作着，律师到法院立案是经常性的工作，但是这一次，包括原告在内都感觉到这一天的重要性。当年中国人在自己的国土上被日本侵略者强掳到日本国做苦役，今天终于可以在自己的国土上向加害者讨还公道，怎能不令人感慨万分？

起诉书共计 3 万多字，起诉的被告是：日本焦炭工业株式会社（原三井矿山株式会社）、三菱综合材料株式会社（原三菱矿业株式会社）。案由是：损害赔偿。起诉书中提出了三项诉讼请求：1. 被告在人民日报等 17 家报刊上，用中日两种文字刊登谢罪广告；2. 被告按每位中国劳工赔偿 100 万元人民币的标准向原告支付赔偿金；3. 被告承担全部诉讼费用。最初递交诉状时原告是

37 人，在立案前原告增加到 40 人。原告中，只有两名劳工幸存者，分别是现年 94 岁的牟汉章和 90 岁的张世杰，其他原告均为遗属，但也大都年过花甲。代理原告的 8 位律师分别是：李海彦（北京市言大律师事务所律师）、董一鸣（山东众成仁和（北京）律师事务所律师）、邹强伦（河北天捷律师事务所律师）、王晨（山西晋丰律师事务所律师）、徐家骥（上海申建律师事务所律师）、周家魁（山东众成仁和（北京）律师事务所律师）、娄一林（北京市方元律师事务所律师）和我。

在立案庭约一小时，出来后看到记者们不顾雾霾还在门口等候。面对记者的急切询问，我还是重申了不开记者会，有问题可去律师事务所谈，接着我们与原告就各自返回。回到事务所一看，我所的小会议室已坐满了记者，有的记者只能站在门口。我低估了记者的关注度，原以为可能只是个别记者有需要了解的问题，没想到记者们接连提问。我向记者介绍了原告的诉求，逐一回答了他们关注的问题，现场实际成了记者会，就这样持续了一个半小时，近下午一点才结束。

2014 年 3 月 18 日，我从北京市第一中级人民法院立案庭拿到立案通知。中国劳工首次在中国法院对日企提起诉讼获得立案，开启了中国劳工在国内法院起诉维权的先河。在中国的土地上，为二战中受害的中国劳工维护正义和尊严的诉讼正式开始了。

2011 年 3 月日本法院关闭了司法解决中国受害者在日本索赔的大门。不过相关日本法院在判决中，对加害及受害事实基本予以认定，为劳工问题的最终解决打下了一个基础，也为我们在国内法院提起诉讼，向加害者追究责任提供了条件。这也就是我在前面说过的，在日本的劳工索赔虽然都败诉了，但是败中有胜。败在没有判令加害者承担责任，胜在确认了当年加害者的不法行为及对中国劳工严重侵害的事实。

这次之所以选择首先起诉日本焦炭（原三井矿山）和三菱公司，主要原因是当年三井公司是最早强掳中国劳工的日本公司之一，且奴役中国劳工人数最多；三菱公司奴役中国劳工的作业场所最多；这两个公司在强掳、奴役劳工的日本公司中属于“急先锋”。这笔账必须清算，受害者也不可能允许它随意把这一页翻过去。

在日本法院诉讼期间，相关的日本法官曾提出和解建议，由于日本政府断然拒绝，相关日本公司消极应对，没能达成和解。前面曾提到的2011年二战中国劳工联合会三菱劳工分会向三菱公司提出解决要求，至2014年3月18日北京第一中级法院决定立案前，这三年期间中国劳工及所代理他们的中日律师，曾多次与三菱公司交涉，也曾多次提交书面意见，但三菱公司均未正面回应。直到2014年4月，与三菱公司的谈判才正式开始。可以说，中国劳工在北京法院起诉并被法院受理这一外力，推动了与三菱公司的谈判。但在谈判中三菱公司仍是回避责任、歪曲事实，对于日本法院已经确认的事实，采取含糊、淡化处理，只承认“当时公司作为雇主的历史责任”，这真是一个精心谋划的表述，三菱公司表示承担雇主的责任，这就把强掳及奴役劳工辩解为雇佣与被雇佣关系。

在我们对劳工的调查中，没有一个劳工与三菱签订过劳动合同，都是被强制抓到日本做苦役的，怎能认为是正常的雇佣关系？三菱公司将强制、奴役关系与平等、自愿的雇佣关系相混淆，是在故意颠倒黑白，歪曲事实，逃避历史责任。不过三菱公司同意谈判，还是有积极意义的，不管该公司出于什么原因同意谈判，中国劳工方面及参与此事的中日律师愿意对此正面回应。谈判应当以诚相待，讲规则，而三菱公司方面利用中国劳工及遗属在文化、信息和对索赔认识等方面的差异，打着“趁幸存者在世尽早和解”的幌子，找人动员部分受害者在开庭前草率接受和解金，试图分化部分劳工及遗属，使他们在不能充分理解三菱公司包藏用心的情况下草率接受和解，以削弱诉讼对三菱公司带来的影响和压力。

面对这样毫无诚意的表现，原告和我们商量，对于目前三菱公司拒绝接受劳工联合会及原告要求其直面历史事实，承担赔偿责任的情况，谈判难以进行，只能中止与他们的谈判。2015年2月11日，中国劳工索赔案律师团在北京、石家庄、济南三地同时召开记者会，宣布由于三菱公司毫无诚意，中止与该公司的“和解谈判”，向记者阐明了中止谈判的理由。指出三菱公司在和解协议中，回避当年强掳中国劳工是日本政府与煤炭等行业协会共同策划共同实施这一基本事实（而三菱公司就是煤炭行业协会的核心成员，三菱公司奴役中国劳工的作业所多达 12 个，居当年奴役中国劳工的 35 家日本公司之首）。三菱公司不仅回避这一基本事实，还将本应向中国劳工支付赔偿金表述为“向为最终整体解决问题而设立的中国劳工及其遗属的基金支付款项”，故意回避赔偿责任。此外，还要求接受和解者向其书面承诺在任何地区任何国家不得向三菱提起诉讼、仲裁等。该和解协议不是加害者请求受害者宽恕，反而要求受害者向加害者做出保证，完全是颠倒是非的做法。

我们还重申了一贯坚持的有关和解的原则和立场。即必须承认二战期间对中国劳工犯下的全部罪行，不得以任何形式歪曲和掩盖；必须向相关中国劳工及遗属真诚谢罪；必须向相关中国劳工及遗属给予明确赔偿。律师团当时对媒体表示：这三项基本原则不可撼动，绝无任何讨论余地。我们还特别强调，“中止”并非“终止”，此事不会影响庭审期间法院主持的调解，因此不代表中方劳工及遗属就此关闭同日企谈判的大门。我们欢迎真诚的和解，至于双方何时恢复法庭外对话，将视三菱公司在原则问题上的诚意表现而定。日本媒体很快就报道了我们中止和三菱谈判的事，国内的媒体也有所报道。

北京市第一中级法院原定于2015年3月12日上午九点半进行第一次开庭，双方交换证据。到了 3 月 10 日下午，法院通知我，三菱方面近日才向法院提交相关委托手续，法院审查中发现其手续不完备；而日本焦炭未与法院联系，当然也就没有向法院提交委托手续。因此法院决定推迟开庭，待被告完善委托手续后再定开庭时间。这样，法院确定的第一次开庭未能如期进行。

显然，本次推迟开庭的原因在于被告，被告存在有意拖延法院审理之嫌，而拖延是他们一贯的做法。我们律师团向法院提出：既然法院已依据《海牙送达公约》向二被告递送法律文书，有理由根据该公约“自递送文书之日起不少于六个月的适当期间已满”的规定，依法及时审理。

在法庭推迟开庭期间，三菱公司对管辖权提出异议，又向法院提出管辖权异议申请。其理由是：对中国劳工造成的损害结果发生在日本；当年中国劳工不是在北京被抓走，侵权行为地不在北京；多数情况下侵权行为与侵权结果重合。因此北京对此案没有管辖权，要求驳回原告的起诉。言外之意是本案应在日本审理。

4 月 7 日下午，北京市第一中级人民法院就三菱公司提出的管辖权异议，听取双方当事人的意见。这也是原、被告双方在中国法院的第一次交锋。原告张世杰老大爷坐着轮椅在儿子的陪同下到了法院，原告崔书平、宋秀云，代理原告的四位律师邹强论、李海彦、周家魁及我一起到一中院出庭；被告由代理人北京世泽律师事务所的姬军、韩东梅两位律师出庭。法院通知下午两点钟在第七法庭开庭，我们一点半就到了。两点之前就进了法庭。快两点二十了，被告的代理人还没有到庭。按照法院的惯例，诉讼参与人不准时到庭应受批评。我们对被告代理人迟到的行为提出了质疑。被告代理人到庭后对迟到表示歉意。法官对被告代理人提出：北京的交通情况你们也知道，以后再出庭要遵守法庭规定的时间。实际上比较委婉地提出了批评。

在法庭上，针对被告提出的管辖权异议申请，我们发表了详尽的反驳的意见。主要是，被告关于管辖权异议申请已经超过法律规定的异议期限；当年具体实施日本强掳中国劳工国策的中心机构在北京；国际法和中华人民共和国国内法都明确规定了侵害人的生命健康权既包括人身损害也包括精神损害。牟汉章、张世杰等原告被强掳到被告的作业场所做苦役，受到了非人的待遇，人身和精神都遭受了极大摧残，特别是精神上遭受损害的痛苦是持续的、难以抚平的，伴随了他们一生。这正是被告给原告造成的侵权结果。原告受到的侵权具有连续性，侵权结果处于持续发生的状态。被告对原告身心损害呈持续状态；原告均在北京行政区内居住，北京是本案侵权行为结果的发生地毋庸置疑等。

三菱公司的代理人辩解说：既然审理就应该公平审理，在程序上也应该公平，只是北京的法院没有管辖权，不等于其他地方没有，比如塘沽、石家庄啊，到塘沽和石家庄也是很方便的嘛，难道到塘沽和石家庄就不公平吗？在那里审他们没有异议。我们指着在场的原告张世杰老人："现在这位老人就坐在这儿，他今年九十岁了，老人几十年就住在北京。你让他坐着轮椅到塘沽去，怎么个便利呢？"老人家当时气得够呛，没有吭声，其长子张扬当时就要发言，法官没同意，因为他不是代理人。

后来在记者会上张世杰大爷的长子张扬还是忍不住了，年过花甲的他说：

“我不懂法律，他们的律师说塘沽便利。我父亲当年在塘沽被关了没几天就押到了日本，他们就说在塘沽法院审理便利；我父亲在北京生活了六十年，受害后的痛苦一直伴随着他在北京的生活，北京没管辖权？而且还说北京没有塘沽便利，让我推着轮椅到塘沽打官司，这是什么事儿啊？！日方提出管辖异议，是想让我们打不成官司，是别有用心！”

崔书平是已故中国劳工崔广廷的长女，作为遗属代表她对记者说：“我的父亲是1944年5月被日本人抓走的，在三菱公司旗下的煤矿做苦力，其间饱受摧残。现在三菱公司不但不检讨，还在管辖权上做文章。讨还公道的路再曲折，我们也不会放弃，一定要把这场官司打到底。”

在记者会上，原告和律师从不同角度揭露了三菱公司的意图，就是拖延时间。

我对记者说：这个案件不是一个简单的民事侵权案件，而是重大人权侵害案件。日本企业刻意强调强掳中国劳工的实施地，回避强掳中国人做苦役的历史背景，试图以简单的在哪儿被抓，哪儿就是侵权行为实施地的狭隘解释，来否认北京法院的合法管辖；日方还提出侵权行为实施地与侵权结果发生地重合，其本质就是企图否认中国劳工身心遭受巨大痛苦这一侵害事实。言外之意只有日本才有管辖权，图谋逃脱在中国国内法院的审判。

2015年7月19日，三菱公司委派该公司高管赴美，向战时强征的美军战俘劳工道歉，而对同被该公司奴役的中国、韩国及其他国家劳工仍然漠视。显然，三菱公司目前的这种道歉是有选择的。三菱公司对美军战俘劳工的道歉迟到了七十年，对中国及其他国家当年被奴役劳工的道歉及赔偿还要等多久？日本政府和相关日本公司对中国及其他国家当年被奴役劳工的道歉及赔偿还要等多久？

正在媒体及公众不断质疑三菱公司向美军战俘劳工道歉的诚意及目的之时，日本共同社在7月23日突然独家披露三菱公司愿与中国劳工和解的消息，言称该公司同意道歉并向每位劳工补偿10万元人民币。7月24日，又有人在北京向记者发布三菱公司“和解协议”的附件，并说明是“谢罪文”。一时间媒体纷纷报道：三菱公司同意向中国劳工道歉、赔偿……部分媒体及消息发布者对三菱公司的此举予以赞扬。

其实，三菱公司目前的“和解协议”及附件通篇没有“赔偿”二字，也没有赔偿的意思。所支付的10万元，表述为“中日友好贡献”而支付的“款项”。据说，在我们2月11日宣布中止谈判后，三菱公司亦未修改其和解方案，只是将此前我们质疑的中文版中的“雇主”一词，替换成日文版中的汉字“使用者”。而日文汉字“使用者”比“雇主”一词更加暧昧。若在“使用者”前面加“有料”二字，可译为“雇主”，若加“无料”二字，则为“无偿使用”。显然，在所谓的“谢罪文”中以“使用者”一词表述，已然将该公司奴役中国劳工的重大人权侵害，一笔勾销。

为此，我们二战中国劳工对日索赔案律师团发表声明，向公众说明报道不准确。

有人推测，这可能是三菱公司策划的宣传活动，利用媒体夸张用词与“和解协议”文本实际用词的差异，让公众误认为三菱公司已诚恳道歉并赔偿，从而利用媒体推销其存在原则问题的和解方案。

中国劳工索赔诉讼在北京已拉开了序幕，斗争还会艰难万分，但是已经不可阻挡。

索赔中的朋友们

索赔最艰难的时候，我也有过迟疑，那些作为原告的大娘、阿婆、大爷们，一个一个地相继走了，我如果中途放弃，他们也不知道了。然而，每当这个时候，那些大娘、阿婆、大爷愤怒、蔑视、企盼、希望的眼神就在我的眼前闪动，眼神中满是期待，期待有人为他们讨回正义、尊严。那一双双眼睛时时督促着我，那些眼神永远在我的记忆中，如果不坚持，我的良心怎么过得去啊?

好在还有许许多多朋友们的支持，使我和我的同事们在追讨正义和尊严的路上获得力量，一直坚持。

由于此前的索赔诉讼在日本进行，日本国民曾多次对劳工索赔组织签名声援活动。数千名北京、山东、河北、山西、河南、江苏、上海等地的中国律师，亦曾分别在刘连仁案二审、福冈张宝恒等为原告的劳工案一审阶段、新潟劳工案一审判决前三次签名声援劳工案的原告及律师。这些举动对原告及直接参与此案的中日律师和支援会成员，都是莫大的鼓舞，对推动解决劳工问题，也有着积极作用。

日本有几百名律师参与了中国民间对日索赔工作，他们为了维护人权，为了日本人的名誉，为了正视历史，长期无偿帮助中国战争受害者向日本政府及相关日本公司讨还公道，我有幸参与其中，与他们共同为谋求正义和公正而努力。

与日本政府及相关日本公司回避事实推卸责任的错误立场形成鲜明对比的是，几百位日本律师无偿帮助中国受害者在日本相关法院提起损害赔偿诉讼，要求日本政府及相关日本公司就其不法侵害向中国受害者谢罪、赔偿。近千名日本市民组成支援会，支持中国受害者的诉讼活动，他们中间有学者、教师、工人、职员、家庭主妇及学生等。近二十年的索赔诉讼，原告数百人次去日本法院出庭，在 2005 年之前，全部的费用都是由日本律师和日本支援会的成员捐款或向社会募捐支撑着。这还不包括日本律师和日本支援会成员为了诉讼而多次往返中日两国的费用。为了广泛搜集证据，日本律师和支援会的成员多次去资料馆查找历史资料，去各劳工作业所现场查找线索，敦促日本相关政府部门提供档案。经他们不懈努力，终于促使日本外务省在 2003 年 7 月公布了其隐藏近六十年的有关强掳奴役中国劳工的报告书。虽然日本相关法院对中国原

“慰安妇”受害者及被奴役劳工的索赔诉讼最终均免除了日本政府及相关日本公司承担法律责任，但对于相关受害及加害的主要事实均予以认定。如果没有这些日本律师和日本民间支援团体的支持及帮助，很难取得这一成果。

虽然中国受害者在日本没有取得胜诉判决，但诉讼的过程让我与原告及更多的中国人看到了日本民间的良知。虽然日本律师表示，他们是为了维护人权、维护历史、为了日本的名誉而做这些事。但如果日本多数政治家能有这样的立场，多一些良知，想必横亘在中日两国间的重大人权侵害的历史遗留问题早就解决了。我对他们的尊敬并不仅仅是由于这些日本律师和支援会的成员帮助了中国人诉讼，而是他们勇于面对历史事实，勇于面对责任的行为，令人钦佩。虽然他们的举动在日本社会并不被多数人认可，但他们仍然为实现全面解决历史遗留问题而坚持，迄今已二十年，这可不是光说漂亮话就行的。我认为他们可以称得上是日本的脊梁。

大森典子律师，是代理中国原“慰安妇”受害者诉讼案律师团团长，是我最早接触的日本律师，也是由于回应她的提议我加入了中国“慰安妇”诉讼。我与她都是女律师，交流及理解似乎更容易些。有时翻译不在，我们就通过书写来交谈，我们笑称为“笔谈”，这样的笔谈进行一个小时也没有问题。大森律师看似柔弱，但看问题很尖锐，在法庭上观点明确，据理力争，是位正直的律师。诉讼期间，她每年都来中国与原告见面沟通，说明诉讼进展。诉讼结束后，仍坚持每年来中国，到盂县看望受害者。看到大娘见到大森律师后发自内心地拥抱，我不禁想起诉讼之初，大娘们对日本律师的防备与距离感，是大森律师们的真诚感动了大娘，取得了大娘的信任。虽然最终败诉，但大娘与大森律师及其律师团成员建立了信任及友谊。

小野寺利孝律师是最初推动组成中国人战争受害索赔案律师团的倡导者，很有号召力及行动力。每次见面，他都是充满激情地在工作。他拉着很重的装满不同案件资料行李箱的身影，深深留在我的记忆中。劳工、大屠杀、毒气弹、“慰安妇”及日本在中国的遗孤等案件，他都参加了。多次往返中国，还要处理国内日常的事务，这需要多么坚强的毅力来支撑啊。当然他也有疲惫和体力不支的时候，毕竟不是铁打的人，长期的劳累使他糖尿病加重，视力受到影响。

冒雪与日本律师和原告在进入京都地方法院前的示威活动。从右至左：畑中和夫、支援会人员、刘宗根、康健。
2003年1月15日摄于日本京都

一次来中国时，因腰部疾患，在出租车上都坐不住了，只能半趴着，就是这样还坚持来中国与我们商量劳工的问题。虽然我们在如何对待与相关日本公司的和解条款方面时有争论，有时可谓异常激烈，但我对小野寺利孝律师的尊敬并未因此而削弱。

畑中和夫律师，是立命馆大学的教授，讲授日本宪法，他一直是反对战争的。在日本，由于他反对战争并发表过一些言论，还曾被抓进监狱，释放后他仍然是立命馆大学的教授。他对日本的战争责任认识是坚定不移的：日本应该承担责任。畑中和夫律师是大江山劳工案原告代理人京都律师团团长，也是他提出建议让我来担任受害劳工的辅佐人。他和在京都地方法院起诉的原告刘宗根是同龄人，都是1930年出生。他虽然没有直接参加战争，但在国内也参加了一些军事训练，在小小年纪就经历过军国主义教育。他说：“我和刘宗根是同龄人，刘宗根比我更惨，十四岁就做了劳工。”在诉讼中，畑中和夫律师始终抱着历史问题一定要推动解决的信念。他虽然和原告劳工同龄，但一点没有显出老年人的样子，总是亲自开着车，带我和刘宗根去离京都有一百多公里的当年日本冶金大江山作业所的劳动场所，还亲自参加支援团的活动，推动更多的募捐。他是一位带着学者风度的日本律师，在法庭的发言都是很冷静的。后来感觉他的身体越来越不好，我也不好意思问他。一审时我们冒着大雪示威，他走在前面，我跟他一直走在一起。在二审大阪高等法院推动和解的时候，他也付出了很多。等到与日本冶金工业株式会社达成和解后，与日本政府的诉讼还在进行，这时候，明显看出畑中和夫律师的精神状态更差了。在二审结审开庭前，我们在法院的休息厅等着，他坐在一边一声不吭，有气无力的样子，自己拿着个很小的面包在那里吃。“您没吃饭？”我问他。他抬头看了我一眼，很勉强地笑笑，还是没吭声。别的日本朋友悄悄告诉我，畑中和夫律师在住院，已是胃癌晚期，要手术的，因为今天要开庭，他便把手术推迟，来出庭了。听了这些话，我百感交集，他为中国劳工付出了很多，但他现在身患重病我们却无能为力，我既着急又内疚，只能向他投以尊敬和歉疚的目光。对这样有良心的日本朋友，真想直接为他做点什么，他是在用自己的生命来为中国人奔波，为中国战争受害者讨公道啊！当时不知道说什么好了，只是对他说：“希望您多保重。”一年多之后，听说他去世了。这样的好人，一想起来，我心里就非常难过。

新潟的中村样二郎律师，是一位潇洒的律师，看不出他是位七十多岁的人。在新潟的诉讼中，面对临港集团在法庭上及交涉中那些顽固、无理的举动，中村样二郎律师作为新潟律师团团长，每次都站在前面，带着理直气壮、坚韧不拔的气魄去交涉。他数次来中国，与原告见面，做进一步的调查。新潟的原告大部分都住在河南农村，条件是比较差的。我陪他们去调查的时候，住在县里的招待所，我们劝他饮食注意点，他说没关系，跟劳工一起吧，劳工吃什么我就吃什么。第二天我见到他，他面色发灰，有气无力。我问他怎么了，他也不说；让他休息，他也不肯。他每与原告谈一会儿就要出去一次，翻译告诉我说中村律师发烧，拉肚子，一夜未眠，却硬坚持着，把调查做完。这些日本律师有个共同点——非常敬业，真是值得我们学习。

北海道律师团长三津桥彬律师，因患帕金森病，在札幌高等法院开庭结审时，其步行及言语已经很困难了，但他坚持在法庭站着发表对劳工案总结性的意见。庭审结束后我没再看到他，后来才知晓，这是三津桥彬律师生涯中的最后一次出庭，疾病的困扰已经使他难以再从事律师工作了，而这最后一次律师生涯的出庭是在为中国劳工追讨正义。次年我去札幌时到他家专程拜访，感谢他为中国劳工无私的帮助。

日本律师团中还有许多让人感动的事情，由于文章篇幅所限，不能逐一介绍。有关中国劳工案的东京诉讼、福冈诉讼、京都诉讼、群马诉讼、北海道诉讼、新潟诉讼、长野诉讼、山形诉讼及宫崎诉讼律师团的每一位律师，都十分敬业，敬业不仅表现在工作精神上，他们的案头工作也做得非常细致，为劳工案做出了很大的贡献。

在劳工、“慰安妇”的案件诉讼期间，我们一直得到日本支援团体的帮助，这些帮助是无私的、真诚的。各地的诉讼均离不开支援团体的帮助，他们与律师团和原告默契配合，为推动诉讼的进行给予了强有力的支持，可以说，没有日本各地支援团体的帮助，中国受害者的诉讼便难以进行。虽然在相关日本法院的审理以败诉而告终,但诉讼的过程让我们感受到有良知的日本国民的真诚，加深了中日两国国民之间的了解，这也是事先没想到的收获。

德永纯子老师，可以说是支援团体的代表。为什么叫她老师呢，我一见她就觉得她像一位老师。她是一位很亲切的长者，中文很标准，我根本听不出她是日本人，她也曾为日本记者来中国前进行汉语培训，还会说上海话。她曾经担任日中友好协会东京都分会的副会长；曾经参加过四野，从东北一直南下到上海。1963 年，她的母亲病重，她回日本看望，后来由于“文化大革命”开始，就不便回到中国了。初次见她是 2000 年，在东京举行的“对女性侵犯的民间国际法庭”活动期间。当时她看起来很年轻，最多就是六十岁的样子，实际那时候她已经七十多岁了，皮肤白白的，长得有点像中国五六十年代的影星白杨，年轻时一定很漂亮。她对那场战争有比较深刻的了解，对日本侵略者对中国人做了什么知道得比较透彻。所以她一直致力于推动日本承担战争责任，促进日中两国友好。我们在民间法庭的审判期间，她很低调，但是很善于了解人、帮助人，你在什么时候需要帮助，她都会马上出现在你跟前，做完了之后，又会马上离开，不妨碍你的工作。她的帮助可大可小，但都是必需的，细腻，体贴入微。我们在参加东京民间国际法庭审判期间，白天都很忙，各种活动也很多，主要都是在九段会馆里。我一直陪着两位大娘，外面发生了什么，一开始我并不知道。德永老师觉得我到了日本，也应该了解法庭外发生的事情，其实外面日本右翼分子天天哇啦哇啦在喊，楼里面密封很好，听不见。德永老师就在活动的间歇期，叫我悄悄出去看看外面的情况。有喊口号的日本右翼分子，有在警戒的便衣警察，还有念经祈求和平的和尚。当时我想拍下来，德永老师暗示我可以稍远些拍照，后来我们俩就以便衣警察为背景照了个合影。

德永老师还使我开阔了眼界，我们驻地离靖国神社也很近，她告诉我位置。我在靖国神社看到了那个石柱，石柱上的浮雕大部分都是侵略中国的，从日俄战争开始，一直到侵华战争。攻陷天津南大门，占领南京……一进到游遨馆里面，大厅里摆的就是日本三菱重工生产的零式轰炸机，展示牌上写着曾经参加过对中国武汉、重庆的轰炸，明显是一种炫耀。再往里走，涉及南京大屠杀的报道说日本军进入南京城之后，南京呈现出一片和平景象。有当年日本媒体的报道，还有拍的一些片子，中国人在欢迎他们，照片上的中国人哭丧着脸，低着头，很不情愿的样子。日本军骑着高头大马进入南京，当作战绩来炫耀。该馆里还有个循环播放的电影，宣传在那场战争中怎么帮助亚洲，不谈烧杀抢掠。影片中还找了一些人在那里捧场。其中还有个台湾的人讲日本到台湾后，怎么帮着台湾发展，日据时期给台湾带去了文明，鼓吹宣扬那场战争。到靖国神社看了之后，我感觉到日本这种颠倒是非的历史观教育，确实让日本国民难以认识到历史的真实面貌。这种宣传手法是运用了一种平和的、顺理成章的方式，把历史的真相掩饰下来了。日本的父母带着孩子去参观，从小就潜移默化地把这些歪曲的历史观渗透到下一代心灵里。滚动式的纪录片，广泛的宣传，奠定了日本歪曲历史的国民基础。日本很善于搞这种软刀子，用一种不断沉淀的方式、渐进的方式来让国民接受错误的历史观。

我看完靖国神社后很震惊，也顿悟德永老师为什么要让我来看，她是让我了解日本社会为什么存在歪曲历史的土壤。德永老师对我说："我看完后也非常气愤，我们也提出了很多的抗议、反对，但阻止不了。你作为中国人，我让你看没有别的意思，就是让你看看靖国神社里面到底是什么。你了解了这些，就知道了日本很难去纠正错误的历史观，什么时候靖国神社里面的内容改变了，那才可能纠正。"她说得非常有道理，我也明白了，为什么在解决"慰安妇"、劳工问题上会有那么大的阻力。

我每次去日本，德永老师都会从离东京很远的家里赶到我的住地来看我，夜深时还会打个电话，问我们有什么事没有。离开时，她还亲自相送，有时直送到机场。也算高龄了，还这样来回奔波，我感觉非常过意不去。在西松和解期间，我们和日本律师发生一些分歧，德永老师都是站在非常客观的立场上，给我们传递相互间的意见，对我们的意见给予充分的理解并向日本律师表达她对问题的看法。从这里也体现了德永老师是很正派的人。

2014 年的 5 月底 6 月初，我去日本参加有关"慰安妇"问题的第十二次亚洲女性团结会议，那天飞机晚点了两个多小时，到东京的时候已经是晚上十一点多钟，德永老师和安达洋子女士一直在机场等着。会议期间她一直陪着我们，担当翻译，并完成其他一些事务性工作。等我们离开东京回到北京时，她就住院了，一直到现在都不太好。她原来就有腰腿痛，诊断是风湿病，走路都很困难，即便如此，她还在很关心我们对日索赔的进展。衷心希望她能够早点好起来！

前面讲到 1996 年我们去日本参加"慰安妇"诉讼，支援会的朋友把我和大娘们送到住地的大厅。上楼后，我到房间关窗帘时看到一位支援会的女士站在街边，看到我们进入房间开了灯才招手离去。她总是在默默无闻地做事情，我们表示感谢时，她总是笑一笑，没有更多的表示。这就是安达洋子女士。我后来知道，安达女士是位国立中学教历史课的老师，她的父亲当时也曾是侵华日军，参加过攻打长沙的战役。安达女士说，她父亲至死都没有跟他们讲过当年那些事，只是在她参加"慰安妇"的诉讼后，她才慢慢知道日本兵在中国干了很多坏事。中国人管日本兵叫"日本鬼子"。原来她们还不知道"日本鬼子"

是什么意思，后来才感觉到做了那么多坏事，确实与鬼无异。作为历史老师，她想把这些真相告诉学生，于是很坚定地加入了支援会的团体。

在“慰安妇”案件中，从这个律师团成立，诉讼开始，直到诉讼结束之后，安达女士主办了一个小的刊物，叫作《你好》。刊物的名字还是我写的，原来是大森典子律师写的，后来我和安达认识后，她就让我写，我的字很差，但他们还是用作了刊名。这个刊物主要就是介绍有关诉讼的信息，安达女士自己做主编、组稿、排版、印刷，很累很辛苦。特别是 2000 年在对女性侵害国际法庭的活动期间，她更是日日忙到深夜。当时会场驻地住不下，她忙到很晚帮助大娘们洗完澡，躺下了，才回家去住。第二天很早又来了。我们一直在会馆活动不了解外面的情况，她就给我们提供这方面的帮助，把当天日本有关的报道马上复印了传给大家，让我们及时了解日本媒体的报道情况。我们找议员谈与日本政府交涉，她也一直陪伴着我们。每次大森典子律师来中国，她也作为支援会的代表一起来。有一次她胳膊骨折，打着石膏还是来了。受伤后行动都很不方便，但还从日本专程给大娘带了好多东西。她作为历史老师，告诉学生们“慰安妇”的受害事实，日本军国主义的影响还很深，日本没有对战争责任真正反省。虽然是一个身单势薄的历史老师，但她敢于为了维护真相、维护正义，发表自己的见解，只身向日本的右翼挑战。她看似很文弱，但做起事来，那种坚毅、果敢，让我心生敬佩。

我还要感谢大力支持中国受害者在日本法院诉讼的海外华侨，如果没有华侨在海外的呼应、呐喊和推动，也难以有这样大的成效和影响。我接触最多的就是加拿大二战史实维护会的两个共同会长，一位是王裕佳医生，一位是列国远女士，还有一位主要负责人刘美玲女士。在加拿大并没有人安排他们做这些事情，作为华侨，他们觉得有责任让北美和西方的世界知道、了解这些事实。在北美的历史教学中，一讲到二战，就是太平洋战争，没有讲到亚洲这一部分，他们认为这样的世界史是不完善的。他们不仅支持我们的诉讼活动，还组织了加拿大的老师到中国访问、做调查，和南京大屠杀、劳工、“慰安妇”、细菌战的受害者见面，让老师们了解这些事实。这些老师回去就编写教材，教育加拿大的学生。通过他们的努力，加拿大大不列颠省以及安大略省都把这个教材作为中学的必读课。通过他们的活动，个别美国、澳大利亚及德国的老师也都跟随他们一起到中国访问，多次前往北京、上海、哈尔滨平房731部队遗址。史维会的成员安排好自己的本职工作后，还拿出很多时间来做宣传工作，推动西方社会，特别是北美的人了解这些事实。他们做了很大的努力，这些工作是不可替代的。

特别说一下列国远女士，我们在参加新潟劳工案二审出庭的时候，列国远女士专门从加拿大飞到日本东京，与我们一起参加了与临港集团的交涉活动，她亲身经历了新潟临港集团无理拒绝与我们见面的交涉过程。在知悉原告拒绝西松公司回避事实和责任的和解后，马上表示对原告给予支持。同时将原告的主张通过加拿大媒体传递到北美地区，让更多的人了解“和解”的真相。我和劳工及遗属到香港向三菱公司驻香港的分支机构、关联公司及日本政府驻香港领事馆去交涉的时候，她也专门从加拿大去了香港，跟我们一起参加活动。

在美国的世界史维会的华侨，也做了很多工作。已故华侨吴天威老先生早年就在美国华侨中推动对日本侵华历史问题的教育，让美国社会更多的人知道日本在侵略历史问题上的错误立场。

另外特别要谈一下钟惠明先生。他是一位香港的商人，我认识他比较晚，只是以前听说过他很热心地资助对日索赔的一些活动，资助一些贫困地区的教育活动。2011年我才第一次与钟惠明先生见面，初次印象就是老人很朴实，生活简洁，但他已陆续捐出近千万元港币，用于西部贫困地区的教育事业，还捐出几百万给劳工和“慰安妇”幸存者作为生活补贴，这对受害者来说是多大的安慰啊。但他自己从来不说这些事情。上海师范大学历史系开设的“慰安妇”研究中心的展馆也是钟惠明先生捐资设立的。近年来我和劳工及遗属到香港去向三菱关联公司交涉，向日本驻港领事馆递交要求解决问题的敦促书，钟惠明先生总是热情地帮着安排车辆、住宿、人员，协助我们进行交涉工作。

我还清楚记得一个风中站立的日本小女孩。最初我们在去东京地方法院出庭的一天清晨，在霞光关出地铁去往法院的路口，两句清脆的童音传来，“这边，这边……”虽然是很生涩的中文发音，但我们听明白了。只见一个小姑娘站在路边，伸手指向法院的方向，一脸严肃。我认出来这是支援会一位女士的女儿。那天有点凉，她的小脸被风吹得红红的，可以看出她在这里已经站了一段时间了。我对她笑笑，点头表示感谢，没再多说什么，事后也没有再见过她，但她在风中伸手为我们指路的样子，已经定格在我的记忆中。近二十年过去了，她应该是个大姑娘了。当年她不可能十分清楚自己在做什么，但她一定清楚，帮妈妈做的事，一定是对的。

那时候，我的儿子还在上中学，他在平日的交谈和新闻中多少知道一些索赔案的情况。男孩子，话不多，每次我去日本打官司前，他对我说得最多的就那几个字："你小心点吧。"字不多，我已经很满足了。顶一下头，抱起他一下，就算是告别。到后来再去日本和儿子告别时，只能他抱起我了。

还有国内那些和我一样在为中国受害者索赔做着不懈努力的法律界的同行们；那些多年给我们提供帮助的翻译刘静、赵玉梅、耿春梅、马金茹、吴英爱、许可、金正等；那些国内关注并亲身投入其中的志愿者们；那些坚持报道中国受害者索赔的新闻界的朋友们……他们为中国受害者的索赔都做了大量的事情。

我参与"慰安妇"和劳工的索赔，对身边和我一起共事的同行们造成了影响，特别是一些年轻人，他们和我合作，耽误了收入，耽误了时间。

1995 年 3 月，北京律师体制改革，撤销国办所，全部改为合伙所。我原来所在的北京市第一律师事务所也在此列，当时我担任第一律师事务所主任。转为合伙制后，最初为中元律师事务所，2000 年为方元律师事务所。本想转制后，与共事的律师大干一场；也真是大干了一场，可是与收入没有任何关系了。应该说，大量的时间精力投入到参与办理原"慰安妇"受害者及劳工对日索赔案件中，影响到我们所整体的收入了。在案件最难推动的时候，有律师找我："主任，咱们不干了吧。你带我们多接一些案子，改善一下吧。"看到所里年轻人那期待的眼光，我内心并非没有触动，他们要买房，要供孩子上学，要赡养老人……我心里真是觉得对不起他们，可是一想到受害者那愤怒、期待的眼神，我又怎能半途而废放手不管？所里同事们虽然心有所想，但是一旦索赔案需要他们的时候，还是全身心地投入。我真心地想说一句，对不起，我的同行们。但愿你们在这之中也有其他的收获。

有几次在大街上或去法院办案时，有陌生人跑过来问我是不是那个为“慰安妇”、劳工打官司的律师，我点点头。“我们支持你！加油！”就这样几个字，给我的鼓舞真是巨大的。他们不单单是支持我，他们所支持的是为维护民族尊严所做的努力。我发自心底地感激这些给我加油的陌生人。

我的感激，要送给在这近二十年的索赔过程中，帮助过我的所有人，我想在这里写下每一位我在索赔案中和我一起共事或帮助过我的人的名字，但我生怕落下哪怕是一位对我有一点细小帮助的人，那就是大不敬了。我或许不可能将这些名字全部牢牢谨记，但你们的身影永远刻在我的心里。那些凌晨送我到机场的司机，那些在公共场合认出我并给我打气的市民……国家逢大事，老百姓永远是中坚!

正因为有了这么多人的帮助，中国受害者维护尊严讨还公道的诉讼才能够往前推动,这么多年的斗争才能够坚持下来。这也说明,这段历史不仅是中国人、日本人关注，在海外的华人也是很关注的，所有遭受二战时期军国主义祸害的国家的国民都是很关注的。这么惨烈的历史要有一个公正的处理，对直接的受害者来说，要有一个公正的交代，要给中国人一个说法。事实一再证明，不管是加害国也好，受害国也好，再含糊其辞，自欺欺人，对中国国民，对日本国民，对受日本军国主义欺辱的各国国民都是不负责任的。

未尽之言

从二战结束开始，日本国家首脑对待所发动的那场战争常使用的词就是“反省”。在中日两国的字典里“反省”的意思都是：检查自己的思想、行为；重新考虑。“反省”是个中性词，具体到日本发动的侵略战争，反省——可以是考虑当年发动战争给被侵略国造成了伤害；也可以是检查当年战略战术有何不当，为下次战争做准备。我注意到，日本首脑很少使用向被侵略国“道歉”或“谢罪”一词，而道歉或谢罪有忏悔的意思，没有第二种解释，这方面不同于“反省”。

作为第二次世界大战的亚洲战场，日本当年发动的侵华战争已结束七十年，日本国有足够的时间来反省了。日本对自己的思想、行为检查了什么？重新考虑了什么？检索一下，可以发现其更多的是停留在口头上，既没有向被侵略国受害者谢罪，也没有赔偿。受害者在他们无数次的反省中等待，等来了什么？我们看到的是，日本的一些领导人和政界人士，在有所需要的时候，可以说点好听的话；获取一定利益后，转身就可以不认账。在历史问题上，他们从来都是模棱两可，说出一些给自己留有巨大余地的话。

我们的媒体很善良，有的媒体还帮着对他们的话做善意的扩大解读。我们的国人也很善良，日本人一说反省，就有一种满足感。日本的右翼就是要世人习惯他们的口头反省，认同他们的口头反省，让世人习惯到日本的口头反省就等同于谢罪，他们的目的也就一步步地达到了。就是在这种口头反省中，他们逐步修改了教科书，在日本青少年和世人中模糊了他们在战争中所犯罪行的印象。七十年，换了几代人。在日本的这几代人中还有多少人知道那场战争中日本鬼子都干了什么？他们就是要在日本国民中不断淡化那段历史。

在纪念世界反法西斯战争暨中国人民抗日战争胜利七十周年的时候，日本国家领导人又要讲话了，他们会向被侵略国国民谢罪吗？他们会承担战争责任向受害者赔偿吗？他们还会做挖空心思的“反省”表述吗？抑或会把讲话做成历数战后日本对亚洲、世界做出的“巨大贡献”，以一种救世的形象出现在世人面前，按现在年轻人的说法，做成励志篇？当然，在这个日子他们还会说反省的，这一反省，就又为他们争取了十年的周期，他们又可以继续欺骗日本人民、亚洲人民和全世界人民了。

写到最后，我在想：我们中国人在生活中，有许多谨遵的传统观念，“远亲不如近邻”就是其中之一。说白了就是亲戚再好，也不如近旁的邻居。谁都想有个好邻居，大家相安无事，互相帮扶；邻里之间有矛盾，赔个不是，认个错，说开了，解决了，情谊依然如故。这是中国人惯常的做法。当然，也有极端，解决不了就搬走。按照国人的说法就是：惹不起，躲得起。然而，对一个国家来说，地球虽大，但各国的位置就在那里，无处可躲。

别以为否认历史事实，就能够蒙混过关。不管日本政府愿不愿面对，当年侵略战争在受害的各国国民心中那个结始终没有打开。唯一的选择就是正视历史，解决历史遗留问题，睦邻友好。我想，这一定是中日两国国民的愿望。但愿这个愿望不是梦，而是现实。

图书在版编目（CIP）数据

索赔：亲历中国“慰安妇”及被强掳赴日劳工诉讼 / 康健，刘荣军著．— 北京:北京日报出版社，2015.8
ISBN 978-7-5477-1265-8

Ⅰ．①索…　Ⅱ．①康…　②刘…　Ⅲ．①纪实文学－作品集－中国－现代　Ⅳ．①I25

中国版本图书馆CIP数据核字(2015）第184762号

索赔：亲历中国“慰安妇”及被强掳赴日劳工诉讼

出版发行：北京日报出版社
地　　址：北京市东城区东单三条8-16号 东方广场东配楼四层
邮　　编：100005
电　　话：发行部：（010）65255876
　　　　　总编室：（010）65252135-8043
印　　刷：廊坊飞腾印刷包装有限公司
经　　销：各地新华书店
版　　次：2015 年 8 月第 1 版
　　　　　2015 年 8 月第 1 次印刷
开　　本：710 毫米×1000 毫米　1/16
印　　张：19
字　　数：290 千字
定　　价：45.00元